Karina Reiß
Das 8. Siegel
Ein Konstanze-Hartenbach-Thriller

Karina Reiß wurde 1976, an einem heißen Sommertag in Thüringen geboren und verbrachte ihre Kindheit im schönen Eichsfeld. Frühzeitig durch die Eltern gefördert, konnte sie ihre kreativen Ambitionen sowohl in die musikalische als auch in die künstlerische Richtung entwickeln.

Heute lebt und arbeitet sie als freiberufliche Musiklehrerin in der von den Kelten gegründeten Stadt Worms.

Da sie auch schon immer eine Leseratte war und am liebsten spannende Krimis und Thriller verschlang, fasste sie im Herbst 2012 den Entschluss, sich ernsthaft mit dem Schreiben zu beschäftigen. Kurz darauf entstanden die ersten Figuren und die Handlung für ihren Thriller Blutrune, den sie nach zweijähriger Arbeit im Dezember 2014 veröffentlichen konnte. Ihr Debütroman »Blutrune« ist der Auftakt zu einer ganzen Thriller-Reihe um die Protagonistin Konstanze Hartenbach. Der zweite Band »Das 8. Siegel« erschien im Dezember 2016.

Über dieses Buch

Ein Pfarrer stirbt durch einen Pfeil.
Eine Familie wird brutal abgeschlachtet.
Aus einem Labor verschwinden giftige Chemikalien.
Was haben all diese Taten gemeinsam?

Konstanze deckt den teuflischen Plan einer militanten Sekte auf, dem bereits einige Menschen zum Opfer gefallen sind. Als in Bayreuth die komplette Stromversorgung gekappt wird und das Leben von Tausenden auf dem Spiel steht, beginnt ein Wettlauf gegen die Zeit ...

KARINA REIß

DAS 8. SIEGEL

Thriller

Bibliografische Information der Deutschen Nationalbibliothek:
Die Deutsche Nationalbibliothek verzeichnet diese Publikation in der Deutschen Nationalbibliografie; detaillierte bibliografische Daten sind im Internet über http://dnb.dnb.de abrufbar.

© 2016 Karina Reiß, Judengasse 3, 67547 Worms Deutschland
http://karina-reiss.de

Lektorat / Korrektorat: Tanja Neise
Covergestaltung: © 2016 Traumstoff Buchdesign
traumstoff.at
Covermotive © Milos Luzanin und Gino Santa Maria
shutterstock.com

Alle Rechte, einschließlich das, des vollständigen oder auszugsweisen Nachdrucks in jeglicher Form, sind der Autorin vorbehalten.

Herstellung und Verlag: BoD – Books on Demand, Norderstedt

ISBN: 9783743102774

»In nomine Dei«

Prolog

Vor etwa 8 Monaten

Katie wimmerte matt vor sich hin und sah mit angsterfüllten Augen zu ihrem jüngeren Bruder, der stumm in der Ecke des Kinderzimmers saß und einen Punkt weit außerhalb des Raumes fixierte. Er kaute mit schnellen und gleichmäßigen Bewegungen auf dem Daumen herum und die zarten Fingerchen der anderen Hand umklammerten Sammy, seinen heißgeliebten Teddybären. Wo war Mami jetzt? Katie konnte sie nicht mehr hören. Der böse Mann, der vorhin in ihr Haus eingedrungen war, hatte sie so heftig geschlagen, dass sie hingefallen war und sich die Stirn am Wohnzimmertisch angestoßen hatte. Katie hatte gerade noch sehen können, wie ein dünner Faden Blut an der Stirn ihrer Mami hinab rann, bevor der böse Mann sie und ihren Bruder am Kragen gepackt und in Bennys Kinderzimmer gezerrt hatte. Anschließend hatte er ihnen befohlen, mucksmäuschenstill zu sein und sich nicht zu rühren. Um seinen Worten den nötigen Nachdruck zu verleihen, hatte er drohend das Schwert, das locker in seiner Hand lag, erhoben und war dann im Flur verschwunden.

Katie strich ihrem Bruder liebevoll über den Kopf und nahm dann all ihren Mut zusammen. So leise wie möglich krabbelte sie auf allen vieren bis zur Tür. Auf dem Flur war niemand zu sehen. Plötzlich hörte sie ihre Mama wieder stöhnen. Sie flehte und weinte und schrie den Mann an, ihre Kinder zu verschonen. Dieser lachte gellend auf. Es war ein teuflisches Lachen, gurgelnd und kratzend. Im nächsten Moment sah sie die beiden. Der Unbekannte schleifte ihre Mami an den Haaren quer über den Flur ins Badezimmer. Katie zitterte und kroch hastig zurück zu Benny. Sie umklammerte ihn, zog ihn fest an ihre Brust und lauschte den durchdringenden Schreien ihrer Mami. Vielleicht war dieser Mann ja der Teufel. In der Kinderbibel hatte sie ein Bild von Luzifer gesehen. Er war dort rot und sah gruselig aus. Dieser fremde Mann war auch rot. Er trug ein rotes Shirt über einer roten Lederhose und seine Gesichtszüge wirkten grausam und fratzenhaft. Katie erinnerte sich, dass er eine große Narbe im Gesicht hatte. Sie schloss die Augen und betete, dass ihr Vater nach Hause käme und dieses Scheusal vertreiben würde. Ein dumpfer Laut ließ sie erneut zusammenzucken und die Augen wieder aufreißen. Die Schreie ihrer Mami waren plötzlich verstummt. Was hatte er ihr angetan? Tränen liefen Katie über die erhitzten Wangen und sie wiegte sich mit ihrem Bruder im Arm vor und zurück. Wollte sie damit Benny oder sich selbst beruhigen?

Vermutlich beide!

Vor weniger als drei Stunden war die Welt noch in Ordnung gewesen. Katie hatte mit ihrer Mami und ihrem kleinen Bruder den Spielplatz besucht. Sie hatten geschaukelt und Benny war so glücklich dabei gewesen, hatte jedes Mal fröhlich gegluckst, wenn seine Mami ihm einen neuen Stupser gegeben hatte.

»Schokolaaaadeneis!«, hatte er dann gebettelt und die drei waren gemeinsam zu dem netten Italiener nebenan gegangen und hatten sich genüsslich einen riesigen Eisbecher geteilt.

Das Geräusch von fließendem Wasser holte Katie aus ihrer Erinnerung zurück. Jemand hatte im Badezimmer den Wasserhahn über der Wanne aufgedreht und ließ sie volllaufen. Ansonsten war es absolut still. Zu still. Mami weinte nicht mehr. Nackte Angst ergriff das kleine Mädchen und sie fing an, zu hyperventilieren. Atmete immer schneller und schneller und schneller. Das Kinderzimmer begann sich zu drehen und der Boden unter ihren Füßen wackelte wie Götterspeise. Stopp!

Katie zwang sich, tief durchzuatmen. Langsame und ruhige Atemzüge. Sie musste jetzt ganz tapfer sein und nach ihrer Mami schauen. Sie würde dieses Monster anschreien, damit es endlich wieder verschwinden und sie und ihre Familie in Ruhe lassen würde. Am ganzen Leibe zitternd kroch Katie auf die Zimmertür zu und spähte vorsichtig auf den Flur. Er war leer. Noch einmal drehte sie sich zu ihrem Bruder um und hielt sich den Zeigefinger an die Lippen, um ihm zu zeigen, dass er ganz leise sein musste. Dann robbte sie Zentimeter für Zentimeter den Flur entlang, bis sie das Badezimmer erreichte. Die Tür war halb geöffnet und der Lichtschein der kleinen Lampe am Spiegelschrank fiel durch den Spalt. Vorsichtig krabbelte sie noch einen halben Meter weiter, sodass sie hinein schauen konnte.

Ihr gequälter Schrei erstickte in ihrer Kehle. Das rote Monster hielt den Körper von Mami über die Badewanne und Blut floß aus ihrem Leib, vermischte sich mit dem Wasser in der Wanne zu einer roten Suppe, die immer dunkler wurde. Auf dem weißgefliesten Fußboden lag Mamis Kopf und ihre weitaufgerissenen Augen starrten Katie ausdruckslos an. Das Mädchen kreischte hysterisch, rappelte sich auf, wollte zu ihrem Bruder laufen, strauchelte und stürzte, kam wieder auf die Beine und rannte weiter, zurück ins Kinderzimmer, wo sie ihren apathisch an die Wand starrenden Bruder in die Arme schloss und sein blaues T-Shirt mit ihren Tränen durchnässte.

Die Tür zum Kinderzimmer wurde aufgerissen und die Bestie erschien im Türrahmen. Katie umklammerte ihren kleinen Bruder noch fester, um ihn zu beschützen, doch im nächsten Moment spürte sie, wie ihr Benny aus den viel zu schwachen Armen gerissen wurde. Sie sprang auf und war mit einem Satz bei ihm.

»Lass ihn los!«, schrie sie den Mann an, doch dieser lachte nur höhnisch auf und versetzte ihr im nächsten Moment einen so heftigen Stoß, dass sie mit einem dumpfen Schlag gegen den Kleiderschrank geschleudert wurde. Sie spürte noch, wie ein stechender Schmerz durch ihren Schädel jagte, dann sank sie hinab in einen schwarzen Ozean der Stille.

Tag 1

0:23 Uhr

Obwohl Konstanze ihre Augen kaum offen halten konnte und ihre bleischweren Beine vor Müdigkeit schmerzten, saß sie mitten in der Nacht auf dem Bett ihrer Zimmernachbarin und hielt diese sanft schaukelnd im Arm. Wenige Minuten zuvor war Mareike schreiend aus einem ihren zahlreichen Albträume erwacht und schlug wild um sich. In diesen Momenten wirkte sie noch zerbrechlicher und verwundbarer als ohnehin schon. Konstanze strich ihrer Freundin liebevoll eine verirrte Haarsträhne aus dem erhitzten Gesicht und redete beruhigend auf sie ein. Nacht für Nacht die gleiche Routine, seit fast zwei Wochen.

»Geht es wieder?«, fragte sie zehn Minuten später.

Mareike nickte matt und bemühte sich um ein Lächeln, doch das Ergebnis erinnerte eher an eine venezianische Karnevalsmaske.

»Ich hole dir ein Glas Wasser.«

Konstanze ging in das kleine Badezimmer, drehte den Wasserhahn auf und ließ das Wasser einen Moment laufen. Das grelle Licht der Neonröhre über dem Spiegel blendete sie und verursachte ihr einen stechenden Schmerz hinter den Augen. Seufzend massierte sie sich mit zwei Fingern die Schläfen und betrachtete ihr schlaftrunkenes Spiegelbild. Eigentlich sollte dieser Klinikaufenthalt dazu dienen, dass es ihr besser ging.

Auf Anraten ihres Therapeuten Doktor Vogler hatte sie sich zu Beginn der Semesterferien freiwillig einweisen lassen. Seit einem verheerenden Brand vor acht Jahren im Haus ihrer Sandkastenfreundin Astrid, bei dem die beiden Teenager mit ansehen mussten, wie Astrids Eltern in dem Flammenmeer ums Leben kamen, litt Konstanze an einer posttraumatischen Belastungsstörung. Dank der Intervention ihrer Tante war sie seit ein paar Monaten endlich in therapeutischer Behandlung.

Für den Umgang mit ihren Panikattacken und Albträumen, die immer wieder über sie herfielen, hatte Doktor Vogler ihr erfolgreich Strategien vermitteln können. Konstanze hatte jedoch im letzten September einen herben Rückfall erlitten, als sie die schrecklichen Pläne einer rechtsextremen Terrorgruppe aufgedeckt hatte. Deren Anführer Robert hatte sie auf einer Studentenparty kennengelernt und zu diesem Zeitpunkt nicht geahnt, welch ein Monster sich hinter dem charmanten Mann versteckte. Konstanze hatte kurze Zeit später nicht nur mit eigenen Augen ansehen müssen, wie ihre Freundin Sabrina von Roberts Leuten brutal ermordet wurde, sondern war aufgrund teuflischer Intrigen sogar selbst unter Mordverdacht geraten.

Mit Hilfe ihrer Tante Heidrun, die als Rechtsmedizinerin arbeitete, hatte sie jedoch ihre Unschuld beweisen können und saß zwei Monate später als Hauptbelastungszeugin im medienwirksamen Prozess gegen Robert Schuster. Während ihrer Aussage vor Gericht war das Unfassbare geschehen. Schwer bewaffnete und maskierte Mitglieder der Terrorgruppe hatten den Gerichtssaal gestürmt und Geiseln genommen. Robert, dessen Gesicht durch heißes Fett, welches ihm Konstanze ins Gesicht gekippt hatte, furchtbar entstellt gewesen war, hatte seine ganz persönliche Rache gewollt und sich Konstanze als Geisel genommen. Just in dem Moment, als er sie hatte erschießen wollen, wurde Robert von einem Scharfschützen angeschossen, weitere SEK-Beamte waren in den Gerichtssaal gestürmt und hatten schließlich nach einem großen Tumult den Horror beenden können.

Als das Wasser kalt genug war, füllte Konstanze einen Zahnputzbecher damit und ging zurück zum Bett von Mareike. »Hier, trink einen Schluck.«

Ohne Widerworte nahm ihre Freundin den Becher, führte ihn mit zitternden Händen an ihre Lippen und nippte kraftlos daran. Die Hälfte des Wassers lief ihr am Kinn herunter, weshalb Konstanze ein sauberes Handtuch aus dem Bad holte und Mareike damit sorgfältig das Gesicht trocken rieb.

»Möchtest du mir von deinem Traum erzählen?«, fragte sie behutsam und hüllte dabei die immer noch schlotternde Mareike in die Bettdecke ein.

»Es war der gleiche Traum wie jede Nacht, Konny.« Mareike schaute sie aus ausdruckslosen Augen an.

»Wieder dieses dunkle Kellerloch?«

Sie nickte und schniefte laut. »Es war wieder der türlose Raum, in dem ich gefangen war und nach einer Weile fingen die Sandsteine, wie jedes Mal, an zu glühen, als wäre ich direkt in der Hölle gelandet.«

»Und die siedenden Mauern mit ihrer unerträglichen Hitze bewegten sich auf dich zu und ließen deinen Körper schmelzen«, beendete Konstanze den Traum, den sie inzwischen so gut kannte, als würde sie ihn selbst Nacht für Nacht träumen.

»Es fühlt sich so schrecklich real an. Ich kann die Hitze jedes verdammte Mal spüren. Fühle, wie mir die Haut aufplatzt und schließlich auf den Boden tropft.« Mareike funkelte sie hysterisch an. Blankes Entsetzen spiegelte sich in ihren grünen Augen.

»Hast du mal daran gedacht, dass deine neuen Medikamente an diesen Albträumen Schuld sein könnten?«, sprach Konstanze endlich aus, was sie bereits seit Tagen vermutete. Mareike war schon ein paar Wochen länger in der Rotmainklinik zur Therapie. Sie litt unter schweren Depressionen und hatte aufgrund ihrer Erkrankung sogar ihr Geologiestudium abbrechen müssen. Als vor drei Wochen ihr behandelnder Arzt Doktor Emilio Giunta, eine wahre Koryphäe bei der Behandlung von Depressionspatienten, mit der Nachricht gekommen war, dass die Rotmainklinik ein neues Antidepressivum testen durfte und er nun eine Gruppe aus freiwilligen Testpersonen zusammenstellen wollte, war Mareike sofort bereit gewesen, daran teilzunehmen.

»So ein Blödsinn! Warum sollten die Medikamente an meinen Träumen Schuld sein?« Energisch schüttelte sie den Kopf und hob abwehrend beide Hände.

»Ich sehe da schon seit Tagen einen Zusammenhang. Seit dem du in dieser Studiengruppe bist, wachst du jede Nacht aus diesen schrecklichen Albträumen auf. Außerdem scheinen diese Albträume täglich schlimmer zu werden.«

»Das ist Zufall, Konny. Wie sollte denn ein Medikament gegen Depressionen Einfluss auf die Träume eines Menschen haben?«

»Keine Ahnung. Ich bin ja weder Arzt noch Chemiker. Aber es könnte doch sein. Du musst schon zugeben, dass es sehr seltsam ist, dass beides zeitlich zusammenpasst.«

»Du siehst Gespenster, Konny. Ganz ehrlich, seit ich diese neuen Medis nehme, geht es mir viel besser. Ich habe mich schon ewig nicht mehr so leicht und frei gefühlt. Mit den Tabletten ist bestimmt alles in Ordnung.«

»Ich freue mich ja auch für dich, dass es dir besser geht. Ich ... ach ich weiß auch nicht, was mit mir los ist. Vielleicht eine Berufskrankheit, dass ich hinter allem eine Straftat sehe.«

Mareike lachte vergnügt auf. »Das wird es sein. Entspann dich mal ein bisschen. Du sollst hier drin gesund werden und dich nicht für dein Referendariat qualifizieren.« Jetzt war es Mareike, die Konstanze fest in die Arme schloss und ihr einen zärtlichen Kuss auf den Kopf drückte. Dann rutschte sie unruhig auf dem Bett hin und her und bekam einen verklärten Gesichtsausdruck, während sie Konstanze mit schiefem Kopf ansah.

»Was ist los?« Verwirrt legte sie ihre Stirn in Falten und wartete darauf, dass ihre Freundin sich äußerte.

»Ich muss dir etwas gestehen«, druckste Mareike herum und trampelte damit auf Konstanzes Geduld herum.

»Nun sag schon.«

»Ich habe mich total verknallt«, platzte Mareike überschwänglich heraus.

Nicht schon wieder, dachte Konstanze geschockt. Erst vor wenigen Monaten hatte ihr Sabrina ihre Liebe gestanden und Konstanzes Reaktion war Flucht gewesen. »In wen denn?«, fragte sie deshalb vorsichtig nach.

Mareike bedachte sie mit einem ungläubigen Blick. »Na, in Doktor Giunta natürlich«, sagte sie in einem Ton, der klarmachte, dass es doch wohl offensichtlich war.

»Oh!« Konstanze fiel ein Stein der Erleichterung vom Herzen, so richtig freuen konnte sie sich trotzdem nicht, denn ihr war klar, dass sich Mareike mit ihrer Schwärmerei für den Arzt früher oder später ins Unglück stürzen würde.

»Du freust dich gar nicht für mich«, sagte Mareike enttäuscht und ließ die Schultern hängen.

»Doch! Natürlich freue ich mich für dich. Ich war nur etwas ... überrascht. Das ist alles«, log Konstanze. Über dieses Thema würde sie mit ihrer Freundin reden, wenn diese etwas belastbarer war. Kurz nach einem Albtraum war ein denkbar ungünstiger Zeitpunkt für solch ein Gespräch.

»Lass uns noch etwas schlafen.«

Konstanze nickte, zwang sich zu einem entspannten Lächeln und kroch dann wieder unter ihre eigene Bettdecke. Auch wenn ihre Zweifel bezüglich eines Zusammenhangs zwischen den Medikamenten und den Albträumen nicht restlos ausgeräumt waren, so fand sie es dennoch ziemlich unwahrscheinlich, nach all den Ereignissen der letzten Monate, ausgerechnet in einer psychotherapeutischen Klinik schon wieder mitten in eine Straftat geschlittert zu sein. Sie verscheuchte ihre lästigen Zweifel in die hinterste Ecke ihres Bewusstseins und wollte sich ab morgen wieder darauf konzentrieren, ihre eigene Vergangenheit zu verarbeiten, damit sie nicht irgendwann so schlimm endete wie Mareike.

7:56 Uhr

An Schlaf war für den Rest der Nacht nicht mehr zu denken, sodass Konstanze schließlich genervt die Bettdecke zurückschlug, aufstand und unter die Dusche ging. Der warme Wasserstrahl prasselte sanft massierend auf ihre Haut nieder und sorgte dafür, dass sich ihre verspannte Nackenmuskulatur lockerte. Während sie im Bad war, hörte sie Mareike aufstehen und unbeschwert vor sich hinpfeifen. Ein Lächeln stahl sich auf Konstanzes Gesicht, denn seit sie das Zimmer hier mit ihr teilte, hatte sie die junge Frau nicht so heiter erlebt. Somit spülte Konstanze ihre letzten Zweifel mit dem Seifenwasser im Abfluss der Dusche herunter und spürte selbst eine innere Freude, die auch ihr neue Kraft zu geben schien. Sie rubbelte ihre Haut mit einem Handtuch trocken, zog sich an und gab dann das Bad für Mareike frei.

Während sie darauf wartete, dass ihre Freundin fertig wurde, schrieb Konstanze einen Eintrag in ihr persönliches Kliniktagebuch. In dieser Einrichtung hielten die Ärzte ihre Patienten an, sämtliche Eindrücke, Gefühle, Ängste, Wünsche und erlebte Fortschritte schriftlich in Form eines Tagebuchs festzuhalten. Konstanze sah darin zwar keinen direkten Nutzen für sich, wollte aber auch nicht von Anfang an alle

Bemühungen der Ärzte boykottieren. Ihr Magen knurrte laut und wie aufs Stichwort kam Mareike endlich aus dem Bad. »Können wir?«, fragte sie und strahlte dabei übers ganze Gesicht.

»Unbedingt. Ich bin am Verhungern.« Konstanze schob ihre Freundin aus dem Zimmer und gemeinsam schlenderten sie in Richtung Speisesaal, aus dem es bereits nach frisch gebrühtem Kaffee und Brötchen duftete.

Am Buffet war zum Glück kein allzu großer Andrang mehr, sodass die beiden Frauen in wenigen Minuten mit ihrem Frühstück versorgt waren. Auf dem Weg zu ihrem Tisch, bemerkte Konstanze eine seltsam bedrückte Stimmung unter den anderen Patienten im Raum. Einige von ihnen tuschelten aufgeregt miteinander, andere kauten hölzern mit betrübten Mienen auf ihrem Frühstück herum.

»Was ist denn los?«, fragte Konstanze eine andere Patientin, während sie ihr Tablett auf dem Tisch abstellte.

»Habt ihr es noch nicht gehört?«

»Was gehört?«, mischte sich jetzt auch Mareike in das Gespräch ein.

»Davidt Bredemann hat sich heute Nacht die Pulsadern aufgeschnitten.«

Mareike sank kreidebleich auf ihren Stuhl und starrte mit offenem Mund auf einen Punkt weit außerhalb des Raumes und auch Konstanze brauchte einen Moment, um das eben Gehörte zu verarbeiten.

»Wie geht es ihm jetzt?«

»Als er heute früh gefunden wurde, kam bereits jede Hilfe zu spät. Er ist tot«, flüsterte die Tischnachbarin Konstanze zu.

»Das ist ja furchtbar. Wie konnte das nur passieren?« Konstanze spürte, wie sämtliches Blut in ihre Beine sackte und ihr Kreislauf schlappmachte.

»Ich habe keine Ahnung. Es sind grad viele Gerüchte im Umlauf. Ich weiß nur, dass er in den letzten Tagen sehr unter Albträumen gelitten hatte.«

»War er etwa mit in deiner Therapiegruppe, Mareike?«, fragte Konny nun an ihre Freundin gewandt. Doch diese schien sie überhaupt nicht zu hören und blickte immer noch mit leeren Augen auf einen imaginären Punkt im Universum. Behutsam fasste Konstanze ihre Freundin an die Schulter und weckte sie damit aus ihrem tranceartigen Zustand. Mareike zuckte zusammen und schaute sich verwirrt um.

»War Davidt mit in deiner Therapiegruppe, bei der Medikamentenstudie?«, unternahm Konstanze einen weiteren Versuch.

Mareike nickte abwesend. »Ja«, kam es fast lautlos über ihre Lippen und dann brach sie plötzlich weinend zusammen. Sie schlug beide Hände vors Gesicht, schluchzte und wurde von Sekunde zu Sekunde hysterischer.

»Ich bringe sie schnell ins Schwesternzimmer.« Konstanze stand auf und legte einen Arm um Mareikes Schultern. »Komm Liebes, lass uns gehen.«

Ohne großen Widerstand ließ sich Mareike durch die Klinikflure dirigieren. Obwohl hier alles in zarten Pastelltönen gestrichen war und farbenfrohe Bilder die

Wände zierten, wirkten die langen Gänge gegenwärtig trist und öde auf Konstanze. Als sie um die Ecke bogen, kam ihnen eine Krankenschwester entgegen, die die Patientin übernahm und sich umgehend um die Behandlung von Mareike kümmerte. Konstanze konnte hier im Moment nichts mehr tun und kehrte benommen auf ihr Zimmer zurück. Doch kaum hatte sie die Tür hinter sich geschlossen, fing ihr Schädel an zu dröhnen und eine innere Unruhe breitete sich in ihr aus. Das Zimmer erschien ihr plötzlich viel zu klein, ja sogar die ganze Klinik engte sie dermaßen ein, als hätte man sie in ein viktorianisches Korsett gezwängt. Hastig schlüpfte sie in ihre Jacke und eilte nach draußen in die großflächige Parkanlage.

Feuchtkalte Februarluft schlug ihr entgegen und sie zog instinktiv beide Schultern nach oben. Als ob man so weniger frieren würde, dachte sie und versuchte, sich gleich darauf wieder zu entspannen. Mit schnellen Schritten erreichte sie den kleinen See in der Mitte des Parkes und schlenderte, deutlich langsamer, den malerischen Rundweg entlang. Ihre Gedanken hüpften wild hin und her, ohne dass Konstanze sie zu fassen bekam. Dieser Davidt bekam also auch die neuen Antidepressiva, die Doktor Giunta in seiner kleinen Therapiegruppe testen wollte, und er hatte ähnliche Albträume wie Mareike. Und jetzt war er tot. Konstanze lief es eiskalt über den Rücken bei dem Gedanken daran, wie verzweifelt ein Mensch sein musste, bevor er sich freiwillig die Pulsadern aufschnitt. Konnte es Zufall sein, dass zwei Patienten, die die gleichen Medikamente bekamen, auch an denselben Begleiterscheinungen litten? Oder stimmte doch etwas mit diesen Arzneimitteln nicht. Ihre Zweifel waren wieder voll da und sie hatte schreckliche Angst. Angst um ihre Freundin Mareike. Was wäre, wenn auch sie die Auswirkungen der Albträume nicht mehr ertragen konnte und sich ebenfalls umbringen würde? Konstanze könnte es sich niemals verzeihen, wenn sie ihrem Verdacht nicht nachgehen würde. Was, wenn die Albträume nur der Anfang waren und diese Pillen die Psyche so beeinflusste, dass es die Patienten in den Suizid trieb?

Oh Gott, ich drehe hier ja selbst noch völlig durch. Ich muss dringend aus dieser Klinik raus, bevor ich komplett verrückt werde. Das ist doch Science Fiction. So etwas gibt es nicht, dachte Konstanze, um sich selbst wieder zu beruhigen, doch irgendwo in der hintersten Ecke ihres Bewusstseins blieb ein schaler Beigeschmack.

Sie rieb sie die inzwischen kalt gewordenen Hände und blies ihren warmen Atem hinein. Irgendetwas musste sie einfach tun und so beschloss sie auf dem Rückweg ins Gebäude, die anderen Teilnehmer aus Mareikes Therapiegruppe aufzusuchen und zu fragen, ob auch sie an Albträumen litten.

14:23 Uhr

Nachdenklich saß Konstanze auf ihrem Bett und schaute hinüber zu Mareike, die, nachdem sie ein Medikament zur Beruhigung gespritzt bekommen hatte, seit einer Ewigkeit schlief. In den letzten Stunden hatte sie mit fast allen Teilnehmern aus der Therapiegruppe sprechen können und zu ihrem großen Entsetzen berichtete jeder einzelne, dass er seit etwa zwei Wochen unter teilweise schrecklichen Albträumen litt. Für Konstanze stand zweifelsfrei fest, dass diese Träume etwas mit den Medikamententests zu tun hatten, zumindest aber mit der Therapiegruppe von Doktor Giunta. Während sie ununterbrochen die hintere Abdeckung ihres Smartphones ablöste und klackend wieder einrasten ließ, dachte sie über ihre weiteren Schritte nach. Hier drin würde sie auf keinen Fall weiter kommen. Ihr Entschluss war endgültig. Energisch beugte sie sich zum Nachttisch herüber, nahm ihr Telefon und wählte die Nummer ihres Therapeuten Doktor Vogler. Während sie den Klingelzeichen lauschte, hoffte sie inständig, dass er das Gespräch annehmen würde und nicht nur die Mailbox ranging. In der Hektik hatte sie überhaupt nicht daran gedacht, dass um diese Zeit noch Therapiegespräche stattfanden. Resigniert wollte sie gerade wieder auflegen, als es in der Leitung knackte.

»Ja, bitte!«, meldete sich Doktor Vogler mit belegter Stimme.

»Hallo? Hier ist Konstanze Hartenbach«, antwortete sie überrascht, ihn doch noch ans Telefon bekommen zu haben. »Ihre Patientin«, fügte sie unnötigerweise hinzu, als er nicht gleich reagierte. Hatte Doktor Vogler geschlafen, oder warum klang er so zerschlagen?

»Ich weiß, Frau Hartenbach.« Er lachte rau auf und räusperte sich dann. »Ist mit Ihnen alles in Ordnung? Was kann ich für Sie tun.«

Irgendetwas war anders an dem Arzt, er klang seltsam fremd, aber Konstanze schob den Gedanken beiseite. Vermutlich sah sie inzwischen überall Gespenster. »Ich möchte die Klinik so schnell wie möglich wieder verlassen«, kam sie prompt zum Punkt. Rascheln am anderen Ende der Leitung, dann wurde eine Tür geschlossen. »Was ist passiert, dass Sie den Aufenthalt abbrechen möchten?« Besorgnis schwang in seiner Stimme mit.

»Es ist nichts passiert«, wiegelte Konstanze ab, »es ist eher so, dass ich mich hier drin überhaupt nicht wohl fühle. Ich glaube einfach nicht, dass man mir in der Klinik wirklich helfen kann.«

»Sie sind freiwillig in der Klinik. Ich kann und möchte Sie nicht dazu zwingen. Darüber hatten wir doch gesprochen«, redete Doktor Vogler inzwischen mit seiner ruhigen und angenehmen Stimme, die Konstanze an ihm so mochte.

»Die Einzeltherapiesitzungen bei Ihnen haben mir bisher viel mehr gebracht. Die Klinik ist einfach nichts für mich«, legte sie nach, um Vogler davon zu überzeugen, dass alles in bester Ordnung sei. »Ich möchte den Aufenthalt hier nur nicht abbrechen, ohne mit Ihnen darüber gesprochen zu haben.«

»Ich habe prinzipiell nichts gegen einen Abbruch Ihres Klinikaufenthaltes einzuwenden. Wir sollten uns dann nur sehr bald wieder sehen. Ich werde gleich im Anschluss an unser Telefonat mit dem Klinikleiter reden, damit Sie morgen früh entlassen werden.«

»Danke, Doktor Vogler.« Erleichtert legte sie auf, atmete tief durch und ließ sich in ihre Kissen sinken. Sie hoffte sehr, dass sie sich gerade nicht selbst belogen hatte und tatsächlich stabil genug war, um mit ihrer posttraumatischen Belastungsstörung umgehen zu können. Im Hinblick auf die jüngsten Ereignisse, der brutale Tod ihrer Freundin Sabrina, den sie mit ansehen musste und schließlich die Geiselnahme während des Prozesses gegen Robert, dürfte sie alles andere als stabil sein. Wenn die Semesterferien vorbei waren, musste sie wieder auf dem Dampfer sein und sich voll und ganz auf ihr Jurastudium konzentrieren können.

Sehnsüchtig dachte sie an Merlin, ihren kleinen Mopsrüden, den sie vor etwa einem Jahr auf einem Autobahnrastplatz gefunden und nachdem sie keinen Besitzer ausfindig machen konnte, bei sich aufgenommen hatte. Auf einmal hatte sie es eilig, wieder nach Hause zu kommen. Sie vermisste ihren kleinen Racker und wusste, dass er ihr die notwendige Kraft geben würde, die sie zur Verarbeitung ihrer Erlebnisse brauchen würde. Eilig hüpfte sie aus dem Bett, holte ihren Koffer vom Schrank herunter und begann ihre Sachen zu packen. Sehr viel war es ja zum Glück nicht, denn sie sollte ohnehin nur vier Wochen in dieser Klinik bleiben. Doch nun hielt sie es keinen Tag länger hier aus.

Es klopfte leise an die Tür und Konstanze öffnete sie. Schwester Dorothea lächelte ihr fröhlich wie immer entgegen. »Schade, dass Sie uns vorzeitig verlassen möchten, Frau Hartenbach.«

»Ich denke, diese Klinik ist wirklich nichts für mich, Schwester Doro«, antwortete Konstanze mit einem Anflug von schlechtem Gewissen.

»Sie wissen selbst am besten, was Ihnen guttut. Ich wollte Ihnen nur mitteilen, dass soweit alles geregelt ist und Sie morgen früh entlassen werden. Halten Sie es noch so lange bei uns aus?«

»Natürlich. So schlimm ist es ja nun auch wieder nicht. Aber ich freue mich wirklich, dass ich morgen wieder in meine eigenen vier Wände kann.«

Erleichtert, dass alles reibungslos klappte, rief Konstanze ihre Tante Heidrun an und machte sich anschließend daran, hastig ihren Koffer weiter zu packen.

»Was machst du da?«, hörte sie eine schlaftrunkene Stimme hinter ihrem Rücken murmeln. Konstanze drehte sich zu Mareike um, die sich gegen das Licht blinzelnd im Bett aufsetzte. Sofort überkam sie ein schlechtes Gewissen, weil sie ihre neu gewonnene Freundin hier allein zurücklassen würde.

»Ich packe meine Sachen«, presste sie zerknirscht hervor.

»Ja, das sehe ich. Aber warum um alles in der Welt packst du deinen Koffer?« Mareikes Gesichtsausdruck glich einer Mischung aus Unverständnis, Angst und blankem Entsetzen. Konstanze unterbrach ihre Tätigkeit und setzte sich zu Mareike aufs Bett. Behutsam legte sie einen Arm um ihre Zimmernachbarin.

»Ich werde morgen früh die Klinik verlassen und nach Hause gehen.« Konstanze erwartete nun einen totalen Zusammenbruch ihrer Freundin, doch diese starrte sie nur ungläubig an und presste ihre Lippen aufeinander, bis nur noch ein schmaler Strich zu sehen war. Die Stille lag nun schwer im Raum, und keiner der beiden wagte es, etwas zu sagen. Das anklagende Schweigen verursachte ein heftiges Klingeln in

Konstanzes Ohren und sie hörte das Blut durch ihren Köper rauschen. Dann endlich durchbrach Mareike die erdrückende Stille. »Warum morgen schon? Du bist doch erst seit zwei Wochen hier«, sagte sie vollkommen emotionslos.

Konstanze legte sich ihre Worte gut zurecht, sie wollte die im Moment extrem angeschlagene Mareike auf keinen Fall noch weiter aufregen.

»Mir bringt der Aufenthalt hier nicht wirklich etwas. Ich fühle mich unwohl. Wärst du nicht hier, hätte ich vermutlich schon am zweiten Tag aufgegeben.« Besorgt wartete sie eine Reaktion ab, doch ihre Freundin lächelte.

»Ach Konny, ich merke schon die ganzen Tage, dass du dich hier nicht wohlfühlst. Ich habe mich nur nicht getraut, dich darauf anzusprechen.«

Erleichtert schloss Konstanze ihre Freundin in die Arme und atmete mit einem tiefen Seufzer aus. »Wir bleiben in Kontakt, versprochen? Ich besuche dich und wir telefonieren und schreiben uns.«

»Auf jeden Fall. Du bist mir sehr ans Herz gewachsen, Konny.«

Konstanze überlegte, wie sie nun am besten weiter vorgehen sollte, denn ihr gingen die neuen Medikamente im Zusammenhang mit den schrecklichen Albträumen nicht aus dem Kopf. Außerdem konnte sie nicht ausschließen, dass es nicht noch andere Nebenwirkungen gab, von denen sie bisher nichts wusste, oder dass noch andere, schlimmere in Zukunft auftreten würden. Sie musste dem Ganzen auf den Grund gehen, auch auf die Gefahr hin, dass sie vollkommen falsch lag, und dafür brauchte sie eine Probe von diesem Antidepressivum.

»Darf ich dich noch um einen Gefallen bitten?«, wagte sie den Vorstoß.

»Klar! Um was geht es?« Mareike wirkte erstaunlich gelassen in Anbetracht des Vorfalls heute Vormittag beim Frühstück und der Nachricht, dass Konstanze morgen die Klinik verlassen würde. *Das liegt vermutlich an der Spritze, die sie vorhin bekommen hat,* dachte Konny.

»Du bekommst doch dieses neue Medikament aus der Testgruppe immer morgens und abends, richtig?« Mareike nickte, ging aber sofort in eine Defensivhaltung über und kniff ihre Augen zu engen Schlitzen zusammen.

»Hör zu! Ich habe mich vorhin ein bisschen umgehört. Wusstest du, dass alle aus deiner Therapiegruppe an ähnlichen Albträumen leiden?«

»Von ein paar wusste ich es. Wir haben das Thema in der Gruppensitzung mal kurz angerissen. Und?« Sie verschränkte abwehrend ihre Arme vorm Körper und funkelte Konstanze angriffslustig an.

»Das kann kein Zufall sein, Mareike. Ich bin mir ganz sicher, dass etwas mit diesen Antidepressiva nicht stimmt. Deshalb möchte ich gern eine Probe davon mit aus der Klinik nehmen. Meine Tante kann die chemische Zusammensetzung bei ihr im Institut von der toxikologischen Abteilung untersuchen lassen.«

»Du spinnst. Ganz ehrlich, Konny! Du bringst dich selbst in Teufels Küche wegen nichts. Ein Hirngespinst. Wie willst du an die Medikamente rankommen? Etwa in der Apotheke einbrechen?«

»Ich hatte eigentlich gehofft, dass du deine Dosis von heute Abend nicht nimmst und ich sie mitnehmen kann.«

»Niemals«, schrie Mareike plötzlich ganz aufgebracht. »Ich mache da nicht mit. Mit dem Medikament ist alles in Ordnung und du willst mit Gewalt einen Zusammenhang herstellen, wo nichts ist.«

»Aber es gibt einen Zusammenhang. Die Albträume. Wenn nur du sie hättest, aber ihr habt sie alle und jetzt gibt es sogar ein Todesopfer. Da kann ich nicht tatenlos zuschauen. Bitte Mareike!« Konstanze versuchte, ruhig zu bleiben, um ihre Freundin nicht noch weiter aufzuregen.

»So ein Unfug. Doktor Giunta würde uns niemals ein, wie du es nennst, manipuliertes Medikament geben. Er ist ein guter Arzt. Und jetzt lass mich in Ruhe damit.« Mit diesen Worten sprang sie aus dem Bett, zog sich hastig ein Shirt und ihre Jogginghose über und rannte türenknallend nach draußen.

Zurück blieb eine vollkommen perplexe Konstanze, die die Welt nicht mehr verstand. Konnte ihre Freundin wirklich so blind sein, dass sie nicht sehen konnte, was im Grunde auf der Hand lag? Traurig und auch enttäuscht von der verliebten Blindheit Mareikes packte sie ihre restlichen Klamotten in den Koffer und verließ dann ebenfalls das Zimmer, um Mareike zu suchen. Vielleicht könnte sie ihre Freundin doch noch umstimmen.

20:03 Uhr

Über eine Stunde hatte sie das gesamte Klinikgelände und die weitläufige Parkanlage nach ihrer Freundin abgesucht, doch sie hatte sie nirgends finden können. Selbst beim Abendessen war Mareike nicht erschienen, sodass Konstanze ohne großen Appetit ein paar Bissen allein gegessen hatte und dann schnell wieder auf ihr Zimmer zurückgekehrt war. Zu ihrer großen Erleichterung war Mareike inzwischen wieder da, sie lag in ihrem Bett und drehte sich mit dem Gesicht zur Wand, als Konstanze das Zimmer betrat.

»Möchtest du wirklich an meinem letzten Abend hier vor dich hin schmollen?«, fragte Konstanze, die darauf hoffte, den lächerlichen Streit mit ihrer Freundin begraben zu können und den Abend gemeinsam mit ihr zu verbringen. Als Antwort zog diese ihre Bettdecke über den Kopf und machte damit deutlich, dass sie zu keiner Konversation bereit war. Zerknirscht zog sich Konstanze mit einem Buch auf ihr eigenes Bett zurück und las ein paar Seiten. Doch sie konnte sich absolut nicht auf ihren Roman konzentrieren. Der dämliche Streit mit Mareike lag ihr schwer im Magen und drückte auf ihr Gemüt. Sie war überglücklich gewesen, in Mareike eine neue Freundin gefunden zu haben. Schon nach wenigen Tagen hatte sich herauskristallisiert, dass sich beide Mädchen sympathisch fanden und auf gleicher Wellenlänge lagen. Nach dem grausamen Tod von Sabrina hatte Konstanze in Bayreuth keine echte Freundin mehr gehabt. Klar verstand sie sich auch mit ihren anderen Kommilitonen und sie hatte ihre große Liebe Nils an ihrer Seite, aber das war doch etwas ganz anderes als eine enge Vertraute, mit der man über alles offen reden konnte. Umso trauriger machte sie der Umstand, die Klinik ohne ein aussöhnendes Wort mit Mareike verlassen zu müssen. Betrübt klappte sie ihr Buch zusammen und legte es beiseite. Vielleicht war Mareike nur zu stolz, um den ersten Schritt zu tun? Konstanze gab sich einen Ruck, schlüpfte in ihre Pantoffeln und ging zum Bett ihrer Freundin. Vorsichtig beugte sie sich über Mareike.

»Darf ich mich zu dir setzen?«, flüstere sie, doch es kam keine Antwort. Mareikes Atem ging ruhig und gleichmäßig, ihr Brustkorb senkte sich leicht auf und ab. Sie schlief. Traurig glitt Konstanze zurück in ihr Bett und vergrub sich unter der kuscheligen Daunendecke. Hoffentlich würden sie sich wenigstens morgen früh vor ihrer Abreise aussöhnen können.

Tag 2

9:23 Uhr

All die lieben Menschen, die Konstanze in den letzten zwei Wochen kennenlernen durfte, standen in einer großen Traube um sie herum, umarmten und herzten sie und wünschten ihr alles Gute für die Zukunft. Nachdem jedoch Mareike auch heute nach dem Aufstehen nicht mit ihr geredet hatte und selbst zum Frühstück nicht mit in den Speisesaal gekommen war, fiel Konstanze der Abschied aus der Klinik nun doch bedeutend schwerer, als sie zuerst annahm und sie hatte Mühe, nicht doch noch in Tränen auszubrechen. Die verschiedenen schweren Schicksale, von denen sie in den letzten Tagen erfahren hatte, waren ihr mächtig an die Nieren gegangen. Einige der Leute hier würde sie trotz allem ziemlich vermissen. Am meisten machte ihr jedoch der Streit mit Mareike zu schaffen. Ihre Freundin war nicht gekommen, um sie zu verabschieden, und das versetzte Konstanze einen heftigen Stich ins Herz.

Suchend schaute sie sich noch einmal in der Eingangshalle um und griff dann schweren Herzens nach ihrem Koffer. Trotz ihrer Traurigkeit darüber, ihre Freundin nicht noch einmal zu sehen, spürte sie nun doch das Kribbeln der Vorfreude, von diesem einengenden Ort fortzukommen, und steuerte zielstrebig den Ausgang an. Hinter der großen Glastür sah sie bereits Tante Heidrun, die neben ihrem Auto stand und auf sie wartete.

»Konstanze, warte!«, hörte sie eine bekannte Stimme rufen. Gerade als sie den Ausgang erreicht hatte, blieb sie stehen, drehte sich um und sah, wie Mareike atemlos die Treppen hinunter stürzte. Beinahe hätte Konstanze losgeheult, so erleichtert war sie darüber, dass ihre Freundin nun doch noch kam.

»Mareike! Ich bin so froh, dass du gekommen bist.«

»Ich kann dich doch nicht einfach so ziehen lassen. Es tut mir so leid, Konstanze. Ich habe mich gestern aufgeführt, wie eine Idiotin.«

»Nun ja, vielleicht nicht wie eine Idiotin, aber schon ziemlich stur und uneinsichtig.«

»Ich weiß. Entschuldige bitte. Ich habe dir Unrecht getan und mich benommen wie ein trotziges Kleinkind.« Beide Freundinnen mussten gleichzeitig laut losprusten und Konstanze schlang ihre Arme um Mareike.

»Schon vergessen. Jetzt bist du ja da.«

»Du wirst mir fehlen, Konny.« Mareike standen jetzt Tränen in den Augen und Konstanze wusste, dass die nächsten Tage mit Sicherheit sehr schwer für sie werden würden.

»Ich werde dich auch schrecklich vermissen. Aber ich komme dich ganz oft besuchen und wir telefonieren regelmäßig.«

»Versprochen?«

»Ganz fest versprochen.«

Mareike zwang sich tapfer ein Lächeln ab und streckte Konstanze die Hand entgegen. »Es wird Zeit. Lange Abschiede sind ohnehin nichts für mich und deine Tante wartet auf dich.«

»Ja du hast Recht. Ich sollte jetzt gehen.« Konstante ergriff die Hand ihrer Freundin und spürte verdutzt, wie Mareike ihr in diesem Moment etwas in die Handfläche gleiten ließ. Verwirrt schaute sie ihrer Freundin in die Augen.

»Du hattest Recht. Tu, was du tun musst«, flüsterte sie ihr zu und Konstanze nickte kaum merklich zur Bestätigung. Dann drehte sie sich um, schnappte sich ihren Koffer und trat durch die große Eingangstür ins Freie. Sie blinzelte in die tiefstehende Wintersonne, füllte ihre Lungen mit der kalten Februarluft und öffnete dann ihre Hand. Zwei kleine runde Tabletten lagen auf ihrem Handteller und Konstanze ließ sie blitzschnell in ihre Hosentasche gleiten.

9:56 Uhr

Alarmiert schaute Doktor Emilio Giunta der Patientin Hartenbach hinterher, wie diese die Klinik verließ. Er war sich nicht ganz sicher, aber es sah fast so aus, als hätte sein Schützling Mareike Kofler ihr etwas zugesteckt. Was ging da vor? Diese Hartenbach hatte gestern auch bei seinen Patienten Fragen gestellt und heute verließ sie ganz plötzlich und überhastet die Klinik. Bei ihm schrillten alle Alarmglocken und er versperrte kurzentschlossen Mareike, die gerade wieder zurück auf ihr Zimmer gehen wollte, den Weg.

»Frau Kofler, könnten wir einen Moment in mein Sprechzimmer gehen, bitte?« Er machte sich erst gar nicht die Mühe, eine Antwort abzuwarten, und schob seine Patientin mit festem Griff an der Schulter über den

Gang zu seinem Zimmer. Nachdem beide den Raum betreten hatten, schloss er die Tür hinter sich und setzte sich in einen der beiden Sessel, die sich in der Mitte des Raumes gegenüber standen.

»Bitte, setzten Sie sich doch.« Mit einer Hand deutete er auf den freien Sessel. Giunta ließ sie keine Sekunde aus den Augen und konnte ihre Nervosität geradezu riechen. Ihre Finger krallten sich so fest in die Lehnen, dass die Knöchel weiß hervortraten. Ihre wohlgeformte Brust hob und senkte sich in einem schnellen, aber gleichmäßigen Rhythmus.

»Um was geht es denn, Doktor Giunta?«, fragte sie mit einem Zittern in ihrer Stimme.

Emilio Giunta setzte sich aufrecht hin und zwang sich, nicht mehr auf den Busen seiner Patientin zu starren. Er räusperte sich und schlug ein Bein über das andere.

»Nun, Frau Kofler. Ich will da jetzt auch nicht lange drumherum reden. Ich weiß, dass Ihre Freundin, Frau Hartenbach, gestern unter den Teilnehmern unserer Medikamententestgruppe herumgeschnüffelt und Fragen gestellt hat.« Er machte eine Pause und beobachtete sehr genau ihre verräterische Reaktion. An ihrem Hals bildeten sich kreisrunde rote Flecken, die sie jedes Mal bekam, wenn sie in seinen Sitzungen aufgeregt war.

»Sie hat sich nur Sorgen gemacht, Doktor Giunta, wegen meiner Albträume. Wir hatten ja darüber gesprochen.« Mareike Kofler versuchte, selbstsicher zu wirken, und schaute ihm fest in die Augen. Doch er spürte, dass es in ihrem Inneren brodelte, dass sie Angst hatte und am liebsten den Raum fluchtartig verlassen hätte. Jetzt musste er sehr behutsam und geschickt vorgehen. Langsam beugte er sich vor und griff fürsorglich nach ihrer Hand, umschloss sie fest mit seiner und streichelte sanft mit dem Daumen über ihre Haut.

»Mareike, Sie wissen, dass Sie mir absolut vertrauen können. Wissen Sie das?«

Sie nickte zaghaft und schaute ihn mit diesen begierigen Augen an, die er schon seit einiger Zeit an ihr bemerkt hatte.

»Das ist gut, Mareike. Sie wissen auch, dass Vertrauen auf Gegenseitigkeit beruht und darauf aufbaut, dass man absolut ehrlich zueinander ist.«

Wieder nickte sie und schluckte offenbar schwer an einem Kloß, der ihr fest im Hals steckte.

»Sehr gut, Mareike. Ich sehe, wir verstehen uns. Ist es richtig, dass Sie gerade Frau Hartenbach, kurz bevor sie das Gebäude verlassen hat, etwas zugesteckt haben?«

Geschockt riss Mareike die Augen auf, zog reflexartig ihre Hand zurück und starrte ihn entsetzt an. Sie öffnete den Mund und setzte an, etwas zu sagen, überlegte es sich dann aber anders und presste ihre Lippen fest aufeinander. Kaum merklich schüttelte sie den Kopf und zupfte dabei an einem losen Stück Nagelhaut, die bereits blutete. Die gesamte Fingerkuppe war entzündet und glänzte in einem dunklen Rot.

»Sie brauchen sich nicht zu fürchten, Mareike. Mir ist bewusst, dass Sie von Frau Hartenbach unter Druck gesetzt wurden und niemals aus freien Stücken etwas aus der Klinik schmuggeln würden. Erleichtern Sie Ihr

Gewissen und sagen mir, was es war.« Emilio wusste, dass diese Patientin seinem Charme erlegen war und sich ihm nicht lange widersetzen konnte und so lächelte er sie entwaffnend an. Im nächsten Moment sackte die junge Frau auch schon in sich zusammen und fing an zu schluchzen. Er schob die Box mit den Taschentüchern zu ihr rüber und wartete geduldig, bis sie sich eins daraus genommen und die Nase geräuschvoll geschnäuzt hatte.

»Es tut mir so leid, Doktor Giunta«, begann Mareike schließlich ihr Geständnis, »ich wollte das wirklich nicht. Aber Konstanze, Frau Hartenbach hat mich ... ich war so durcheinander und wusste nicht ...« Stammelnd suchte sie nach Worten und fuhr sich nervös durch die Haare. »Ich war so unsicher, ob sie vielleicht doch Recht haben könnte.«

»Womit könnte sie Recht haben?« Giunta setzte sich aufrecht hin und sein ganzer Körper versteifte sich.

»Wegen der Albträume. Sie dachte, sie haben etwas mit dem neuen Medikament zu tun.«

»Das Antidepressivum aus der Testgruppe?« Kalter Schweiß trat ihm auf die Stirn und er musste sich zusammenreißen, um sich nichts anmerken zu lassen.

»Ja genau. Sie hatte die Vermutung, dass dieses Medikament vielleicht verantwortlich sein könnte für die schrecklichen Albträume, unter denen wir leiden. Deshalb wollte sie auch etwas von dem Medikament mit nach draußen nehmen.«

»Wollen Sie mir damit sagen, dass Sie vorhin Frau Hartenbach eine Ihrer Tabletten zugesteckt haben?« Seine Stimme klang plötzlich schrill und eine Oktave höher als sonst. Bloß nichts anmerken lassen! Schnell räusperte er sich und bemühte sich um Fassung.

»Ja«, hauchte Mareike kaum hörbar und senkte schuldbewusst den Blick.

»Aber Frau Kofler, Sie wissen doch hoffentlich, dass dies absoluter Unfug ist. Wo haben Sie denn überhaupt das Medikament hergehabt?«

»Ich habe meine Dosis heute Morgen nicht genommen.«

»Sie dürfen doch nicht einfach eigenmächtig die Medikation unterbrechen. Damit schaden Sie sich und auch der ganzen Testgruppe. Ich bin wirklich enttäuscht, Mareike.« Streng schaute er seine Patientin an, stand auf und ging hinüber zu seinem persönlichen Medikamentenschrank.

»Das wird ganz bestimmt nie wieder vorkommen, Doktor Giunta. Es tut mir schrecklich leid, auch, dass ich an Ihnen gezweifelt habe. Sie würden uns niemals Schaden zufügen, das weiß ich.«

Zufrieden registrierte Giunta, dass er seine Patientin weiterhin unter Kontrolle hatte und nahm eine Tablette aus einem braunen Glasröhrchen.

»Hier! Es ist noch nicht zu spät, um Ihre Morgendosis zu nehmen.« Er schob ihr behutsam die Tablette zwischen die Lippen und strich dabei wie zufällig über ihr Kinn. Dann reichte er ihr das Glas Wasser, das auf seinem Schreibtisch stand.

»So ist es gut.« Vertraut streichelte er Mareike über das Haar, nachdem sie das Präparat heruntergeschluckt hatte. »Jetzt gehen Sie ein bisschen in den Park an die frische Luft und wir sehen uns nachher zur

Gruppensitzung.« Mit diesen Worten schob er die junge Frau aus seinem Zimmer und schloss hinter ihr die Tür.

Seine Hände zitterten unkontrolliert und er hatte das Gefühl, als würden seine Beine jeden Augenblick unter ihm wegbrechen. Noch einmal ging er zu seinem Medikamentenschrank, fischte ein anderes Fläschen heraus und kippte sich zwei Pillen auf die Handfläche. Er setzte sich an seinen Schreibtisch, schenkte einen doppelten Armagnac ein und spülte damit die zwei Tramal herunter. Eigentlich hätte er jetzt was Stärkeres gebraucht. Doch sein Oxycodon Vorrat war aufgebraucht und sein Dealer hielt sich noch ein paar Tage im Ausland auf. Da Oxycodon unter das Betäubungsmittelgesetz fiel, konnte er sich dafür auf keinen Fall selbst ein Rezept ausstellen. Verflucht! Was sollte er jetzt nur tun? Konnte diese Hartenbach tatsächlich etwas herausfinden? Schiere Angst manifestierte sich in jeder einzelnen seiner Körperzellen und hinderte ihn daran, klar zu denken. Hätte er doch niemals diese Stelle in der Klinik angetreten. Dann würde er jetzt nicht Mittäter bei diesem Irrsinn sein. Ihm war von Anfang an klar gewesen, dass eines Tages jemand hinter diese illegalen Medikamententests kommen würde und dass es dann kein Entrinnen gab aus dem Höllenloch. Doch nach dem Freitod seiner Frau, die er ein Jahr zuvor seinem Bruder Carlos ausgespannt hatte, war Emilio nur noch tiefer in den Drogensumpf gerutscht und das Stellenangebot in dieser Klinik schien ihm wie ein Zeichen des Himmels. Sein Leben kam ihm so absurd vor, wie ein schlechter Witz, über den niemand wirklich lachen konnte. Hätte er sich dagegen wehren können? Nein, sein Chef hatte ihn in der Hand.

Vor etwa einem halben Jahr hatte Professor von Eckerstein ihn erwischt, wie er starke Schmerzmittel aus der Klinikapotheke gestohlen hatte. Seitdem wusste er von Emilios Tablettenabhängigkeit und nutzte sein Wissen schamlos aus, um seine kranken Forschungen voranzutreiben. Giunta kippte den Rest Armagnac herunter und ging dann mit schnellen, aber gefestigten Schritten zum Büro von Professor Cornelius von Eckerstein.

»Ja, Bitte!«, rief dieser mit seiner sonoren Stimme, nachdem Emilio zögernd an die Zimmertür geklopft hatte. Er trat ein und legte sich seine Worte zurecht.

»Guten Morgen Professor Eckerstein. Ich möchte Sie nicht unnötig stören aber ...«

»Oh, Doktor Giunta, Sie sind es!«, unterbrach der Klinikleiter seinen Redefluss und winkte ihn zum Schreibtisch heran. »Ich kann ohnehin eine kleine Pause gebrauchen. Setzen Sie sich, Herr Kollege.«

Emilio dachte nervös darüber nach, wie er das Gespräch beginnen könnte und bemerkte dabei nicht, wie sein Chef ihn mit seinem Blick durchbohrte. Er zuckte zusammen, als ihm bewusst wurde, dass der Klinikleiter offenbar auf eine Antwort wartete.

»Entschuldigen Sie bitte, Professor Eckerstein. Ich bin gerade etwas durch den Wind.«

»Das sehe ich, Herr Kollege. Wir haben wohl mal wieder das eine oder andere Pillchen zu viel erwischt«, stichelte er und genoss augenscheinlich seine Macht über den jungen Arzt.

»Nein! Ich habe nicht ... es ist ...«, stotterte Giunta verlegen und fühlte sich plötzlich hundeelend. Wie demütigend diese Situation doch für ihn war.

»Nun mal ganz langsam Giunta. Sie sind ja vollkommen durcheinander. Was ist passiert?«

»Die Hartenbach!«, schrie Emilio fast explosionsartig raus.

»Die Patientin, die heute auf eigenen Wunsch entlassen wurde. Was ist mit der?«

»Sie weiß etwas.« Emilio Giunta klammerte sich am Rand des Schreibtisches fest, um das Zittern in seinen Händen unter Kontrolle zu bringen.

»Was weiß diese Patientin? Herr Kollege, so langsam mache ich mir ernsthafte Sorgen um Ihren Zustand. So kenne ich Sie ja gar nicht. Warten Sie!« Cornelius von Eckerstein stand auf und ging zu dem schmucklosen Sideboard. Es fügte sich perfekt in das hochmodern gehaltene Büro des Klinikleiters ein und passte so gar nicht zum Wesen des gebildeten alten Mannes, der die meisten Stunden des Tages hier drin verbrachte. Mit zwei Gläsern und einer Flasche schottischem Whiskey kehrte er zum Schreibtisch zurück, füllte beide Gläser zweifingerbreit auf und schob eins davon zu Giunta rüber. »Hier, trinken Sie etwas und beruhigen sich erstmal.«

Emilio griff nach dem Glas und nahm einen großen Schluck. Er schloss für einen Moment die Augen, während die goldene Flüssigkeit warm seine Kehle hinab rann und atmete anschließend tief durch.

»Besser?«, fragte der Professor und stellte sein eigenes Glas auf dem Tisch ab. Emilio nickte matt.

»Entschuldigen Sie bitte, ich hatte mich nicht im Griff. Als die Patientin Hartenbach vorhin gegangen ist, konnte ich beobachten, dass ihre Zimmernachbarin, Frau Kofler, ihr etwas heimlich zugesteckt hat. Ich habe die Patientin Kofler anschließend befragt und sie hat mir gestanden, dass sie etwas von dem Medikament aus der Testgruppe aus der Klinik geschmuggelt hat.«

Professor von Eckerstein kratzte sich nachdenklich am Kinn. »Das ist in der Tat nicht so schön. Kann Sie etwas wissen?«

»Ich wüsste nicht, woher Sie etwas wissen sollte, aber sie hat Fragen gestellt, wegen der Albträume und hat Zusammenhänge mit dem Medikament vermutet.«

»Dann ist es ja im Grunde gut, dass sie nicht mehr in der Klinik ist. Zu neugierige Menschen können wir hier wirklich nicht gebrauchen. Nun ja, ich glaube nicht, dass Frau Hartenbach etwas mit der Tablette anfangen kann. Rein äußerlich unterscheidet sie sich ja überhaupt nicht von dem Originalpräparat. Wir sollten vorerst nicht die Nerven verlieren und abwarten. Oder halten Sie Frau Hartenbach für gefährlich?«

Emilio schüttelte den Kopf, spielte in Gedanken aber bereits mögliche Szenarien durch.

»Dann lassen Sie uns Ruhe bewahren und abwarten. Sie behalten bitte Ihre Patientin Kofler gut im Auge. Falls ihre Freundin doch etwas herausbekommt, wird sie ihr bestimmt davon erzählen.«

»Ich habe Frau Kofler gut im Griff, da brauchen Sie sich keine Sorgen zu machen«, versuchte Emilio mehr sich selbst, als seinen Chef zu beruhigen.

Er leerte in einem Zug sein Glas, stand dann zügig auf und verließ das Büro des Klinikleiters.

9:58 Uhr

Vollkommen aus dem Häuschen zerrte Merlin an der Leine, an deren anderem Ende Heidrun Hartenbach lächelnd wartete. Der kleine Mops konnte es gar nicht abwarten, sein Frauchen zu begrüßen, bellte vergnügt und hüpfte aufgeregt umher, bis Konstanze endlich das Auto erreicht hatte und neben ihrem Hund in die Hocke ging.

»Oh mein kleiner süßer Schatz. Ich habe dich ja so vermisst.« Sie kraulte ihm den Kopf und bekam als Dank einen feuchten Schmatzer mitten ins Gesicht. Dann stand sie auf und nahm ihre Tante fest in den Arm.

»Ich bin so froh, dich zu sehen Tante Heidrun.«

»Du meine Güte, Liebes. Das klingt ja fast so, als wärst du in einem Gefängnis gewesen.« Sie lachte herzlich auf und gab ihrer Nichte einen Kuss auf die Stirn.

»Sowas in der Art war es auch. Ich habe mich überhaupt nicht wohl da drin gefühlt.« Mit dem Daumen deutete sie über die Schulter in Richtung Klinik.

»Dann steig schnell ein. Ich fahre dich nach Hause. Konstanze setzte ihren Hund ins Auto und glitt sich dann selbst auf den Beifahrersitz. Sie spürte eine große Erleichterung und war sich nun absolut sicher, dass sie die richtige Entscheidung getroffen hatte. In der Klinik war sie nicht gut aufgehoben. Ihre Therapie würde sie auf jeden Fall gemeinsam mit Doktor Vogler fortsetzen.

Er kannte sie und ihre Vorgeschichte und hatte sich auch nach der schrecklichen Geiselnahme im Gericht um sie gekümmert. Warum sollte Konstanze einem anderen Arzt den ganz Mist nochmal erzählen. Es fiel ihr ohnehin schwer, anderen Menschen soweit zu vertrauen, um sie in ihr tiefstes Inneres blicken zu lassen. Auch bei Doktor Vogler war sie am Anfang skeptisch gewesen. Doch sehr schnell hatte Konstanze gespürt, dass ihr Therapeut unglaublich einfühlsam war und es tatsächlich schaffte, ihre Wunden zu heilen, ohne ihr zusätzliche Schmerzen zu bereiten.

»Was habe ich hier draußen verpasst?«, wollte Konstanze von ihrer Tante wissen.

»Lass mich mal nachdenken. Richtig, Aliens haben versucht, die Erde zu übernehmen und sich mit der Menschheit eine gigantische Schlacht geliefert. Wir haben aber gesiegt und die extraterrestrische Bande zurück ins All katapultiert.« Konstanze lachte befreit auf und knuffte ihre Tante in die Seite.

»Jetzt mal im Ernst.«

»Der übliche Wahnsinn, Konny. Ich habe die letzten Tage viel Überstunden machen müssen.«

»Was war denn los? Hat Bayreuth einen neuen Serienkiller?«, flachste Konstanze.

»Ich hoffe doch mal nicht, dass es sich um einen Serientäter handelt. Bis jetzt scheint es nur einen Fall zu geben.«

»Ein Mordopfer?« Konstanzes Interesse war geweckt.

»Ja, leider. Eine junge Frau. Sie wurde vom Täter im ökologisch-botanischen Garten der Uni abgelegt. Mit Absicht. Sie sollte gefunden werden.«

»Warum geht ihr davon aus, dass sie dort abgelegt wurde?«

»Der Zeitpunkt Konny. Genau an dem Tag, an dem massenhaft Besucher dorthin strömen, um die geöffnete Blüte des Titanwurz zu bestaunen, wird exakt neben dieser Pflanze eine Leiche gefunden. Unwahrscheinlich hier von einem Zufall auszugehen. Außerdem gab es keine Spuren, die auf den botanischen Garten als Tatort hindeuten.«

»Klingt logisch. Woran ist sie gestorben?«

»Das weiß ich noch nicht. Ich fahre gleich wieder ins Institut, die Obduktion ist für heute Nachmittag angesetzt. Äußerliche Verletzungen gibt es keine.«

»Dann könnte es ja auch ein natürlicher Tod sein, oder?«

»Die Kollegen der Spurensicherung haben unter der Leiche drei kleine Spielsteine aus einem Scrabble-Spiel gefunden. Ein A, ein I und ein P. Die wurden dort platziert, so als wolle der Täter eine Nachricht hinterlassen.«

»Seltsam. Was für eine Nachricht kann man mit nur drei Scrabble-Steinen übermitteln? Pia? Ipa? Api? Das ergibt doch alles keinen Sinn.«

»Mit drei keine. Aber noch ein paar Buchstaben mehr könnten eine Nachricht ergeben.«

Erschrocken drehte sich Konstanze zu ihrer Tante um. »Oh nein! Ihr geht davon aus, dass es noch weitere Opfer geben wird.«

»Diese Möglichkeit müssen wir leider in Betracht ziehen. Die Sache mit den Scrabble-Steinen hat die Kripo bisher aus ermittlungstaktischen Gründen zurückgehalten. Du weißt Bescheid.« Heidrun legte ihren Zeigefinger über ihre Lippen und bedeutete damit ihrer Nichte, Stillschweigen zu bewahren.

»Ja sicher. Als zukünftige Staatsanwältin kannst du auf meine Professionalität zählen.« Sie zwinkerte ihrer Tante zu. »Dann hast du ja gerade richtig viel um die Ohren. Dabei hatte ich ein Attentat auf dich vor.«

Heidrun hob fragend eine Augenbraue. »Ein Attentat? Schieß los, was kann ich für dich tun?«

Konstanze berichtete ihrer Tante mit knappen Worten, was sie in der Klinik erlebt hatte, von der Testgruppe, deren Teilnehmer ein neues Antidepressivum testeten und den Albträumen, bis hin zu dem Selbstmord des jungen Mannes.

»Ich glaube, dass die chemische Zusammensetzung von diesem Medikament für die Albträume der Testpersonen verantwortlich ist. Wer weiß, was die Tabletten langfristig noch bewirken. Könntest du bitte die Dinger im Institut untersuchen lassen?«

»Das ist eine heftige Anschuldigung, Konstanze. Ich kann mir nicht vorstellen, dass eine so angesehene Klinik Versuche mit Medikamenten unternimmt.«

»Das wollte ich ehrlich gesagt, auch nicht glauben, aber du musst zugeben, dass es schon nach mehr als Zufall klingt, dass alle Gruppenteilnehmer ähnlich schlimme Albträume haben, seit sie die Medikamente einnehmen.«

»Da hast du auch wieder Recht. Also gut. Ich schau, was ich für dich tun kann. Wenn Tom Dienst in der Toxikologie hat, kann ich ihn darum bitten, die Tabletten zu analysieren. Er kann den Mund halten und außerdem schuldet er mir noch einen Gefallen.«

»Du bist die beste Tante der Welt, weißt du das?« Konstanze atmete erleichtert auf.

»Ich weiß«, grinste Heidrun zurück und stellte den Motor ab. »Wir sind da mein Schatz.«

»Was, so schnell?« Konstanze war während der Fahrt so dermaßen in die Unterhaltung vertieft gewesen, dass sie überhaupt nicht darauf geachtet hatte, wo das Auto hinfuhr. Erst jetzt registrierte sie verwundert, dass sie sich in der Jahnstraße befanden, genau vor ihrer Wohnung.

»Was wollen wir hier?«, fragte Konstanze verwundert, denn ihre Wohnung war seit einem Brand vor fünf Monaten nicht bewohnbar. Ihrem Vermieter waren die Hände gebunden gewesen, was die Renovierung anging. In den ersten Wochen konnte er nicht in die Wohnung, da sie als Tatort aufgrund der mutmaßlichen Brandstiftung gesperrt gewesen war. Später hatte die Versicherung die Zahlung verweigert, mit der Begründung, Brandstiftung sei nicht versichert gewesen.

»Überraschung!« Heidrun strahlte vor Freude über das ganze Gesicht. »Deine Wohnung ist fix und fertig renoviert. Du kannst ab heute wieder darin wohnen.«

»Ist das dein Ernst?«, quietschte Konstanze fast schon hysterisch. Nicht, dass es ihr bei ihrer Tante nicht gefallen hätte. Aber so langsam sehnte sie sich nach ihren eigenen vier Wänden und hatte immer öfter das Gefühl, auch ihre Tante brauchte so langsam mal wieder etwas Privatsphäre. »Wie kommt es, dass jetzt alles so schnell ging? Das ist ja einfach unglaublich!«

»Die Versicherung hat endlich gezahlt und dein Vermieter hat, sobald er das Geld auf seinem Konto hatte, mit der Renovierung begonnen.«

»Ich fasse es nicht, dass die nach so langer Zeit nun doch noch gezahlt haben. Ich habe schon gar nicht mehr daran geglaubt.«

»Ich gebe zu, Christian hat etwas Druck gemacht bei der Versicherung. Sonst hätten die vermutlich immer noch nichts bezahlt.«

»Ich stehe tief in seiner Schuld. Sag ihm bitte tausend Dank von mir.«

»Das kannst du selbst machen. Du wolltest doch ohnehin mit ihm sprechen wegen deines Praktikums bei der Staatsanwaltschaft. Wir haben uns erlaubt, dir ein paar von den zerstörten Möbelstücken neu zu kaufen. Ich hoffe, du magst sie.«

Jetzt standen Konstanze Tränen in den Augen. »Oh Tante Heidrun, das hättet ihr doch nicht tun müssen. Sie werden mir bestimmt gefallen. Ich bin dir so unendlich dankbar, auch dass ich bei dir wohnen durfte die letzten Monate.«

»Schluss jetzt mit den Sentimentalitäten und hoch mit dir in deine Wohnung. Ich muss gleich weiter ins Institut.« Heidrun stieg aus und holte Konstanzes Koffer aus dem Kofferraum.

»Ich ruf dich an.«

»Danke für alles, Tante Heidrun.«

Konstanze und Merlin schauten noch dem blauen VW Käfer hinterher, bis dieser um die Ecke verschwunden war und gingen dann gemeinsam zum Haus. Das Gefühl der Vorfreude vermischte sich mit einem beklemmenden Angstgefühl. Angst davor, einen Schritt in diese Wohnung zu setzen und sogleich mit den Dämonen der Vergangenheit konfrontiert zu sein. Aber sie musste sich ihrer Angst stellen, so wie sie sich all ihren Ängsten stellen musste, wenn sie eines Tages wieder vollkommen angstfrei leben wollte. Bedächtig stieg sie die Treppenstufen nach oben, immer einen Schritt nach dem anderen. Vor der Tür ihrer lieben Nachbarin Waltraud Koch, die sie liebevoll Oma Wallie nannte, hielt sie einen Moment inne und lauschte, ob sie Geräusche von drinnen vernehmen konnte. Oma Wallie wohnte direkt unter Konstanze und ihre Wohnung war durch das Löschwasser ebenfalls komplett zerstört gewesen. Die letzten Monate war die alte Frau in einem Appartement der jüdischen Gemeinde Bayreuths, die sich mit dieser hilfreichen Geste bei Konstanze für ihren mutigen Einsatz bedanken wollte, untergekommen.

Vor knapp fünf Monaten wären die Bewohner des Seniorenheims der jüdischen Gemeinde beinahe einem Attentat mit dem Eiweißgift Rizin zum Opfer gefallen. Robert Schuster befand sich auf seinem ganz persönlichen Rachefeldzug gegen einen ehemaligen Arzt, durch dessen Fehlbehandlung er sein Leben lang gesundheitlich eingeschränkt war und hatte seine Terrororganisation genau zu diesem Zweck instrumentalisiert. Nachdem Konstanze dank ihrer von Roberts Leuten getöteten Freundin Sabrina dem geplanten Attentat auf die Spur gekommen war, hatte sie es im letzten Moment geschafft, Robert so lange hinzuhalten, bis er von den alarmierten Einsatzkräften festgenommen werden konnte.

Nun fragte sich Konstanze, ob die Wohnung von Oma Wallie ebenfalls fertig renoviert und die warmherzige alte Frau wieder zurück war. Hinter der Tür konnte sie jedoch absolut kein Geräusch vernehmen und so beschloss Konstanze, fürs erste nach oben zu gehen und später einfach bei ihrer Nachbarin anzurufen. Aus der Wohnung nebenan drang leise Klaviermusik, Beethoven, wenn sie sich nicht täuschte. Der junge Familienvater, der gegenüber von Oma Wallie wohnte, war ein begnadeter Pianist und schon oft saßen die Hausbewohner gemeinsam auf der Dachterrasse und lauschten seinem Spiel, das durch den Treppenaufgang klang. Ab und zu spielte er auch Rocksongs auf seinem Klavier. Zu Konstanzes großer Freude hatte er auch ein paar Queen-Lieder in seinem Repertoire. Ein Lächeln huschte über ihr Gesicht und zuversichtlich stieg sie die restlichen Treppen nach oben. Während sie den Schlüssel ins Schloss steckte und langsam umdrehte, schoben sich jäh Bilder aus der Vergangenheit in ihr Bewusstsein. Sie erinnerte sich noch ganz genau an den Tag, an dem sie nach Hause gekommen war und festgestellt hatte, dass ihre Wohnung brannte. Merlin war in der Flammenhölle gefangen gewesen und Konstanze hatte ihr eigenes Leben riskiert um das ihres Hundes zu retten. Als sie später von einem Feuerwehrmann erfahren hatte, dass es sich um Brandstiftung gehandelt hatte, war ihr schnell klar geworden, dass nur Robert für diese Tat infrage kam. Sie war diesem Kerl und seinen kranken

Anhängern, die sich Arischer Untergrund nannten, zu nahe gekommen und daher hatte Robert versucht, sie mit allen Mitteln zum Schweigen zu bringen. Kurz zuvor hatte Konstanze mit eigenen Augen ansehen müssen, wie einer von Roberts Männern ihre Freundin Sabrina tötete.

Konstanze schüttelte all die schrecklichen Erinnerungen von sich ab und öffnete die Tür.

»Weg mit den bösen Bildern. Wir schauen ab jetzt nur noch nach vorn, richtig mein Schatz?«, sagte sie zu ihrem Hund, der bereits schnüffelnd in der Wohnung verschwunden war. Als sie die Wohnungstür hinter sich geschlossen hatte, nahm sie den Geruch nach frischer Farbe und neuen Polstermöbeln wahr. Aufgeregt wie ein kleines Mädchen an ihrem ersten Schultag ging sie ins Wohnzimmer. Merlin stand schwanzwedelnd vor der nagelneuen Couch und wollte sie wohl gemeinsam mit Konstanze einweihen.

»Schau nur Merlin. Das Sofa sicht ja fast genauso aus wie unser altes.« Sie ließ sich in die weichen Polster fallen und hob dann ihren Hund nach oben, der sich sogleich auf ihren Schoß kuschelte. Tatsächlich hatte Tante Heidrun wieder ein dunkelrotes Sofa gekauft, ein wenig wuchtiger als das vorige aber umso bequemer, wie Konstanze jetzt feststellen musste. Ihr Blick fiel auf die Regalwand gegenüber, die ebenfalls neu war. Das alte Regal war samt den Büchern darin den Flammen zum Opfer gefallen. Auch sonst deutete nichts mehr auf den Brand hin. Die Wände waren neu verputzt und gestrichen und außerdem hatte der Vermieter eine komplett neue Einbauküche montieren lassen. Es war einfach ein wahnsinnig gutes Gefühl, wieder zu Hause zu sein.

Konstanze zog ihr Smartphone aus der Hosentasche und schaute nach, ob sie verpasste Anrufe oder Nachrichten hatte. Nichts. Seit drei Tagen versuchte sie, ihren Freund Nils zu erreichen, hinterließ ihm eine Nachricht nach der anderen auf der Mailbox, doch er rief einfach nicht zurück. Frustriert wählte sie seine Nummer aus dem Kurzwahlspeicher, nur um kurz darauf wieder seine Stimme von der Mailbox zu hören.

»Hallo Nils, mein Schatz. Ich bin jetzt zu Hause. Stell dir vor, meine Wohnung ist endlich renoviert worden. Ruf mich bitte zurück! Ja? Ich vermisse dich.«

15:58 Uhr

Wie in Zeitlupe schob sie einen Zentimeter nach dem anderen ihre Füße auf der wackeligen Hängebrücke nach vorn, stets darauf bedacht, die Bodenbretter unter sich nicht zu sehr zum Schwingen zu bringen. Vorsichtig wagte sie einen Blick nach unten in den tosenden Fluss und bereute es im nächsten Moment. Aus dem aufbrausenden Wasser, das über hundert Meter unter ihr hinweg strömte, schlängelten sich gewaltige Fangarme in die Höhe und zerrten an den Seilen der schmalen Brücke. Konstanze stieß einen spitzen Schrei aus und klammerte sich verzweifelt mit beiden Händen an das Geländer, um nicht in die stürmischen Fluten zu stürzen. Schluchzend schloss sie die Augen und betete für ein Wunder. Auf ihrer Haut spürte sie die salzige Gischt und ihre Ohren dröhnten von den Wassermassen, die in rasender Geschwindigkeit gegen die großen Felsbrocken klatschten. Ein animalisches Schnaufen ließ sie die Augen wieder öffnen und einen Blick über ihre Schulter werfen. Ihr Verfolger hatte sie wieder eingeholt und war nur noch wenige Meter von ihr entfernt. In der Hand hielt er eine riesige Peitsche, dessen Lederriemen lichterloh brannten. Mit einem kreischenden Zischen knallten die Riemen knapp hinter ihr auf die Holzbretter der Brücke. Blankes Entsetzen schnürte ihr die Kehle zu und verhinderte einen erneuten Aufschrei. Sie ließ das Geländer los und rannte über die Bohlen. Hinter sich hörte sie das kehlige Lachen des Dämons. Noch einmal ließ er die Peitsche auf die Bretter sausen und setzte sich dann ebenfalls in Bewegung. Die heftigen Erschütterungen brachten die Brücke immer stärker ins Wanken, doch sie durfte jetzt nicht aufgeben, durfte nicht anhalten. Wenn er sie in seine widerlichen Klauen bekam, würde sie sterben. Keuchend wankte sie blindlings weiter, den Blick starr auf das rettende Ufer der Schlucht gerichtet, als sie seinen fauligen Atem in ihrem Nacken spürte. Bloß nicht umdrehen und das Gleichgewicht verlieren. Der Dämon brüllte wutschäumend auf und holte ein weiteres Mal mit seiner Höllenpeitsche aus. Die Riemen sausten blitzartig direkt neben Konstanze nieder, schlangen sich um das nächste Bodenbrett und rissen es mit einem Ruck in die Luft. Erschrocken stoppte Konstanze und setzte zum Sprung an, um den entstandenen Abgrund zu überwinden. Ihre Füße traten jedoch ins Leere und sie fiel in die Unendlichkeit.

Der Signalton ihres Smartphones bohrte sich wie eine glühende Pfeilspitze in ihr Bewusstsein und holte sie aus dem grauenhaften Albtraum zurück in die Realität. Irritiert schaute Konstanze sich um und brauchte einen Moment, bis sie begriff, dass sie sich in ihrer eigenen Wohnung befand, endlich! Offensichtlich war sie vor lauter Erschöpfung vorhin mit Merlin im Arm eingeschlafen. Nun versuchte sie, die schrecklichen Traumbilder abzuschütteln, und blinzelte gegen die Nachmittagssonne, die zum Fenster hereinschien und feinste Staubpartikel fröhlich tanzen ließ. Sie fokussierte Ihre Gedanken auf ihren ganz persönlichen sicheren Ort, eine traumatherapeutische Distanzierungstechnik, die sie im Laufe ihrer Behandlung von Doktor Vogler gelernt hatte und an den sie sich immer dann zurückzog, wenn die Emotionen zu stark für sie wurden.

Nachdem sie sich aufrecht hingesetzt hatte, stellte sie ihre innere Ruhe mit tiefen und gleichmäßigen Atemzügen her, schloss dann die Augen und stieg in Gedanken eine geschwungene Steintreppe nach unten. Ganz langsam, eine Stufe nach der anderen schritt sie dem warmen Licht entgegen, das am Fuß der Treppe leuchtete.

Zehn!
Neun!
Acht!
Sieben!
Sechs!
Fünf!
Vier!
Drei!

Zwei!

Eins!

Unten angekommen betrat sie die saftig grüne Wiese, auf deren Grashalmen die Tautropfen in der goldenen Morgensonne schillerten. Das Zirpen der Insekten erfüllte die nach Moos und Erde duftende Luft. Mit einem Lächeln auf den Lippen ging sie weiter auf den quirligen Bach zu, der am Rand der Wiese dahinplätscherte. Sorgfältig stellte sie ihre Schuhe am Rand des Ufers ab und streckte zuerst ihren großen Zeh in das klare Gebirgswasser. Es war erfrischend kühl und umspülte zärtlich ihre Knöchel, nachdem sie mit beiden Füßen in dem Fluss stand. Genüsslich ging sie ein paar Schritte über die glatten, runden Kieselsteine, die auf dem Grund des Bächleins sanft gegeneinander geschoben wurden. Erst als sie sich vollkommen entspannt und ruhig fühlte, schlenderte Konstanze barfuß zurück zur Treppe. Die feinen Grashalme kitzelten ihre Füße und die Sonnenstrahlen tanzten vergnügt auf ihrer Nase. Ein letzter Blick über die Bergwiese, dann stieg sie die Treppenstufen wieder nach oben, zählte langsam bis zehn und öffnete ihre Augen.

Merlin wachte in diesem Moment auch auf und schleckte ihr hingebungsvoll über die Hand.

»Du armer Schatz. Du musst ja am Verhungern sein.«

Mühsam rappelte sie sich von dem bequemen Sofa auf. Ihre Beine fühlten sich dabei bleischwer an, als wäre sie gerade erst einen Marathon gelaufen. Während sie das Hundefutter, das ihr Heidrun mitgegeben hatte, in den Napf füllte, meldete sich ihr eigener Magen mit einem lauten Knurren.

»Siehst du Merlin, ohne dich hätte ich gar nicht daran gedacht, selbst etwas zu essen.« Vollkommen gedankenlos öffnete sie den Kühlschrank, nur um festzustellen, dass dieser gähnend leer war. Klar! Wie sollte er auch gefüllt sein? Da sie nur geringe Lust verspürte, jetzt noch einzukaufen, rief sie kurzentschlossen bei ihrem Lieblingspizzaservice an und bestellte eine Pizza mit Thunfisch, Zwiebelringen und extra Käse, dazu eine Flasche Barolo und Mineralwasser. Dann fiel ihr schlagartig wieder ein, warum sie vorhin überhaupt aus ihrem Albtraum aufgewacht war. Ihr Handy hatte geklingelt und eine eingehende SMS gemeldet. Das musste die lang ersehnte Antwort von Nils sein. Oh bitte, lass es Nils sein, flehte sie innerlich, während sie mit schnellen Schritten zurück zum Wohnzimmertisch eilte. Mit schweißnassen zittrigen Fingern nahm sie ihr Handy in die Hand und schaute erwartungsvoll auf das Display.

1 neue Nachricht von Nils

Ihr Herz machte Freudensprünge und sie ließ sich überglücklich auf dem Sofa nieder. So langsam hatte sie sich schon Sorgen um ihren Freund gemacht. Er hatte sie während der letzten Wochen nie so lange auf Antwort warten lassen. Sie tippte auf die Nachricht, um sie zu öffnen, und begann die Zeilen zu lesen:

Liebe Konstanze, entschuldige bitte. Ich hätte mich längst bei dir melden sollen. Aber ich wusste nicht so richtig, wie ich es dir schonend erklären kann. Du weißt schon, so richtig stabil bist du ja noch lange nicht. Aber es gibt wohl keinen schonenden Weg ...

Ihr Herz blieb für einen Augenblick stehen und sie wagte es nicht, weiter zu atmen. Erste heiße Tränen füllten ihre Augen und die Schrift verschwamm. Sie blinzelte die Tränen weg und zwang sich, weiterzulesen, auch wenn sich alles in ihr dagegen sträubte.

...Ich habe mich in eine andere verliebt und wir sind seit einer Woche fest zusammen. Sei mir bitte nicht böse, aber so richtig gut hatten wir ja ohnehin nicht zusammengepasst. Meine Gefühle für dich rührten zu einem Großteil aus der Extremsituation, die wir gemeinsam erlebt hatten. Du bist klug genug, um das selbst zu wissen. Nicht wahr? Liebe Grüße und wir sehen uns an der Uni. Nils

Geschockt ließ sie ihre Hand sinken und das Smartphone auf den Tisch gleiten. Sie fühlte sich wie vor den Kopf gestoßen und nur langsam sickerte die Bedeutung der Worte, die sie gerade gelesen hatte, in ihr Bewusstsein. Tränen der Verzweiflung, Wut und Trauer rannen über ihre Wangen und durchnässten ihr Shirt. Sollte sie sich wirklich so sehr in Nils getäuscht haben? Ok, in einem Punkt hatte er tatsächlich Recht, sie hatten erst nach dem gemeinsamen Durchstehen einer Extremsituation zueinandergefunden, obwohl sie sich davor jeden Tag in der Uni gesehen hatten. Nils studierte, genau wie Konstanze, Jura in Bayreuth, allerdings nicht wirklich freiwillig. Seinem Vater und seinem Großvater gehörte eine der angesehensten Anwaltskanzleien in der Stadt und somit gab es für Nils, nachdem schon seine ältere Schwester Julia Ärztin geworden war, keinen anderen Weg, als ebenfalls Jura zu studieren.

Sein Vater hatte Robert Schuster in dessen Prozess auf Wunsch seiner Tochter verteidigt, die zu diesem Zeitpunkt mit ihm liiert war, und musste bei der tragischen Geiselnahme im Gerichtssaal sein Leben lassen. An diesem Tag, an dem Konstanze ihre Aussage gegen Robert machen sollte, war auch Nils im Gerichtssaal gewesen und von einem der Geiselnehmer angeschossen worden. Trotz des gewaltigen Chaos, das nach den ersten Schüssen ausgebrochen war, hatte sich Konstanze um seine Verletzung gekümmert und ihm dadurch vermutlich das Leben gerettet. Wenige Tage nach diesem Horror hatte sie all ihren Mut zusammengenommen und Nils, in den sie bereits seit einiger Zeit verschossen war, im Krankenhaus besucht.

Sie würde diesen atemberaubenden Moment, in dem er sie das erste Mal küsste, nie in ihrem Leben wieder vergessen. Auch jetzt spürte sie wieder das aufregende Prickeln in ihrem Bauch und ihr Verstand gaukelte ihr den einmaligen Duft seines Aftershaves vor.

Nach all den schönen gemeinsamen Wochen, in denen sie sich intensiv geliebt hatten, beendete er nun ihre Beziehung wie ein elender Feigling via SMS? Ihre Trauer mischte sich mit Wut. Wut auf Nils, aber auch Wut auf sich selbst, dass sie so blind war und auf den Sonnyboy Nils Ellerson hereingefallen war. Sie hätte es einfach besser wissen müssen und auf ihr Bauchgefühl hören sollen, das sich bereits warnend gemeldet hatte, als sie zum ersten Mal die großzügige Villa der Familie Ellerson betreten hatte. In diesem vor Protz und Prunk strotzenden Haus hatte sie sich von Anfang an nicht wohlgefühlt. Diese Erkenntnis half ihr nur im Moment recht wenig. Der Seelenschmerz fraß sich tief in ihr Herz hinein und richtete sich dort häuslich ein. Es fühlte sich an, als wolle es zu einem Eisklumpen gefrieren und anschließend in tausend Splitter zerspringen.

Der Pizzabote klingelte an der Tür und Konstanze sprang hastig vom Sofa auf, putzte sich ihre Nase und wischte die Tränen mit ihrem Ärmel weg. Bevor sie die Tür öffnete, schielte sie kurz in den Flurspiegel, richtete notdürftig ihr verwuscheltes Haar und setzte ein halbherziges Lächeln auf.

Die Pizza duftete herrlich nach Zwiebeln, doch Konstanzes Magen war zu einer festen Masse zusammengeschrumpft und der Appetit war ihr gehörig vergangen. Unberührt ließ sie die Pappschachtel auf dem Tisch stehen, öffnete lediglich die Flasche Barolo und gab sich hemmungslos ihrem Selbstmitleid hin.

Tag 3

17:33 Uhr

Sowohl das anderthalbstündige Telefonat mit ihrer Freundin Astrid, als auch der ausgiebige Spaziergang mit Merlin im Hofgarten hatten Konstanze keine Linderung gebracht. Sie litt wie ein Tier und konnte nicht glauben, dass Nils gestern mit ihr einfach so Schluss gemacht hatte. Dieser Feigling, hatte noch nicht mal genug Eier in der Hose, um es ihr direkt ins Gesicht zu sagen. Das war wie in einem ganz schlechten Roman, und außerdem war es extrem demütigend für Konstanze.

Heute Vormittag hatte sie sich nur mit großer Mühe dazu aufraffen können, Oma Wallie einen Willkommensbesuch abzustatten. Ihre Nachbarin war gestern Abend ebenfalls wieder in die fertig renovierte Wohnung eingezogen und hatte genau wie Konstanze einen leeren Kühlschrank gehabt. Pflichtbewusst hatte Konstanze daher gleich nach dem Aufstehen ein paar Einkäufe erledigt und die Vorräte von Oma Wallie, sowie ihre eigenen aufgefüllt. Lange hatte sie es jedoch nicht in der Wohnung der alten Dame ausgehalten und war trotz deren Regenwettergesichts zurück in ihre Wohnung gestiefelt.

Nachdem sie den halben Nachmittag lang tonnenweise Taschentücher vollgeheult hatte, saß sie nun mit einer heißen Schokolade, einem Buch und Merlin auf dem Sofa. Kein Krimi und kein Thriller, was sie sonst immer las, nein heute musste es eine richtig kitschige Liebesschnulze sein mit einer extra Portion Herzschmerz. Konstanze wollte in diesem Moment einfach das Gefühl haben, nicht allein auf der Welt mit einem gebrochenen Herzen zu sein.

Die Klingel an ihrer Wohnungstür ließ sie zusammenzucken. Wer zum Teufel war das denn? Ihr war im Augenblick überhaupt nicht nach Gesellschaft zumute und außerdem erwartete sie auch keinen Besuch. Also einfach ganz still verhalten und warten, bis derjenige wieder von allein verschwand. Zum Glück schlug Merlin niemals an, wenn jemand an der Tür klingelte. Ob sie im Falle eines Einbrechers immer noch von Glück sprach? In diesem Moment war ihr das vollkommen egal.

Die Person vor der Tür klingelte nochmal und ließ den Finger ein wenig länger als nötig auf dem Klingelknopf. Genervt verdrehte Konstanze die Augen und zog sich ihre Kuscheldecke über den Kopf.

»Geht alle weg«, flüsterte sie und im nächsten Moment wurde die Klingel erneut betätigt. Zusätzlich klopfte es jetzt an der Tür.

Was, wenn es Oma Wallie ist?, schoss es ihr plötzlich durch den Kopf, *und die alte Dame Hilfe brauchte*. Hektisch wickelte Konstanze sich aus der Decke, schlüpfte in ihre Hausschuhe und schlurfte dann zur Tür. »Ich komme, Moment!«, rief sie noch, obwohl sie in zwei Schritten die Tür erreicht hatte. Verdutzt schaute sie in das Gesicht ihrer Tante, nachdem sie die Tür geöffnet hatte.

»Was willst du denn hier?«

»Das ist ja mal eine herzliche Begrüßung. Warum hat das überhaupt so lange gedauert.«

»Entschuldigung! Komm doch bitte rein. Mir geht es heute nicht so gut und ich hatte keinen Besuch erwartet«, antwortete Konstanze zerknirscht und es tat ihr schon wieder leid, dass sie ihre Wut und Trauer gerade an ihrer Tante ausgelassen hatte. »Möchtest du etwas essen oder was zu trinken? Ich habe leider nicht wirklich viel da.«

»Ein Glas Wasser reicht mir. Mach dir bitte keine Umstände. Was ist los, dass es dir heute nicht gut geht?«

Konstanze verspürte gerade nicht die geringste Lust, ihrer Tante zu erklären, dass ihr Freund sich per SMS von ihr getrennt hatte. Nein, sie würde jetzt die sicherlich gutgemeinten Ratschläge ihrer Tante nicht ertragen können.

»Ach ich habe meine Tage bekommen und Bauchkrämpfe«, flunkerte sie deshalb und goss Mineralwasser in zwei Gläser.

Heidrun hatte sich inzwischen auf dem Sofa neben Merlin niedergelassen und kraulte ihm über seine faltige Stirn.

»Wie gefallen dir deine neuen Möbel? Wir haben versucht, ein Sofa zu finden, was deinem Vorigen sehr ähnlich ist.«

»Die Möbel sind wunderschön, einfach perfekt. Ich bin euch wirklich sehr dankbar.« Sie stellte ihrer Tante das Wasserglas hin und setzte sich dann ebenfalls auf das Sofa. »Also, wem oder was habe ich deinen Besuch zu verdanken?«

»Darf dich deine Tante nicht auch mal ganz ohne Grund besuchen?«, schmollte Heidrun gespielt.

»Doch, natürlich! Ach entschuldige bitte, das ist heute wirklich nicht mein Tag.«

»Schon gut, Konny. Ich habe ja tatsächlich einen Grund. Die Ergebnisse aus der Toxikologie sind schon da.«

Von einer Sekunde auf die andere war Konstanze hellwach und setzte sich aufrecht hin. »Hatte ich Recht mit meiner Vermutung?« Ihre Stimme überschlug sich fast vor Aufregung.

»Ich muss ja gestehen, dass ich dir auch nicht glauben wollte. Die Möglichkeit von illegalen Medikamententests an einer so renommierten Klinik, das war auch mir zu fantastisch. Aber mein Kollege, der das Medikament untersucht hat, konnte wirklich Bestandteile isolieren, die definitiv nichts in einem Antidepressivum zu suchen haben.«

»Wow! Was für Bestandteile waren das denn?«

Was auf diese Frage folgte, war ein Monolog voll mit medizinischen Fachbegriffen, von denen Konstanze nicht mal die Hälfte verstand. Hilflos blickte sie ihre Tante an und zog eine Augenbraue nach oben.

»Kannst du das bitte einmal übersetzen, sodass es auch eine Jurastudentin versteht?«

»Setraxamin ist ein neuer selektiver Serotonin-Wiederaufnahmehemmer und hat gerade die Zulassung zur Behandlung von Depressionen bekommen. Soweit, so gut, das hatten wir ja im Rahmen einer Medikamentenstudiengruppe erwartet. Ich habe mich etwas umgehört und erfahren, dass dieses neue Antidepressivum zur Zeit deutschlandweit an verschiedenen Studien teilnimmt. Aber Tom hat noch einen weiteren Wirkstoff in den Tabletten gefunden: Fluvotryptilin. Ich habe nicht die geringste Ahnung, wie dieser Wirkstoff in die Medikamente gekommen ist, denn es handelt sich hierbei um einen experimentellen Stoff, der noch gar keine Zulassung hat.«

»Ein experimenteller Wirkstoff ohne Zulassung? Was für ein Zeugs ist das?« Ein grässliches Brennen schlängelte sich Konstanzes Speiseröhre nach oben und sie bekam ein flaues Gefühl in der Magengegend. Ihr Instinkt hatte Recht gehabt und jede einzelne Faser in ihrem Körper fühlte sich wie elektrisiert an.

»Dazu muss ich ein klein wenig ausholen, Konny. Eine kleine Gruppe von Verhaltensneurobiologen forscht in Deutschland an der Möglichkeit, Psychopathen heilen zu können.«

Tiefe Falten gruben sich in Konstanzes Stirn und sie war sich nicht sicher, ob sie das überhaupt hören wollte. Angespannt hielt sie den Atem an.

»Bei etwa vier bis fünf Prozent der Bevölkerung tritt ein Gehirndefekt auf. Diese Menschen zeigen keine Gehirnaktivitäten in Arealen, die mit dem Furchtsystem zusammenhängen. Im Klartext heißt das, sie können keine Angst spüren und machen sich daher auch keine Gedanken um die Konsequenzen ihres Handelns.«

»Dieser Gehirndefekt macht sie zu Psychopathen?«

»Im Grunde, ja! Es handelt sich hierbei um keine kognitive Störung, die Betroffenen wissen schon, was sie tun und können auch die Folgen abschätzen, aber sie empfinden dabei nichts. Nicht jeder Psychopath wird gleich zum Mörder oder Vergewaltiger. Viele von Ihnen sind erfolgreiche Geschäftsmenschen, oft in sehr hohen Positionen, an die sie letztendlich durch ihre Skrupellosigkeit gekommen sind.«

»Verstehe. Was ist mit den Forschungen zur Heilung?«, kam Konny auf den eigentlichen Punkt zurück.

»Mittels Verhaltenstherapie soll versucht werden, die toten Hirnareale zu stimulieren und letztendlich wieder zu aktivieren. Dies ist in der Theorie durchaus möglich, doch gibt es bisher keine nachweisbaren Erfolge. Ein Biologe aus dieser Forschungsgruppe versucht daher, die entsprechenden Regionen im Gehirn chemisch zu stimulieren, mit Fluvotryptilin, einem Wirkstoff, den er selbst entwickelt hat und der, wie ich schon sagte, noch keine Zulassung hat.«

Mit offenem Mund starrte Konstanze ihre Tante an und wusste im ersten Moment nicht, was sie sagen sollte. In ihr drehte sich alles und tausend Fragen wollten gleichzeitig beantwortet werden. Benommen schüttelte sie den Kopf und fand schließlich ihre Sprache wieder. »Was passiert, wenn eine gar nicht tote Hirnregion damit stimuliert wird? Kann das die Albträume ausgelöst haben.«

»Ganz ehrlich, Konny. Ich habe keine Ahnung. Durchaus möglich. Tom wird die Analyse auch nochmal wiederholen, weil es eigentlich unmöglich ist, dass sich Fluvotryptilin in den Tabletten befindet. Er will sichergehen, dass ihm kein Fehler unterlaufen ist. Er war extrem nervös, so habe ich ihn noch nie erlebt.«

»Das kann ich verstehen. Wie geht es jetzt weiter?«, wollte Konstanze von ihrer Tante wissen.

»Sobald Tom mir grünes Licht gibt, informiere ich das Gesundheitsamt und die Staatsanwaltschaft.«

Fröstelnd strich sich Konstanze über die Arme und glitt unter ihre Kuscheldecke.

»Du hättest doch aber nicht extra nach Bayreuth fahren müssen. Ein Anruf hätte doch auch gereicht, Tante Heidrun. Nicht, dass ich dich nicht gern hier habe.«

»Ehrlich gesagt bin ich auch nicht extra wegen dir gekommen.« Heidrun lächelte vielsagend und wirkte plötzlich irgendwie verlegen.

»Jetzt bin ich verwirrt!« Konstanze hob fragend eine Augenbraue und hatte keine Ahnung, worauf ihre Tante hinaus wollte.

»Ich übernachte in Bayreuth.«

Wurde ihre Tante gerade leicht rot im Gesicht?

»Im Hotel? Hast du einen Fall hier oder warum? Du kannst natürlich bei mir schlafen.«

»Das wird nicht nötig sein, Liebes. Ich übernachte bei Christian.«

Plötzlich kam sich Konstanze absolut lächerlich vor. Sie hatte die Tatsache, dass ihre Tante seit ein paar Monaten mit Staatsanwalt Schlingmann zusammen war, aufgrund ihres eigenen Herzschmerzes vollkommen ausgeblendet. Sie schlug sich mit der flachen Hand vor die Stirn.

»Klar!«, lachte sie nervös auf. »Daran habe ich gerade überhaupt nicht gedacht.«

»Nicht tragisch. Ich kann es manchmal selbst nicht fassen, dass ich mich auf Christian eingelassen habe. Du weißt ja, wie unsicher ich war.«

Oh ja, das wusste sie ganz genau. Ihre Tante hatte sich vehement gegen ihre Gefühle für den adretten

Staatsanwalt gewehrt, aus lauter Angst davor, ihre Freiheit zu verlieren.

»Wollt ihr dann heute Abend noch ausgehen?«

»Nein, Christian kocht heute. Für morgen haben wir Theaterkarten. Ich möchte dir gern noch etwas sagen, Konstanze.«

Der Gesichtsausdruck ihrer Tante wurde plötzlich sehr ernst, fast schon etwas ängstlich.

»Ja?«

»Christian hat mich gefragt, ob ich bei ihm einziehen möchte.«

»Oh!«, war die einzige Reaktion, zu der Konstanze in diesem Moment fähig war. Diese Nachricht traf sie wie ein Vorschlaghammer. Sie gönnte ihrer Tante alles Glück der Welt, aber in der jetzigen Situation, in der ihr eigener Verlust noch so frisch war, bohrte sich diese Nachricht wie eine heiße Nadel in ihr verwundetes Fleisch.

»Ein bisschen mehr an Reaktion hätte ich schon von dir erwartet«, sagte Heidrun mit sichtlich enttäuschter Miene.

»Tja, was willst du dazu von mir hören? Du musst doch selbst wissen, ob du bereit bist, dich darauf einzulassen. Immerhin hattest du unentwegt so große Bedenken, was eine neue Beziehung angeht. Oder brauchst du eine Erlaubnis von mir?« Konstanzes Stimme klang frostiger, als sie es eigentlich wollte.

»Du liebe Güte, ich habe dich wohl mit meiner Nachricht auf dem falschen Fuß erwischt. Ich hatte mir etwas Rückhalt und Bestätigung von dir gewünscht. Immerhin warst du die ganze Zeit dafür, dass ich mich endlich mal fallen lasse und Christian eine Chance gebe. Du weißt genau, wie ich mit mir gehadert habe.« Heidrun leerte in einem Zug ihr Wasserglas, stellte es einen Tick zu energisch auf dem Tisch ab und ging zur Garderobe, um ihren Mantel zu holen. Konstanze hätte ihre Tante aufhalten und in den Arm nehmen müssen, ihr sagen sollen, dass sie sich für sie freute, aber in diesem Moment sah sie, bedingt durch ihren eigenen Schmerz, einfach nur rot.

»Hast du mal daran gedacht, dass deine Beziehung zu Christian auch Probleme für mich nach sich ziehen könnte?«

»Ich kann dir nicht ganz folgen, Konstanze.«

»Wie du weißt, möchte ich nach meinem Studium hier bei der Staatsanwaltschaft anfangen. Was, wenn ich die Stelle nicht bekomme mit der Begründung, man wolle keinen Verdacht auf Vetternwirtschaft aufkommen lassen?«

»Ach so ist das? Meiner Nichte geht es ausschließlich um ihre Karriere. Mein persönliches Glück ist dir vollkommen egal. Vielen Dank für deine hilfreiche Unterstützung. Und deine Angst ist völlig unbegründet und daneben, das weißt du auch.« Mit diesen Worten riss Heidrun die Tür auf und rannte wütend die Treppen nach unten. Verstört schaute Konstanze ihrer Tante nach und schloss dann die Wohnungstür. Sie hatte sich gerade gegenüber ihrer Tante wie ein totales Arschloch benommen. Mit hängenden Schultern schlich sie zurück ins Wohnzimmer und kauerte sich zu Merlin auf die Couch.

»Ich erkenne mich selbst nicht wieder, Merlin«, flüsterte sie ihrem Hund niedergeschlagen zu. Der Mopsrüde schaute sie mit seinen runden Augen an und bettete dann seinen Kopf auf ihren Oberschenkel. Konstanze strich ihm sanft über den Kopf und dachte über diesen seltsamen Wirkstoff in den Medikamenten nach. Warum sollte sich Heidruns Kollege geirrt haben? Das war vollkommen absurd. Sie musste auf jeden Fall gleich morgen zu Mareike und ihrer Freundin einimpfen, dass sie dieses Antidepressivum keinen Tag länger nehmen durfte. Um alles andere würde sich dann die Polizei kümmern. Sie nahm ihr Smartphone, öffnete whatsapp und schrieb eine Nachricht:

Muss dich dringend morgen sprechen. Können wir uns im Klinikpark treffen? Alles Weitere dann morgen. Konny

Es dauerte kaum mehr als fünf Minuten, als ihr Telefon piepsend eine eingehende Nachricht meldete. Erleichtert las Konstanze, dass ihre Freundin das Treffen für morgen bestätigt hatte.

18:40 Uhr

Atemlos setzte sie sich hinters Lenkrad ihres geliebten Käfers, schlug viel zu heftig die Autotür hinter sich zu und atmete erstmal durch. Heidrun konnte es kaum glauben, dass ihre Nichte so ablehnend und gehässig reagiert hatte. Das war nicht die Konstanze, die sie kannte. Irgendetwas musste da vorgefallen sein. Nur was? Inständig hoffte sie, dass Konstanze nicht doch viel zu früh die Klinik verlassen hatte und nun mit den Folgen ihrer posttraumatischen Belastungsstörung nicht zurechtkam. Nachdenklich startete sie den Motor und fuhr zurück zum Haus von Staatsanwalt Christian Schlingmann.

Vor ziemlich genau fünf Monaten hatte sie sich in diesen Mann verliebt. Die ersten zarten Flirtversuche des Staatsanwaltes hatte sie noch abgewehrt, aus Angst, eine feste Bindung einzugehen, vielleicht auch aus Angst, zurückgestoßen zu werden. Doch jener schreckliche Tag vor dem Münchner Oberlandgericht hatte alles verändert. Hilflos hatte sie vor dem Gebäude mit ansehen müssen, wie die Jungs vom SEK in Stellung gegangen waren, um den Gerichtssaal zu stürmen, in dem Robert Schuster gemeinsam mit seinen Leuten Konstanze und viele weitere unschuldige Menschen als Geiseln genommen hatte. Schlingmann hatte sie fest im Arm gehalten und beruhigt und in diesem Moment hatte Heidrun begriffen, dass sie sich nichts sehnlicher wünschte, als mit diesem Mann zusammen zu sein.

Mit Schwung fuhr sie die Einfahrt hoch zum Haus von Staatsanwalt Schlingmann und stellte ihren Käfer hinter seinem schwarzen X5 ab. Sie klappte die Sonnenblende herunter und betrachtete ihr Gesicht in dem kleinen Spiegel. Ihre Augen waren noch leicht gerötet, ansonsten war sie zufrieden, mit dem, was sie sah. Heidrun versuchte ein Lächeln. »Die negativen Gedanken bleiben jetzt einfach hier im Auto zurück, denn Groll mit sich herumtragen ist genauso schmerzhaft, als wolle man jemanden mit einem glühenden Stück Kohle bewerfen und verbrennt sich dabei nur selbst«, sagte sie entschlossen zu ihrem Spiegelbild und besann sich auf eine ihrer Lieblingsweisheiten des Buddhismus. Sie wollte den Abend mit Christian genießen und nicht mehr an den Streit mit ihrer Nichte denken müssen.

Das Haus war leer, doch ihr kamen schon absolut verführerische Gerüche aus der Küche entgegen. Die Terrassentür stand offen und sie fand Christian im Garten. Er kniete vor dem im japanischen Stil angelegten Teich und fütterte gerade seine Kois. Das Licht der eisernen Pagodenlampen beleuchtete das Wasser, sodass sie die prächtigen und farbenfrohen Kois gut sehen konnte. Sie schwammen fröhlich im Wasser hin und her und schnappten nach den Zierfischfutterpellets, die Christian ihnen hineinwarf. Als er ihre Anwesenheit bemerkte, stand er auf und umarmte sie liebevoll.

»Hallo Darling, wie war es bei deiner Nichte?«

»Kein gutes Thema! Lass uns bitte heute nicht mehr über Konstanze sprechen«, antwortete sie und gab ihm einen Kuss. Christians Stirn legte sich für einen Augenblick in Falten, er fragte jedoch nicht weiter nach, und das rechnete sie ihm hoch an.

Gemeinsam fütterten sie die schillernden Fische weiter und genossen die mit dem würzigen Duft der Zwergkiefern angereicherte Abendluft.

»Ich muss nach dem Essen schauen. Bleib ruhig noch draußen, wenn du möchtest. Ich rufe dich dann.« Heidrun verspürte tatsächlich Lust, noch für einen Moment hier im Garten zu bleiben und sich mit Hilfe der kühlen Luft einen klaren Kopf zu verschaffen. Sie schaute Christian hinterher, bis dieser im Haus verschwunden war und ging dann über die hölzerne Brücke, die über den Teich führte. Auf der anderen Seite stand eine Philosophenbank, die passend zum Koiteich ebenfalls im japanischen Stil mit einem nach oben gebogenen Fußwalmdach bestückt war. Das Holz der Bank war klassisch in Schwarz und Rot gestrichen und die Seitenwände imitierten die typisch japanischen Shōji, die verschiebbaren Raumteiler, deren Rahmen mit zartem Reispapier bespannt waren. Heidrun setzte sich auf die Bank, schloss ihre Augen und hörte in die abendliche Stille hinein. Ganz aus der Ferne hörte sie den Verkehrslärm aus der Stadt, der sich wie ein schwebender Klangteppich über die Abenddämmerung legte. Ein Käuzchen schrie und vom Teich her drang das Plätschern der Kois, die sich noch immer an ihrem Futter bedienten, an ihr Ohr. Hatte Konny vielleicht doch Recht mit ihren Bedenken? Tat sie wirklich das Richtige, in dem sie hier bei Christian einzog? Neue Zweifel nagten plötzlich an ihr und sie war sich nicht mehr sicher, ob sie wirklich bereit war für diesen Schritt, oder ob sie sich von Christian nur hatte überreden lassen. Sie brauchte einfach noch Zeit, musste sich tausendprozentig sicher sein, bevor sie ihren eigenen Bungalow verkaufte und hier bei Christian einzog. Er hätte ganz bestimmt Verständnis dafür, wenn sie ihn noch um ein wenig Zeit bat. Nach dem Essen würde sie mit ihm reden und gleich morgen den bestellten Umzugswagen stornieren. Entschlossen stand sie auf und ging zurück ins Haus.

Christian war gerade dabei, den Tisch im Esszimmer zu decken. Sie blieb im Türrahmen stehen und beobachtete ihn. Ihr Körper verzehrte sich nach diesem Mann, wollte ihn spüren, seine Haut liebkosen und mit ihren Fingern durch sein volles Haar wuscheln. Da war es wieder, dieses intensive Kribbeln in ihrem Bauch. Verdammt! Ja, sie tat das Richtige. Sie spürte, genau wie damals vor dem Gerichtsgebäude, dass sie sich ein Leben ohne diesen Mann überhaupt nicht mehr vorstellen konnte. Zum Teufel mit den ständigen Zweifeln. Sie gehörte genau hier an diesen Ort zu diesem Mann. Glücklich lächelnd schaute sie ihm weiter zu, bis er sie bemerkte und sich zu ihr umdrehte.

»Hey Darling. Wie lange stehst du schon da?

»Zwei Minuten etwa. Mir ist gerade wieder bewusst geworden, wie unglaublich glücklich ich mit dir bin.«

»Bist du das? Ja?« Schmunzelnd kam er auf sie zu und schloss sie in seine kräftigen Arme.

»Du ahnst ja nicht, wie sehr«, hauchte sie ihm ins Ohr, während er mit seinen Fingernägeln ihren Hals entlangfuhr, was sofort ein wohliges Prickeln in ihr auslöste. Am liebsten würde sie auf das Essen verzichten und ihn auf der Stelle mit Haut und Haaren vernaschen.

»Ich bin auch sehr glücklich mit dir, Darling.«

Sie schnurrte wie eine Katze unter seinen zärtlichen Liebkosungen und genoss das Kribbeln in ihrem Unterleib, genoss die Vorfreude auf den heutigen Nachtisch nach einem wundervollen Abendessen mit ihrem Traummann.

»Wir sollten essen, sonst wird alles kalt, was du mit viel Liebe gekocht hast. Mir läuft schon die ganze Zeit das Wasser im Mund zusammen.«

Gentleman wie er war, zog er einen Stuhl vom Tisch, damit Heidrun sich setzen konnte, und schenkte ihr dann einen roten französischen Landwein ein. Bevor er sich selbst den Wein eingoss, nahm er ihr gegenüber Platz.

»Auf deinen Einzug in meinem bescheidenen Heim.«

Das leise Pling der aneinanderstoßenden Gläser wurde übertönt von einem prägnanten Streicherunisono, das aus Heidruns Handtasche drang. Ihr Mobiltelefon verkündete mit dem berühmten Anfangsmotiv von Beethovens fünfter Sinfonie einen eingehenden Anruf. Für den Bruchteil einer Sekunde überlegte sie, das Klingeln einfach zu ignorieren, aber sie hatte Rufbereitschaft und musste rangehen. Mit einem gequälten Gesichtsausdruck zog sie das Handy aus der Tasche und nahm das Gespräch entgegen.

»Sag bitte nicht, dass wir eine Leiche zum Dessert haben werden«, scherzte Christian, als sie das Telefon zurück in ihre Tasche gleiten ließ.

»Ich fürchte schon. Aber ich hatte dich vorgewarnt, als du dich unbedingt mit einer Rechtsmedizinerin einlassen musstest«, entgegnete Heidrun enttäuscht.

»Nicht traurig sein, Darling. Ich liebe dich genau so, wie du bist, und akzeptiere alle Leichen, die sich immer wieder zwischen uns schieben werden. Ich werde mich ganz bestimmt öfter revanchieren können, als dir lieb ist.«

»Mit Sicherheit wirst du das, da habe ich gar keine Zweifel.«

»Na siehst du, wenigstens lächelst du wieder. Wo musst du hin? Soll ich dich fahren?«, wollte Christian von Heidrun wissen, die bereits aufgestanden war, um ihre Sachen zusammenzupacken.

»Nein brauchst du nicht. Einer muss sich doch diesem köstlich duftenden Mahl annehmen. Im botanischen Garten ist heute Abend wieder eine Leiche gefunden worden.«

Alarmiert schaute Staatsanwalt Schlingmann auf. »Wieder Scrabblesteine?«

»Ja, dieses Mal lagen wohl vier Spielsteine unter der Leiche. Ich befürchte, Bayreuth hat einen Serienmörder.«

»Scheiße!«, fluchte der Staatsanwalt, der normalerweise immer sehr zurückhaltend mit derben Ausdrücken war.

»Das kannst du laut sagen. Ich bin dann weg. Bis später, Liebling.«

»Pass auf dich auf. Ich werde dir etwas vom Essen aufheben und heute Nacht aufwärmen.«

Heidrun warf ihm im Hinausgehen einen Luftkuss zu und ging dann mit schnellen Schritten zu ihrem Auto.

20:24 Uhr

Sie parkte ihren Käfer auf dem Parkplatz vor dem botanischen Garten und holte ihren Ausrüstungskoffer aus dem Auto. Sie musste nicht lange nach dem Tatort suchen, sondern lediglich auf das grelle Licht der Flutscheinwerfer zugehen. Nachdem klar war, dass es sich vermutlich um ein Tötungsdelikt handelte, hatten die Streifenpolizisten ihre Kollegen vom Kriminaldauerdienst informiert und die Scheinwerfer aufgebaut. Es kam selten vor, dass sie als Rechtsmedizinerin an einen

Tatort gerufen wurde, meistens dann, wenn der Verdacht bestand, dass eine Person auf nicht natürlich Weise den Tod gefunden hatte und rechtsmedizinisches Wissen bereits am Tatort wichtig war. So konnte sie zum Beispiel den Kollegen vom Erkennungsdienst Hinweise darauf geben, nach welcher Tatwaffe diese zu suchen hatten.

Nach wenigen Schritten über den feuchten Kiesweg erreichte sie das rot-weiße Flatterband, mit dem der Tatort weiträumig abgesperrt war. Heidrun quetschte sich an den Reportern vorbei, die offenbar einen sechsten Sinn hatten und immer vor ihr an den Tatorten ankamen. Kommissar Pöhlmann von der Kripo, der sie vorhin angerufen hatte, winkte ihr hektisch zu. Er war wie immer extrem ungeduldig. Artig winkte sie zurück, stellte ihren Koffer auf dem Boden ab und schlüpfte in einen Ganzkörperanzug aus weißem Plastik. Nachdem sie sich die Kapuze über den Kopf gestülpt und Plastiküberzüge über ihr Schuhe gestreift hatte, zog sie noch die Einmalhandschuhe an, tauchte unter dem Absperrband durch und begrüßte Kommissar Pöhlmann.

»War viel Verkehr auf dem Weg hierher, Frau Hartenbach«, stieg dieser in das Gespräch ein und Heidrun musste sich auf die Zunge beißen, um nicht mit einem passenden Kommentar zu antworten.

»Ich bin so schnell gekommen, wie ich konnte. Was haben wir hier?« Sie wollte mit ihrer Arbeit beginnen und nicht eine sinnlose Diskussion darüber führen, warum sie nicht ein paar Minuten schneller am Tatort eingetroffen war.

»Eine Gruppe Medizinstudenten war heute Abend noch im botanischen Garten unterwegs und hat vor etwa einer Stunde den leblosen Körper einer Frau gefunden. Sieht aus wie beim letzten Mal, einfach abgelegt. Der Mord scheint woanders begangen worden zu sein.«

»Wer hat alles meine Leiche angefasst?«, fragte Heidrun und wich einem Kriminaltechniker aus, der geschäftig mit seinem Asservatenkoffer in der Hand zu einem Kollegen eilte.

»Die Studenten haben auf Vitalzeichen geprüft, dabei haben sie auch die Scrabblesteine gefunden. Sie lagen unter dem Hals der Frau.« Der Kommissar nickte in Richtung einer Beamtin vom Erkennungsdienst, die gerade gewissenhaft die vier Spielsteine fotografierte und anschließend in kleine Beweisbeutel eintütete.

»Schicken Sie mir bitte die Studenten vorbei«, sagte Heidrun im knappen Kommandoton und widmete sich dann ihrer Arbeit.

»Die Frau wurde, vermutlich nach Eintreten des Todes, vom Täter wieder angezogen«, bemerkte sie und blickte zu Pöhlmann auf. »Sehen Sie die Knöpfe der Bluse? Die sind falsch geknöpft. Außerdem hat ihre Strumpfhose eine fürchterliche Laufmasche. Das ist sicher beim Anziehen der Pumps passiert. Mit so einem Loch im Strumpf wäre keine Frau auf die Straße gegangen.« Der Kommissar nickte und kritzelte etwas in sein ledernes Notizbuch, während Heidrun sich wieder dem Körper der Toten widmete.

Ihre Nackenhärchen stellten sich auf, als ihr bewusst wurde, wie sehr dieser Fall dem anderen Mord glich. Das Opfer hatte ebenfalls eindeutige Hämatome an Hand- und Fußgelenken, was auf eine Fesselung hindeutete. Außer einer Einstichstelle in der Armbeuge gab es keine äußeren Verletzungen. Sowohl die Augen als auch die Mund- und Rachenschleimhaut wiesen kleine, punktförmige Blutungen auf und die Gesichtshaut zeigte eine leicht bläuliche Verfärbung.

Müde und mit stechenden Kopfschmerzen diktierte Heidrun ihre Erkenntnisse in ein Diktiergerät und wandte sich anschließend wieder an den Kommissar.

»Wir haben es offenbar mit demselben Täter zu tun. Hundertprozentig sicher kann ich das natürlich erst sagen, wenn ich die Obduktion durchgeführt habe und mir die Ergebnisse aus der Toxikologie vorliegen.«

»Woran ist das erste Opfer gestorben, Frau Hartenbach?«, wollte Pöhlmann wissen, der das Obduktionsergebnis des ersten Opfers noch nicht kannte.

»Entschuldigen Sie bitte, der Bericht ist heute raus gegangen und liegt morgen auf Ihrem Schreibtisch. Wie ich bereits vermutet hatte, ist sie aufgrund einer Atemwegslähmung erstickt, hervorgerufen durch ein Nervengift. Ich habe in der Armvene eine Einstichstelle gefunden, außerdem Fesselungsspuren an den Gelenken, sodass wir davon ausgehen können, dass der Täter sein Opfer erst gefesselt und dann das Neurotoxin intravenös verabreicht hat.«

»Konnten Sie das Gift näher bestimmen?«

»Es handelt sich um ein Schlangentoxin, und zwar das Gift einer gelben Bungar, auch Bänderkrait genannt. Diese Giftnattern leben eigentlich in Südostasien und sind hierzulande nur selten in Terrarien anzutreffen. Das Bungarotoxin ist ein stark wirkendes Nervengift, ein Biss von so einem Biest ist für Menschen bereits tödlich.«

»Frau Hartenbach, die Studenten, die Sie sprechen wollten«, unterbrach ein Kollege vom Kriminaldauerdienst das Gespräch.«

»Wunderbar! Wer von Ihnen hat die Leiche angefasst?«

»Das war ich«, meldete sich eine zierliche Studentin zu Wort. »Ich habe aber lediglich versucht, den Karotispuls zu fühlen, um zu sehen, ob die Frau noch lebt. Da war aber nichts mehr zu machen. Bewegt habe ich den Körper nicht. Wirklich.« Die junge Frau wirkte sehr nervös und ängstlich.

»Es ist alles in Ordnung. Ich muss es nur wissen und in meinen Bericht aufnehmen. Sie haben auch die Scrabblesteine gefunden?«

»Ja genau. Sie klemmten direkt unterm Hals. Als klar war, dass die Frau tot ist, haben wir sofort die Polizei gerufen.«

»Alles klar. Das war's auch schon. Ich danke Ihnen vielmals.«

Heidrun packte ihre Sachen zusammen und drehte sich zu Kommissar Pöhlmann um. »Also, wie ich gerade schon sagte, auf den ersten Blick sieht alles nach demselbem Täter aus. Diese Frau scheint ebenfalls mit dem Bungarotoxin getötet worden zu sein. Ich rufe Sie morgen nach der Obduktion an.«

»Dieser Fall hat höchste Priorität, Frau Hartenbach. Die Presse wird uns ohnehin aufs Dach steigen, sobald sie Wind davon bekommen, dass wir es hier mit einem Serientäter zu tun haben.«

»In Ihrer Haut möchte ich nicht stecken, Herr Kommissar.« Heidrun bedachte ihn mit einem mitleidigen

Blick und war froh, dass sie als Rechtsmedizinerin nicht im Rampenlicht stand.

»Glauben Sie mir, ich würde gerade auch lieber in der Haut eines anderen stecken.«

Der Mann tat ihr leid, denn sie wusste von Christian, wie schlimm es werden konnte, wenn der Ermittlungsdruck von allen Seiten auf einen einprasselte. Sie streifte die Einmalhandschuhe ab und schlupfte aus ihrem Anzug, während ihre Institutskollegen sich um den Abtransport des Leichnams kümmerten. Pöhlmann redete bereits mit Händen und Füßen auf einen Kriminaltechniker ein, sodass Heidrun unter dem Absperrband hindurch tauchte, ihre Schutzkleidung entsorgte und sich auf den Rückweg zu ihrem Auto machte.

Die Kopfschmerzen wurden stärker und breiteten sich wie ein schwerer Stahlhelm über ihren gesamten Hinterkopf aus. Außerdem knurrte ihr Magen und erinnerte sie daran, dass Kommissar Pöhlmann ihr den gemeinsamen Abend mit Christian vermasselt hatte. Seufzend stieg sie ins Auto, warf ihre Handtasche auf den Beifahrersitz und hoffte wenigstens auf eine entspannende Massage. Mit seinen Händen war Christian ein Genie und brachte sie jedes Mal zum Schmelzen. Lächelnd drehte sie den Zündschlüssel um und schreckte in der nächsten Sekunde so heftig zusammen, dass sie dachte, ihr Herz sei stehengeblieben. Aus ihrer Handtasche tönte Beethoven. Entnervt stellte sie den Motor wieder ab und durchforstete ihre Tasche nach dem Handy. Vermutlich zitierte Pöhlmann sie nochmal zurück an den Tatort.

»Ja?«, blaffte sie etwas zu schroff in den Hörer.

»Oh! Störe ich dich?« Heidrun kniff die Augen zusammen, als sie die verschreckte Stimme ihrer Nichte hörte.

»Nein, du störst mich niemals. Entschuldige bitte, ich habe nicht gesehen, dass du es bist. Ich komme gerade von einem Tatort.«

»Ich will dich auch nicht lange aufhalten, Tante Heidrun. Es tut mir sehr leid, wie ich mich vorhin dir gegenüber aufgeführt habe. Das war absolut daneben und kindisch von mir. Natürlich freue ich mich sehr für dich und finde es großartig, dass du mit Christian zusammenziehen möchtest.«

»Danke Konny. Ehrlich, ich habe mir vorhin große Sorgen um dich gemacht. Was war denn nur los mit dir?«

»Ich stehe zur Zeit ziemlich neben mir. Nils hat gestern mit mir Schluss gemacht.«

»Oh Konny, das ist ja furchtbar. Das hättest du doch gleich sagen können. War er gestern noch bei dir vorbeigekommen?« Heidrun hörte, wie ihre Nichte mit den Tränen kämpfte.

»Er hat mir eine SMS geschrieben.«

»Das ist nicht dein Ernst? Er hat dich überhaupt nicht verdient, mein Schatz. Kann ich irgendetwas für dich tun?« Heidrun fühlte sich hilflos. Sie wusste, wie schlimm sich Liebeskummer anfühlte und dass es im Grunde nichts auf der Welt gab, was diesen ersten Schmerz des Verlustes lindern konnte.

»Nein, danke. Ich wollte mein Fehlverhalten von vorhin nur nicht so stehenlassen und mich bei dir entschuldigen. Bitte sei mir nicht böse deswegen.«

»Das bin ich nicht. Kopf hoch. Ich weiß, du willst das im Moment nicht hören, aber es gibt noch andere, viel bessere Männer da draußen. Ich hab dich lieb.«

»Ich hab dich auch lieb. Gute Nacht Tante Heidrun.«

Obwohl Konstanze ihr sehr leidtat, war sie trotzdem erleichtert über die Erklärung für das biestige Verhalten und froh, dass zwischen ihnen wieder alles im Reinen war. Deutlich entspannter als noch vor wenigen Minuten lenkte sie das Auto vom Parkplatz und freute sich auf ein wohltuendes heißes Bad mit anschließender Exklusivmassage.

Tag 4

10:14 Uhr

Während Konstanze auf der Parkbank saß und auf ihre Freundin wartete, schnüffelte Merlin aufgeregt im Gras. Hoffentlich würde Mareike ihr glauben und nicht wieder diesen Quacksalber von Arzt in Schutz nehmen. Sie wollte sich gar nicht ausdenken, welche bisher unbekannten Nebenwirkungen dieses Medikament noch haben würde. Außerdem fragte sie sich, ob es eine Möglichkeit für sie gab, noch an weitere Beweise zu gelangen. Als angehende Staatsanwältin wusste sie natürlich, dass das Ergebnis der toxikologischen Untersuchung vor Gericht vermutlich nicht standhalten würde, da sie die Tabletten aus der Klinik herausgeschmuggelt hatte. Außerdem war sie sich nicht sicher, wie schnell und gründlich das Gesundheitsamt reagieren würde. Vertieft in ihre Grübeleien bemerkte sie nicht, wie Mareike auf sie zugekommen war und erschrak heftig, als diese sie unvermittelt ansprach.

»Auf welchem Planeten warst du denn gerade?«

»Guten Morgen Mareike. Entschuldige bitte, ich war in Gedanken und habe dich gar nicht kommen gehört.«

»Das habe ich gemerkt«, deutete sie ein amüsiertes Lächeln an, doch ihre Mundwinkel zuckten nur leicht nach oben und ließen sie eher wie eine Fratze wirken. »Auch wenn du erst seit zwei Tagen weg bist, freue ich mich wahnsinnig, dich zu sehen.«

Mareike sah schlecht aus. Ihr Gesicht hatte eine unnatürlich graue Farbe, die Augen lag tief und hatten dunkle Ränder, ihre Wangenknochen standen weit hervor. Sie war seit vorgestern noch ein Stück weiter abgemagert.

»Hast du regelmäßig gegessen die letzten beiden Tage?« Konstanze wusste, dass ihre Freundin zusätzlich zu den Depressionen noch mit Essstörungen zu kämpfen hatte und es oft vorkam, dass sie mehrere Tage gar nicht aß oder sich direkt nach dem Essen wieder übergab.

»Ich habe dir doch versprochen, regelmäßig zu essen, und ich habe dieses Versprechen nicht gebrochen«, entgegnete Mareike gereizt.

»Ich glaube dir ja. Trotzdem mache ich mir Sorgen. Wie geht es dir sonst? Ist alles okay?« Wirklich beruhigt war Konstanze nicht und sie bekam Gewissensbisse, dass sie ihre Freundin in der Klinik zurückgelassen hatte.

»Mir geht es gut, Ehrenwort«, antwortete sie tonlos. »Sag mal, und du musst Merlin sein?« Sie beugte sich zu dem Hund runter und streichelte ihn unbeholfen. Konstanze hatte ihr in den letzten zwei Wochen ununterbrochen von Merlin erzählt und war ihrer Freundin damit sicher das eine oder andere Mal ziemlich auf die Nerven gegangen.

»Sieh nur, er mag dich, Mareike.«

»Er ist ein knuffiger Kerl und kann sich so glücklich schätzen, dass er dich jetzt hat.« Mareike stand mit seltsam steifen Bewegungen wieder auf und setzte sich zu Konstanze auf die Parkbank.

»Oh, kalt«, stellte sie fest und stand gleich wieder auf.

»Komm, setz dich hierhin. Den Platz habe ich schon angewärmt.« Konstanze rutschte zur Seite und klopfte mit der Hand auf die Stelle, an der sie eben noch gesessen hatte.

»Warum wolltest du mich so dringend sprechen?« Obwohl sie sehr leise sprach, schien Mareike von einer Sekunde auf die andere sehr ungeduldig geworden zu sein.

»Kannst du dir das nicht denken?«

»Wenn du so fragst, wird es wohl mit den blöden Medikamenten zu tun haben.« Sie stieß einen genervten Seufzer aus.

»Mensch Mareike, geh doch nicht gleich wieder auf Abwehrhaltung. Ja es geht um die verdammten Tabletten. Meine Tante hat sie im Labor untersuchen lassen und die Medikamente wurden tatsächlich verändert. In den Tabletten befindet sich zusätzlich zu dem eigentlichen Wirkstoff ein experimenteller Wirkstoff, der noch gar keine Zulassung hat und bestimmte Hirnregionen stimulieren soll. Das ist alles total abstrus.«

»Oh!« Mareike fixierte mit leeren Augen ihre eigenen Füße und sackte plötzlich sichtbar in sich zusammen.

»Tu mir bitte einen Gefallen. Hörst du mich?« Konstanze packte ihre Freundin an den Schultern und zwang diese, ihr in die Augen zu schauen. »Bitte nimm diese Medikamente nicht mehr. Niemand weiß, was die langfristig für Schäden anrichten können. Versprich es mir bitte.«

Fast wie eine Marionette nickte Mareike mechanisch und Konstanze war sich nicht sicher, ob sie gerade zu ihrer Freundin wirklich durchgedrungen war. Sie sah sie zwar an, aber ihr Blick schien durch Konstanze hindurchzugehen und ein Punkt ganz weit am Horizont zu fixieren.

»Mareike! Hast du verstanden, was ich gerade gesagt habe? Bist du ok?« In diesem Moment fiel es ihr wie Schuppen von den Augen. Ihre Freundin wurde ganz offensichtlich mit Medikamenten ruhig gestellt. Ihr krampfte sich der Magen zusammen und sie musste ihre Tränen zurückhalten.

»Ja mir geht es gut. Mach dir keine Sorgen«, antwortete Mareike wie einstudiert.

»Versprichst du mir, dass du diese Medikamente aus der Testgruppe nicht mehr nimmst?«, probierte Konstanze einen weiteren Versuch. Ihre Freundin nickte zaghaft, sie öffnete den Mund, um etwas zu sagen, schloss ihn jedoch wieder.

»Ok! Um alles andere werde ich mich kümmern. Sag bitte niemandem in der Klinik etwas von unserem Gespräch. Du darfst Doktor Giunta nicht vertrauen!«

»Emilio ist unschuldig, Konny. Er hat mir versichert, dass mit den Medikamenten alles in Ordnung ist, also weiß er von nichts.«

»Hast du mit ihm etwa darüber gesprochen?« Der Schock fuhr Konstanze durch alle Glieder und überlagerte die Erkenntnis, dass Mareike den Arzt inzwischen beim Vornamen nannte. Ihr wurde plötzlich ganz heiß.

»Er hat gesehen, wie ich dir die Dinger zugesteckt habe und mich dann gleich mit auf sein Zimmer genommen.« Ihre Schultern hingen schlaff herunter und sie schaute an Konstanze vorbei.

Scheiße, fluchte diese innerlich, denn ihr war klar, dass Mareike mit Sicherheit eingeknickt war und alles brühwarm erzählt hatte.

»Was hast du ihm gesagt?«

»Nicht viel, Konstanze. Es tut mir leid, wirklich. Aber er hat mir versichert, dass er uns niemals in Gefahr bringen würde. Ich glaube ihm das.« Mareike standen jetzt Tränen in den Augen und sie machte den Eindruck, als würde sie jeden Moment zusammenbrechen.

»Weine bitte nicht. Alles ist gut.« Konstanze nahm ihre Freundin in den Arm und beruhigte sie mit sanft wiegenden Bewegungen. Hier kam sie so auf keinen Fall weiter. Um ihre Freundin von Giuntas Schuld zu überzeugen, brauchte sie etwas, was ihn definitiv mit den manipulierten Medikamenten in Verbindung brachte. Nur was? Sie fasste einen Entschluss, der zwar wenig Erfolg versprechend war, aber besser als vollkommen tatenlos herumzusitzen.

»Geht es wieder?«, fragte sie ihre Freundin, die sich nun etwas beruhigt hatte.

Mareike nickte matt. »Sei mir bitte nicht böse Konstanze.«

»Ich bin dir doch nicht böse. Mach dir keine Gedanken.«

»Ich habe noch gar nicht gefragt, wie es dir geht. Wie egoistisch von mir. Wie war denn dein erster Tag wieder in Freiheit?«

»Mein Tag zusammengefasst in einem Satz: Er hat grandios begonnen und katastrophal geendet.« Eigentlich wollte Konstanze nicht schon wieder an das Desaster mit Nils erinnert werden, aber nun war es zu spät und sie spürte, wie der Schmerz sie durchbohrte. Wie sengende Nadelspitzen, die tausendfach auf ihr Herz einstachen.

»Was ist passiert? Oder möchtest du lieber nicht drüber reden?« Mareike legte mitfühlend eine Hand auf ihre Schulter.

»Grandios war, dass meine Wohnung endlich renoviert ist. Meine Tante und ihr Partner haben sogar ein paar neue Möbel gekauft und sich um alles gekümmert, während der zwei Wochen in diesem Kasten.«

»Ich freue mich für dich. Und was ist dann später schiefgegangen?«

»Nils!« Konstanze schluckte schwer und schloss die Augen, um Fassung bemüht. »Er hat per SMS mit mir Schluss gemacht.«

»Oh nein. So ein Feigling.«

»Danke. Sei mir bitte nicht böse, aber ich möchte im Moment auch nicht weiter darüber sprechen.«

»Schon gut, Konny.« Müde schaute Mareike mit glasigen Augen Konstanze an, hob langsam ihren Arm und strich ihr eine Haarsträhne aus dem Gesicht.

In diesem Augenblick sah Konstanze Doktor Giunta, der hinter einem Baum lauerte und die beiden Mädchen offenbar beobachtete. Im Gegensatz zu ihrer Freundin traute sie diesem Mann kein Stück über den Weg.

»Ich muss dann auch wieder nach Hause«, beeilte sie sich nun, das Treffen zu beenden. »Denk bitte daran, was ich dir gesagt habe. Ich mache mir wirklich Sorgen um dich, Mareike.«

»Ja, ja! Genervt verdrehte sie die Augen und Konstanze ärgerte sich über diese ergebene Loyalität, die ihre Freundin dem Arzt gegenüber an den Tag legte. Nachdem sie sich fest umarmt und verabschiedet hatten, band Konstanze ihren Hund los und verließ mit schnellen Schritten den Klinikpark. Ein Blick über die Schulter sagte ihr, dass Giunta gerade wieder zurück ins Gebäude ging.

14:30 Uhr

»Atme bitte ganz ruhig weiter und fühle, wie deine tiefe Entspannung alle negativen Gefühle verschwinden lässt.« Unruhig kaute Emilio Giunta auf seinen Fingernägeln und blickte seine Patientin an, die voller Vertrauen in Hypnose vor ihm lag. Es war Zeit die Therapiesitzung zu beenden. »Ich werde dich gleich aus dem hypnotischen, entspannten Zustand herausholen. Dazu zähle ich gleich von fünf bis eins rückwärts. Wenn ich bei eins angekommen bin, wirst du deine Augen öffnen und dich erfrischt, ruhig und gelassen fühlen.« Seine Stimme zitterte, als er den Countdown herunter zählte und er musste sich mit aller Gewalt zusammenreißen, damit seine Patientin ihm nichts anmerkte. Mareike Kofler schlug die Augen auf und schmachtete ihn im nächsten Augenblick an, genau so, wie sie es in jeder Therapiesitzung tat. Allem Anschein nach hatte sie nichts bemerkt, oder sie war eine verdammt gute Schauspielerin.

»Sind Sie okay, Mareike?« Wann war er eigentlich so tief gesunken, dass er sogar gegen seinen hippokratischen Eid verstieß?

»Ich fühle mich gut.« Eifrig nickend schaute sie ihn mit diesem gierigen Blick an, der ihm zeigte, dass sie seine Zuneigung begehrte. Verdammt! Diese Frau hatte eine Art an sich, die es ihm schwermachte, sich zu beherrschen. Sein Schritt pulsierte und er spürte das brennende Verlangen, mit seinen Fingern durch ihr glattes, langes Haar zu fahren und ihr sanft über die porzellanfarbene Haut zu streicheln.

Halt!

Auf gar keinen Fall durfte er in diesem Punkt auch noch die Kontrolle über sein Leben verlieren. Hastig wandte er den Blick von ihren klaren Augen ab und betrachtete seine Fingernägel. »Wir hatten eine wirklich gute Sitzung. Ich denke, wir machen gemeinsam fantastische Fortschritte«, lobte er sie und stand dann auf, um seine Patientin zur Tür zu begleiten. »Wir sehen uns morgen zur Gruppensitzung.«

»Bis dann, Doktor«, hauchte sie ihm zu und verließ das Zimmer. Nachdem Emilio die Tür geschlossen hatte, drehte er den Schlüssel um und sperrte ab, damit er für einen Moment ungestört nachdenken konnte. Die Schlinge zog sich immer enger um seinen Hals, dessen war sich Giunta absolut sicher. Um nicht sofort in wilde Panik auszubrechen, schenkte er sich ein Glas Armagnac ein und spülte hastig eine Tramal herunter. Anschließend machte er sich mit hängenden Schultern erneut auf den Weg ins Büro des Klinikleiters. Versunken in seine verworrenen Gedankengänge prallte er beinahe mit seinem Chef zusammen, als dieser gerade das Büro verlassen wollte.

»Immer schön die Augen auf, Herr Kollege«, brummte der Professor.

»Entschuldigen Sie bitte vielmals, Professor Eckerstein. Können wir einen Augenblick ungestört reden?«

Anstatt einer Antwort, öffnete der Klinikleiter die Tür zu seinem Büro wieder und forderte den jungen Arzt mit einer Geste auf, den Raum zu betreten.

»Setzen Sie sich bitte«, bat er Giunta, als er die Tür hinter sich wieder geschlossen hatte, blieb jedoch selbst am Fenster stehen und schaute hinaus in den Park.

»Wo brennt es denn diesmal?«, fragte er seinen Mitarbeiter, ohne den Blick vom Fenster zu nehmen.

»Die Hartenbach war heute früh da und hat sich mit der Patientin Kofler im Park getroffen.«

»Na dann hatte die Dame ja schnell wieder Sehnsucht nach uns?«, spöttelte Cornelius von Eckerstein, doch Giunta ließ sich von ihm nicht beirren. Scheinbar nahm sein Chef die ganze Sache zu sehr auf die leichte Schulter, was er überhaupt nicht nachvollziehen konnte.

»Ich hatte mit der Patientin heute Nachmittag eine Hypnosesitzung im Rahmen ihres Therapieplans und habe sie während der Hypnose zu dem Besuch befragt.« Giunta hatte seine Stimme gesenkt, um sicherzugehen, von niemanden auf dem Flur gehört zu werden, denn natürlich durfte er das Vertrauen der Patienten niemals missbrauchen. Doch darauf kam es nun auch nicht mehr an.

»Kam etwas dabei heraus?«, wollte Professor Eckerstein wissen und ging nun zu seinem Schreibtischstuhl.

»Die Hartenbach weiß alles, Chef. Wir müssen dringend etwas unternehmen«, überschlug sich Giunta fast mit der Antwort.

»Ganz ruhig, Emilio. Jetzt erzählen Sie mal ganz der Reihe nach.«

Doktor Giunta atmete einmal tief durch und sammelte sich einen kurzen Moment, bevor er weiter erzählte.

»Frau Hartenbach hat offensichtlich jemanden mit Zugang zu einem Labor. Sie erzählte meiner Patientin, dass sie die genaue Zusammensetzung der Medikamente kennen würde, und warnte sie davor, das Medikament noch länger einzunehmen. Ich bin mir sicher, diese Frau wird da nicht mehr locker lassen, Chef. Was sollen wir jetzt tun?«

Professor von Eckerstein kratzte sich nachdenklich am Kinn und überlegte eine Weile. Minuten, die Giunta wie Stunden vorkamen. Er wagte kaum zu atmen, spürte seinen kräftigen Herzschlag und musste immer wieder blinzeln, um das Flackern hinter seinen Augen in den Griff zu bekommen.

»Ich bin mir ziemlich sicher, dass Frau Hartenbach vernünftigen Argumenten zugänglich ist«, donnerte plötzlich die kräftige Stimme vom Professor und Giunta erschrak so heftig, dass er sich auf die Zunge biss.

»Eine Eskalation der Lage wäre jetzt überhaupt nicht gut, das muss ich auf jeden Fall verhindern«, fuhr der Professor fort, während Giunta einen metallischen

Geschmack auf seiner Zunge spürte. »Was haben Sie vor?«, fragte er ungläubig.

»Ich werde Frau Hartenbach morgen anrufen und um ein persönliches Gespräch bitten. Wenn sie erstmal sieht, welches wichtige Ziel ich mit den Tests verfolge, wird sie das bestimmt verstehen können. Ich schätze sie als eine durchaus sehr intelligente Frau ein. Machen Sie sich keine Sorgen, ich habe alles Griff.«

Beruhigt war Giunta ganz und gar nicht, aber er hatte im Moment auch keine andere Möglichkeit und musste darauf vertrauen, dass sein Chef die Lage wieder unter Kontrolle brachte.

17:20 Uhr

Konstanze blies sich in die kalten Hände und rieb sie fest aneinander. Sie hatte Merlin nach Hause gebracht und war nun nochmal zur Klinik zurückgekehrt. Das Gespräch mit Mareike hing ihr noch sehr nach und sie musste einfach irgendetwas tun, auch wenn es wenig Aussicht auf Erfolg hatte. Sie wartete abseits vom Haupteingang. Doktor Giunta musste bald Feierabend haben und hoffentlich hier herauskommen. Ohne zu wissen, wohin sie dies führen würde, hatte sie beschlossen, den Arzt heute an der Klinik abzupassen und zu schauen, was er nach Feierabend so trieb. Vielleicht, wenn auch sehr unwahrscheinlich, würde sie etwas herausbekommen, was ihn mit den Vorgängen in der Klinik in Zusammenhang bringen würde. Vorher würde auch Mareike nicht auf sie hören und weiter diese furchtbaren Medikamente nehmen.

Ungeduldig schaute sie auf ihre Uhr. Seit einer halben Stunde stand sie in der Kälte und spürte inzwischen kaum noch ihre Füße. Von Giunta war weit und breit nichts zu sehen. Was hatte sie sich nur dabei gedacht, den Privatschnüffler zu spielen und hier dämlich herumzulungern? Sie wollte sich gerade umdrehen und frustriert wieder nach Hause gehen, als der Arzt das Gebäude verließ. Schnell suchte sie Deckung hinter einem Baum und wartete, bis Giunta die andere Straßenseite erreicht hatte. Dann heftete sie sich an seine Fersen. Konstanze hatte Mühe, mit dem straffen Tempo des Arztes mitzuhalten, und schon nach kurzer Zeit war ihr überhaupt nicht mehr kalt. Ihr Atem kondensierte in kleinen weißen Wolken vor ihrem Mund und sie schnaufte wie eine Dampflok. *Ab morgen mache ich definitiv mehr Sport*, schwor sie sich. Atemlos verfolgte sie den Arzt durch die halbe Innenstadt, bis dieser plötzlich in einem Fitnessstudio verschwand. Hier konnte sie nicht hinterher, denn in das Studio kam man nur mit Mitgliedsausweis. Da in diesem Moment der Himmel seine Schleusen öffnete und ein Platzregen auf die Straßen niederprasselte, ging sie kurzentschlossen in die kleine Eckkneipe gegenüber und setzte sich an einen Tisch direkt am Fenster. Von hier aus hatte sie das Studio im Blick und wartete darauf, dass Giunta wieder herauskam. Gerade als die Bedienung ihre Cola Zero brachte, bemerkte Konstanze, dass auch ihr stalkender Schatten da war und sich schräg hinter ihrem Tisch in eine dunkle Ecke gesetzt hatte. Sie konnte gar nicht mehr genau sagen, wann sie diesen Typen zum ersten Mal gesehen hatte, glaubte sich jedoch zu erinnern, dass er damals bei dem Prozess gegen Robert ebenfalls als Zuschauer im Gerichtssaal gewesen war. Seit diesem Tag schien der Fremde an ihren Fersen zu kleben und sie auf Schritt und Tritt zu verfolgen. Anfangs fand Konstanze das furchtbar beängstigend und sie wusste nicht recht, wie sie damit umgehen sollte. Doch inzwischen hatte sie sich an ihren Schatten gewöhnt. Wenn sie ihm provozierend direkt in die Augen blickte, dann schaute er jedes Mal beschämt zu Boden. Auch sonst hatte er zu keinem Zeitpunkt Anstalten gemacht, sich ihr zu nähern und ihr gefährlich zu werden. Daher nahm sie es inzwischen mit Humor.

»Bringen Sie dem jungen Mann dort hinten in der Ecke doch bitte auch eine Cola auf meine Rechnung«, bat sie die Kellnerin und zwinkerte ihr verschwörerisch zu. Diese nickte wissend und wuselte zurück zur Theke.

Konstanze nippte an ihrem Getränk und beobachtete amüsiert, wie ihr mysteriöser Schatten auf die spendierte Cola reagierte. Wie immer drehte er verlegen seinen Kopf zur Seite und betrachtete dann gebannt die karierte Tischdecke. Es gab ihr ein Gefühl der Macht, dass sie diesen Fremden, irgendwie doch in gewisser Weise unter Kontrolle hatte.

Erschrocken stellte Konstanze fest, dass sie schon eine Weile nicht mehr auf den Eingang vom Fitnessstudio geachtet hatte, und schaute schnell wieder aus dem Fenster. In diesem Moment kam tatsächlich Giunta heraus, blieb dann jedoch stehen, zog sein Handy aus der Tasche und telefonierte. Hastig kramte Konstanze Geld hervor und legte den Betrag für die beiden Cola auf den Tisch, griff nach ihrer Handtasche und hastete zur Tür. Gerade als sie die Türklinke in die Hand nahm, ging diese mit einem kräftigen Ruck auf und versetzte ihr einen heftigen Stoß. Sie strauchelte und hatte keine Chance, bei der Wucht des Aufpralls ihr Gleichgewicht zu halten. Mit einem lauten Poltern begleitet von Flüchen und Schimpfwörtern landete sie unsanft auf ihrem Hintern. Der Gast, der gerade die Kneipe betreten hatte und für Konstanzes Sturz verantwortlich war, schlug sich erschrocken die Hand vor den Mund und beugte sich gleich besorgt zu ihr herunter.

»Haben Sie sich verletzt? Ach Gott, das tut mir leid, ich hoffe, Sie sind ok!« Er streckte ihr seine fleischige Hand entgegen, um ihr wieder auf die Beine zu helfen, doch Konstanzes einzige Gedanken galten Doktor Giunta. Sie wollte so schnell wie möglich aus der Kneipe und blendete die heftigen Schmerzen in ihrem Po einfach aus.

»Mir geht es gut. Alles in Ordnung, Sie brauchen sich wirklich keine Sorgen zu machen«, versuchte sie, den kräftigen Mann zu beruhigen. Doch dieser hielt ihre Hand fest umschlungen und sah total geknickt aus.

»Haben Sie sich auch sicher nicht verletzt? Kann ich etwas für Sie tun?«

»Nein! Es ist wirklich alles in Ordnung.« Konstanze rang sich ein zuckersüßes Lächeln ab und hoffte, dass er nun endlich ihre Hand freigab.

»Soll ich Sie vielleicht nach Hause bringen? Oder Ihnen als Entschädigung ein Gläschen ausgeben?«

»Das ist unglaublich nett von Ihnen, aber mir geht es wirklich gut. Ich muss jetzt leider ganz dringend los. Bitte machen Sie sich keine Gedanken.«

Er nickte schwerfällig und Konstanze zog kräftig an ihrer Hand, um sie aus seinem festen Griff zu lösen. Als sie endlich frei war, drehte sie sich schnell um und stolperte geradezu aus der Kneipe. Hastig und völlig außer Atem schaute sie sich nach Giunta um. Er war nirgends mehr zu sehen.

»Scheiße!« Sie fluchte wirklich äußerst selten, aber heute konnte sie sich beim besten Willen nicht beherrschen. Frustriert, müde und mit pochenden Schmerzen in ihrem Hinterteil machte sie sich auf den Weg nach Hause.

Tag 5

9:40 Uhr

Ausgerechnet heute blieb Merlin alle paar Schritte stehen und wollte ausgiebig den Boden beschnüffeln. Sonst war er nie so neugierig und hatte es eher eilig, in den Hofgarten zu kommen. Dort trafen sie um diese Zeit oft Dana, eine Cockerspanieldame, die mit ihrem Frauchen stets zur gleichen Zeit Gassi ging. Ungeduldig und auch nervös zog Konstanze immer wieder an der Leine und versuchte ihren Hund zum Weitergehen zu überreden, denn sie war um zehn Uhr im Park verabredet und wollte gern rechtzeitig dort sein.

Vor gut einer Stunde hatte sie einen Anruf von Professor von Eckerstein, dem Leiter der Rotmainklinik bekommen. Er wollte dringend mit ihr reden und bat um ein kurzfristiges Treffen. Konstanze war sofort klar gewesen, dass es dem Arzt dabei um die verfälschten Medikamente ging und willigte ein in der Hoffnung, den Mann zur Vernunft zu bringen.

Je näher sie nun aber dem vereinbarten Treffpunkt kam, desto größer wurde ihre Nervosität. Sie hatte tatsächlich nicht eine Sekunde daran gedacht, dass der Klinikleiter ihr eventuell auch etwas antun könnte, um seine Tests zu schützen. Für einen kurzen Moment bekam sie es nun doch mit der Angst zu tun, wischte die negativen Gefühle aber schnell wieder beiseite. Sie hatte nicht den Eindruck gehabt, dass Professor von Eckerstein ein bösartiger Mensch war.

Als sie zehn Minuten später am verabredeten Treffpunkt im Hofgarten ankam, wartete der Klinikleiter bereits auf einer Parkbank und paffte genüsslich an seiner Pfeife. Kurz bevor sie die Bank erreichte, drehte er seinen Kopf in ihre Richtung, schnellte er von der Bank hoch und streckte ihr seine Hand entgegen.

»Guten Morgen Frau Hartenbach. Ich freue mich sehr, dass Sie meiner Einladung gefolgt sind.« Eine Wolke des Tabakrauchs hüllte sie ein und zu ihrem Erstaunen roch der Pfeifentabak angenehm mild, ganz anders als beißender Zigarettenqualm.

»Guten Morgen Herr Professor. Wollen wir ein Stück gehen? Dann bekommt der Hund noch etwas Auslauf.« Sie deutete auf den Mops und sah den Klinikleiter fragend an.

»Bitte!« Cornelius von Eckerstein machte eine Handbewegung und zeigte in Richtung des Teiches und so setzten sich beide in Bewegung und steuerten auf den kleinen Rundweg zu.

»Nun Frau Hartenbach«, fuhr der Professor nach ein paar Minuten, die sie schweigend nebeneinander her gelaufen waren, fort, »Sie wissen sicherlich, warum ich Sie sprechen möchte.«

Konstanze nickte, ohne den Blick von ihrem Mops abzuwenden, der fröhlich vor beiden herlief. »Ja, ich nehme an, es geht um die Medikamentenstudie und dass ich inzwischen weiß, dass Sie diese Tabletten chemisch verändert haben und somit illegale Tests an ihren unwissenden Patienten vornehmen«, brachte Konstanze den Sachverhalt genau auf den Punkt.

»Wenn Sie das so sagen, klingt es schrecklich, Frau Hartenbach, so als wäre ich ein bösartiger Mensch.« Traurig schüttelte er den Kopf.

»Es ist auch schrecklich. Ob Sie ein böser Mensch sind, kann ich nicht beurteilen. Ich kenne Sie ja kaum. Aber Sie scheinen kein Gewissen zu haben, Herr Professor.« Die Staatsanwältin in Konstanze war erwacht.

»Geben Sie mir bitte eine Chance, Ihnen zu erklären, was ich tue, was meine Intension ist.« Genüsslich paffte er an seiner Pfeife und blies kleine Wölkchen in den Himmel.

Konstanze schaute auf ihre Uhr. »Sie haben zehn Minuten, dann muss ich leider gehen.«

»Sie müssen mir glauben, dass ich mit meinen Medikamententests nur Gutes im Sinn habe.« Eindringlich faltete er seine Händen, um seinen Worten Nachdruck zu verleihen.

»Ich muss Ihnen überhaupt nichts glauben, aber reden Sie bitte weiter.«

»Seit einigen Monaten bereits forsche ich an einem Weg, Psychopathen, die zu schrecklichen Mördern geworden sind, helfen zu können. Es muss eine Möglichkeit geben, diese Menschen zu heilen, bevor sie mit dem Morden beginnen. Ein geschätzter Kollege und Freund von mir hat einen beeindruckenden Wirkstoff entwickelt, der ganz bestimmte Regionen im Gehirn stimulieren soll und somit einen Defekt, den diese Menschen aufweisen, reparieren kann.«

»Mir ist die Wirkungsweise von Fluvotryptilin bekannt, Herr Professor. Ich weiß auch, dass dieser Wirkstoff experimentell ist und keine Zulassung hat.«

»Leider hat er wirklich noch keine Zulassung, aber dieses Medikament ist ein absoluter Durchbruch in der Wissenschaft. Verstehen Sie denn nicht, was das bedeutet? Wir könnten die Welt ein großes Stück besser machen, in dem wir Mörder heilen, noch bevor die Mordlust in ihnen ausbricht.«

»Ihre Motive mögen ja edel sein, aber was Sie in Ihrer Klinik tun verstößt gegen ethische Grundsätze. Weiß Ihr Freund denn überhaupt, dass Sie seinen Wirkstoff unerlaubt an Menschen testen?«

»Liebe Frau Hartenbach, ich arbeite in meiner Klinik wirklich nur zum Wohle der Menschheit. Bitte geben Sie mir noch ein bisschen Zeit. Ich werde in wenigen Wochen mit meinen Forschungsergebnissen an die Öffentlichkeit gehen. Ich bin so gut wie am Ziel der Forschungen.« Der Professor war stehengeblieben und schaute nun Konstanze mit einem durchbohrenden Blick an.

»Ehrlich gesagt, sehe ich das in einem anderen Licht, Herr Professor. Sie arbeiten nicht zum Wohle der Menschen. Sie hintergehen unschuldige Personen, nutzen diese aus und missbrauchen sie für Ihre eigenen egoistischen Ziele. Niemand von Ihren Patienten weiß, was er da für Tabletten nimmt. Sie selbst können auch gar nicht wissen, was für gefährliche Nebenwirkungen es noch geben kann.«

»Das Medikament ist sicher. Absolut!« Wild gestikulierend unterstrich er das Gesagte.

»Sie haben ein Menschenleben auf dem Gewissen. Stört Sie das überhaupt nicht? Ihr Medikament führte zu grauenvollen Albträumen und deshalb hat sich einer

Ihrer Schützlinge umgebracht. Ich finde das außerordentlich gewissenlos.« Entgegen ihrer Art war Konstanze laut geworden, was sie selbst erschreckte.

»Sie können gar nicht einschätzen, ob es sich bei den Träumen einiger Patienten wirklich um Nebenwirkungen meines Medikaments handelt. Außerdem war dieser junge Patient sehr labil. Niemand weiß, was genau der Auslöser für seinen Suizid war.« Auf der Stirn des Arztes hatten sich trotz der frostigen Temperaturen winzige Scheißtropfen gebildet und an seinem Hals traten deutlich die Adern hervor.

»Sie reden sich das Ganze doch nur schön, auch meine Freundin Mareike Kofler leidet unter diesen Angstträumen, die erst mit dem Beginn Ihrer Testreihe eingesetzt haben. Ich denke, unser Gespräch ist beendet. Sie sind absolut uneinsichtig und selbstsüchtig. Haben Sie noch einen schönen Tag.«

Mit diesen Worten drehte Konstanze sich um, zog an Merlins Leine und verließ den Park in die entgegengesetzte Richtung. Sie hörte noch, wie der Professor nach Luft schnappte und etwas erwidern wollte, doch sie hatte genug und wollte auf keinen Fall länger mit diesem Mann reden.

10:17 Uhr

Nachdenklich schaute er der jungen, mutigen Frau hinterher und bewunderte sie insgeheim für ihre Courage, ihm die Stirn zu bieten. Er war es absolut nicht gewohnt, dass sich ihm jemand in den Weg stellte und ihm widersprach. Fakt war, diese Hartenbach hatte Biss und würde sich nicht mit seinen beschwichtigenden Worten zufrieden geben. Sie würde weiter bohren und im Zweifel sehr bald mit ihrem Wissen zur Polizei gehen. Das konnte er auf gar keinen Fall riskieren. Er war so nah dran an einem echten Durchbruch in seinen Forschungen. Warum hatte sie auch kein Verständnis dafür gehabt? Als zukünftige Staatsanwältin müsste es doch auch in ihrem Interesse sein, dass man in Zukunft Schwerstkriminelle würde heilen können.

Er zog sein Mobiltelefon aus seiner Manteltasche und wählte eine Nummer aus dem Kurzspeicher. Ungeduldig hörte er dem Klingelton zu und wartete darauf, dass sein Gesprächspartner das Telefonat annahm. Auch wenn das gänzlich gegen seine Natur war, er musste jetzt dringend handeln, um seine ehrgeizige Mission zu schützen. Endlich nahm jemand am anderen Ende der Leitung ab.

»Orlov, können Sie in einer halben Stunde in meinem Büro sein?«, kam er ohne Umschweife zur Sache?

»Kein Problem. Ich bin schon unterwegs.«

Zufrieden steckte von Eckerstein sein Telefon wieder in die Manteltasche und verließ den Hofgarten in Richtung Parkplatz, wo sein Lexus stand.

Zwanzig Minuten später erreichte er die Einfahrt der Rotmainklinik. Als er seinen Wagen auf den Parkplatz lenkte, erspähte er bereits Max Orlov, der auf dem Kiesweg wartete und mit dem Fuß Steinchen kickte. Umso besser, dann musste er ihn nicht mit ins Büro nehmen, er konnte das genauso gut auch hier draußen regeln.

»Orlov, Sie sind ja schon da«, begrüßte er den Polen und reichte ihm die Hand. »Kommen Sie, wir gehen ein Stück hier rüber, wo wir ungestört sind.

»Was kann ich für Sie tun, Herr Eckerstein?«, fragte Max Orlov, nachdem die beiden Herren ein paar Meter die Einfahrt hinunter gegangen waren.

Cornelius holte ein Foto aus seiner Innentasche hervor, das er vorhin der Patientenakte von Konstanze Hartenbach entnommen hatte und hielt es Orlov vors Gesicht.

»Das ist eine ehemalige Patientin der Klinik, die ihre Nase etwas zu tief in meine Angelegenheiten gesteckt hat und nun nicht aufhören möchte, herumzuschnüffeln.«

»Ich soll das Problem für Sie beseitigen?«, fragte Orlov ohne eine Gefühlsregung dabei zu zeigen. Der Klinikleiter erschrak vor der offensichtlichen Brutalität dieses Mannes, der vor nichts zurückzuschrecken schien. Er hatte den Kleinkriminellen Max Orlov vor einiger Zeit beauftragt, sich um den reibungslosen Transport der Medikamente zu kümmern. Von Eckerstein ließ die gefälschten Antidepressiva in einer polnischen Chemiefabrik südlich von Lublin herstellen und Orlovs Aufgabe war es, diese unbemerkt durch den Zoll zu bringen.

»Der Dame soll nichts passieren. Nicht dass wir uns da falsch verstehen. Sie sollen ihr lediglich ein bisschen Angst einjagen, damit sie mit ihrer Schnüffelei aufhört.

»Geht klar«, gab Orlov knapp zurück und rollte dabei kräftig das r.

»Versprechen Sie mir, dass Sie Frau Hartenbach nicht ernsthaft verletzten!«, ging er nochmal auf Nummer sicher.

»Sie sind der Chef, Sie entscheiden!«

»Hier auf der Rückseite finden Sie die Telefonnummer von Frau Hartenbach. Kümmern Sie sich bitte so schnell wie möglich darum und berichten mir umgehend.«

Orlov nickte, steckte das Foto ein und zündete sich dann eine Zigarette an.

»Sie können sich auf mich verlassen, Herr Eckerstein.«

Die beiden Männer verabschiedeten sich und gingen anschließend in getrennte Richtungen auseinander.

12:35 Uhr

Das Nudelwasser im Topf fing gerade an, sprudelnd zu kochen, als Konstanzes Festnetztelefon klingelte. Sie drehte den Herd ab und durchsuchte hektisch ihre Wohnung nach dem Schnurlostelefon. Das Klingeln war ganz nah und schien direkt aus dem Wohnzimmer zu kommen, doch sie konnte das Ding nicht finden. Da fiel ihr ein, dass sie vorhin auf dem Sofa gesessen und mit ihrer besten Freundin Astrid telefoniert hatte. Mit Schwung hob sie die cremeweißen Sofakissen an und förderte endlich das Telefon zu Tage. Der Anrufer hatte offensichtlich Ausdauer, denn es klingelte noch immer. Vollkommen außer Atem drückte sie die Taste mit dem grünen Hörer.

»Hallo?«

»Spreche ich mit Konstanze Hartenbach?«, fragte eine ihr unbekannte männliche Stimme mit deutlich polnischem oder russischem Akzent.

»Vielleicht verraten Sie mir erstmal, wer Sie überhaupt sind.«

»Mein Name spielt keine Rolle, Frau Hartenbach. Aber ich habe Informationen, die mit Sicherheit für Sie von großem Interesse sind.«

»Ich wüsste nicht, was für relevante Informationen Sie für mich haben könnten. Belästigen Sie bitte jemand anderen.«

»Ich weiß über Ihre Recherchen in der Rotmainklinik Bescheid.«

Konstanze wollte gerade schon entnervt auflegen, als das Wort Rotmainklinik in ihr Bewusstsein drang. Ihr Instinkt sagte ihr, dass Sie sich anhören sollte, was der Mann zu sagen hatte.

»Reden Sie weiter«, forderte sie den Unbekannten auf und dachte unwillkürlich an ihren Stalker. Ob er der Anrufer war? Er hatte auf sie zwar keinen slawischen Eindruck gemacht, aber so genau konnte man das ja nie wissen.

»Ich habe höchst interessante Informationen über die illegalen Medikamententests, die dort stattfinden.«

Konstanzes Körper versteifte sich und sie spürte, wie ihr Herz vor Aufregung schlagartig die Frequenz wechselte.

»Was für Informationen?«, wollte sie wissen.

»Nichts, das wir weiter am Telefon besprechen sollten. Kommen Sie in einer halben Stunde zum

Volksfestplatz, dann reden wir. Ich warte am nördlichen Eingang bei den Parkplätzen auf Sie.«

»Blödsinn, Sie können es mir genauso gut hier am Telefon sagen. Woher weiß ich, dass ich Ihnen vertrauen kann?«

»Lady, Sie können mir vertrauen. Aber wenn Sie die Informationen nicht wollen, ist das nicht mein Problem. Kommen Sie zum Treffpunkt oder lassen Sie es.«

Mit diesen Worten legte der Fremde einfach auf und hinterließ eine total aufgewühlte und verunsicherte Konstanze. Was sollte sie nun tun? Volles Risiko und zu dem Treffpunkt fahren oder die möglichen Fakten in den Wind schießen? Sie entschied binnen weniger Sekunden aus dem Bauch heraus, zog sich ihre Jacke und Schuhe an, nahm Merlin auf den Arm und brachte ihn auf dem Weg nach unten zu Oma Wallie.

13:10 Uhr

Mit klopfendem Herzen kam Konstanze am Treffpunkt an. Erwartungsvoll blickte sie sich um und rechnete ganz fest damit, ihren stalkenden Schatten zu erblicken. Doch am Eingang zum Volksfestplatz war keine Menschenseele. Weit und breit war niemand zu sehen. Verdammt! Wie bescheuert war sie eigentlich, auf diesen blöden Anrufscherz hereinzufallen? Sie zwang sich zur Ruhe und schlenderte bewusst gelassen auf dem Parkplatz auf und ab. Der Fremde würde sicherlich jeden Augenblick kommen. War sie am richtigen Ort? Konzentriert rief sie sich das Telefonat ins Gedächtnis.

Ich warte am nördlichen Eingang bei den Parkplätzen auf Sie. Exakt diese Worte hatte er benutzt. Den Volksfestplatz selbst konnte er nicht betreten haben, denn der war gesichert und abgeschlossen. In wenigen Tagen begann in Bayreuth der diesjährige Kirchentag und die Stadt bereitete sich auf den Besuch des Papstes vor. Seit Wochen herrschte bereits überall Ausnahmezustand und auf den Straßen spürte man die Aufregung.

Auch nach weiteren fünf Minuten kam der Fremde nicht. Wütend über sich selbst fluchte Konstanze leise vor sich hin. Um Gottes willen. War sie das wirklich? Die letzten Monate hatten sie definitiv verändert. Robert hatte sie verändert. Er hatte sie mit seinem Charme komplett eingewickelt und blind gemacht für seinen wahren Charakter. Diesen hatte Konstanze erst später erkannt, als das Monster sie und ihre Freundin Sabrina eingesperrt hatte, als Sabrina von seinen Leuten getötet wurde, als er Konstanze im Gerichtssaal als Geisel genommen hatte und erschießen wollte. Früher, vor diesen schrecklichen Ereignissen, war sie stets die Ruhe selbst gewesen, doch heute konnte sie bereits eine Kleinigkeit blitzschnell aus der Fassung bringen.

Gehetzt schaute sie auf die Uhr und gab dem mysteriösen Anrufer noch zehn Minuten, dann würde sie von diesem Ort wieder verschwinden. Die Kälte kroch ihr inzwischen in alle Knochen und sie bewegte sich etwas schneller, um sich warm zu halten.

Ein Knirschen und Knacken!

Ruckartig drehte sie sich in die Richtung um, aus der sie die Schritte gehört hatte und im nächsten Moment bog ein Mann um die Ecke des schmalen

Fußwegs. War das der Kerl am Telefon? Konstanze hielt den Atem an und fixierte ihn angespannt. Er hatte schneeweißes Haar und einen ungepflegten 3-Tage-Bart. Obwohl sein Rücken ein wenig nach vorn gebeugt war, ging er in zügigem Tempo. Lediglich ein leichtes Nachziehen des rechten Beines hinderte ihn daran, noch schneller zu gehen. In seinem Mundwinkel hing eine halb aufgerauchte Zigarette und offensichtlich war er in ein Gespräch mit sich selbst vertieft. Verwundert fragte sich Konstanze, was dieser alte Kauz ihr wohl zu sagen hatte. Inzwischen war er so nahe, dass sie sein Selbstgespräch auch hören konnte. Von ihr hatte er bis jetzt noch keine Notiz genommen, denn seit der alte Mann um die Ecke gebogen war, hatte er nicht ein einziges mal den Blick gehoben. Plötzlich nahm Konstanze in ihren Augenwinkeln eine Bewegung wahr und im nächsten Augenblick schoss ein struppiger Terrier aus dem Gebüsch und hüpfte schwanzwedelnd auf sie zu. Vor Schreck stieß sie einen spitzen Schrei aus und erst jetzt hob der Greis den Kopf und lächelte Konstanze zahnlos an.

»Der tut nichts, Lady! Komm her, Rambo!«, gab er seinem Hund einen Befehl, doch Rambo tanzte lieber um Konstanze herum, sprang an ihr hoch und hinterließ lauter braune Pfotenabdrücke auf ihrer Jacke. »Aus! Rambo!«, versuchte das verzweifelte Herrchen, mit seiner kratzigen Stimme den Hund zur Vernunft zu bringen, und sah dabei Konstanze mit einem entschuldigenden Blick an.

»Nicht so schlimm. Ich habe selbst einen Hund, war nur im ersten Moment erschrocken.« Gerade als sie in die Hocke ging, um den kleinen Kerl zu streicheln, hüpfte dieser wieder aufgekratzt davon und jagte einem Spatz hinterher. Konstanze stand auf und wollte dem Alten noch etwas sagen, doch dieser war erneut in sein Selbstgespräch vertieft und setzte bereits seinen Weg fort. Was für ein merkwürdiger Kauz. Der hatte sie ganz bestimmt nicht angerufen. Während sie notdürftig ihre Jacke abklopfte, schaute sie ihm nachdenklich hinterher, bis er um die nächste Biegung verschwunden war.

Von ihrem geheimnisvollen Anrufer war jedoch nichts zu sehen. Noch nie in ihrem Leben war sie sich so lächerlich vorgekommen. Hatte sie wirklich daran geglaubt, dass hier jemand auftauchen würde, der ihr freiwillig brisante Informationen zu den Vorgängen in der Rotmainklinik geben würde? Enttäuscht und ärgerlich drehte sie sich um und stapfte davon. Das nächste was sie spürte, war ein kräftiger Arm, der sie von hinten packte und festhielt, während eine andere Hand ihr ein Tuch vor den Mund presste. Diesen süßlichen Geruch kannte sie aus dem Chemieunterricht: Chloroform. Sie fühlte sich ganz leicht, losgelöst, als ob ihr Körper jeden Moment vom Boden abheben könnte, ihre Sinne schwanden und einen Wimpernschlag später war alles schwarz.

13:50 Uhr

Ihre Schultern schmerzten vor Anspannung und fühlten sich seltsam an, irgendwie unnatürlich. Sie fröstelte und ihr Kopf war in Watte gepackt, weich und matschig. Unter sich spürte sie Kälte, die sich von dem harten

Boden, auf dem sie saß, hinauf in ihren Körper schlängelte. Ihre Schläfen pochten und verursachten ein unangenehmes Brennen in den Augen. Konstanze zwang ihren Verstand, sich daran zu erinnern, was passiert war.

Mit jedem Atemzug wurde ihr Bewusstsein klarer und sie erinnerte sich wieder. Der Treffpunkt, wie sie versetzt worden war und dann der Überfall mit Chloroform. Inzwischen nahm sie auch den Druck im Rücken wahr. Ihre Arme befanden sich hinter ihrem Körper, man hatte sie offenbar an ein Rohr gebunden. Panisch zog sie daran, sie wollte aufstehen, aber ein stechender Schmerz durchfuhr ihre Handgelenke. Ein grobes Seil war viel zu fest darum gewickelt und schnitt ihr ins Fleisch. Wie lange war sie schon hier gefesselt? Die Schultern fühlten sich aufgrund der unnatürlichen Haltung bereits ganz taub an. Sie musste unbedingt die Augen öffnen, musste sich orientieren. Ihr Gehirn sendete nur zögerlich einen Befehl an ihre bleischweren Augenlider, doch dann gelang es ihr endlich, sie zu öffnen. Obwohl kaum Tageslicht durch die schmutzigen und zerbrochenen Fensterscheiben drang, musste sie blinzeln. Konstanze blickte sich um. Sie befand sich in einer großen Halle, deren Wände aus roten Backsteinen gemauert waren. Gelblich verfärbte Fenster waren in einer Höhe von etwa zwei Metern angeordnet, das Hallendach schien meilenweit entfernt zu sein. Die gewaltigen Stahlträger setzten bereits an zahlreichen Stellen Rost an, ein paar davon waren sogar gebrochen und hingen wie zerschmetterte Rippen vom Dach herab. Überall da, wo der Estrich weggeplatzt war, hatten sich Pfützen mit schmutzigem Regenwasser gebildet. Konstanze schaute nach oben und erkannte, dass das Hallendach löchrig wie ein Schweizer Käse war. Diese Fabrikhalle wurde schon sehr lange nicht mehr genutzt. Sie hatte nicht den blassen Schimmer, wo in Bayreuth sich eine leerstehende, abbruchreife Industrieruine befand.

Aus den Augenwinkeln nahm sie plötzlich einen sich bewegenden Schatten wahr. Erschrocken riss sie ihren Kopf herum und blickte in den schwarzen Lauf einer Pistole. Das Blut pulsierte in ihren Adern und ihre Nerven waren gespannt wie glänzend polierter Stahldraht. Der Anblick der Waffe, die gefährlich nahe vor ihrem Gesicht schwebte, schärfte all ihre Sinne.

»Gut. Sie sind wieder wach!« Das war die Stimme des unbekannten Anrufers. Sie hätte diesen polnischen Akzent und die unverwechselbare Baritonstimme unter Tausenden wiedererkannt.

Konstanze wollte antworten und fragen, wer der ungehobelte Kerl war. Der Knebel in ihrem Mund hinderte sie allerdings am Sprechen und so gab sie nur unverständliches Gemurmel von sich.

»Wer ich bin, tut überhaupt nichts zur Sache.« Der Pole hatte sie anscheinend dennoch verstanden und funkelte sie aus fast schwarzen Augen an.

»Jetzt hören Sie mir bitte ganz aufmerksam zu.« Mit zwei Fingern hob er ihr Kinn leicht an und zwang sie somit, ihn direkt anzusehen. Seine andere Hand hielt noch die Pistole, deren Lauf er fest gegen ihre Schläfe presste. »Wenn Ihnen Ihr Leben lieb ist, sollten Sie sofort alle Schnüffeleien in der Kliniksache einstellen.« Grob griff er ihr ins Haar und zog den Kopf nach hinten. »Haben Sie das jetzt begriffen?«

Sie nickte und blinzelte dabei, denn der Schmerz auf der Kopfhaut trieb ihr die Tränen in die Augen.

»Dann ist es ja gut. Dobrze!« Mit diesen Worten stand er auf und verließ das Gebäude. Eine erdrückende Stille breitete sich in der geräumigen Halle aus und Konstanze kämpfte gegen die Übelkeit an. Auf keinen Fall wollte sie sich mit dem Knebel im Mund übergeben müssen. Mit aller Kraft zerrte sie an den Fesseln, doch das Seil schnitt sich nur noch tiefer in die Handgelenke. Ihr erstickter Schmerzensschrei hallte von der hohen Decke zurück. Danach war es wieder gespenstisch still in der Fabrik. Wenn sie wenigstens den Knebel loswerden könnte. Dann könnte sie versuchen, um Hilfe zu rufen, auch wenn die Chance, gehört zu werden, verschwindend gering war. Energisch biss sie auf dem zusammengeknüllten Stück Stoff herum, das ihr der Kerl als Knebel in den Mund gestopft hatte. Keine Chance, es durchzubeißen oder sonst irgendwie loszuwerden. Verzweifelt blickte sie sich um und suchte den Boden nach einem scharfen Gegenstand ab, mit dem sie vielleicht das Seil durchschneiden könnte. Doch es gab überhaupt nichts. Verbissen ruckelte sie von Neuem an dem Seil, das erbarmungslos ihre Handgelenke fest umschlungen hatte. Die aufgeschürfte Haut brannte wie Feuer und der Schmerz ließ erneut einen Sturzbach an Tränen fließen. Sie hatte nicht die geringste Chance, sich selbst zu befreien. Müde und erschöpft lehnte sie ihr Haupt an das dicke Rohr, an dem sie festgebunden war und schloss die Augen. In ihrem Kopf drehte sich alles und sie musste mit aller Kraft gegen die Übelkeit ankämpfen. Das waren sicher die Nachwirkungen von dem Chloroform. Die Augenlider fühlten sich bleischwer an und sie hatte Mühe, diese wieder zu öffnen. Nur erneut einschlafen durfte sie auf gar keinen Fall. Bei diesen Temperaturen könnte sie in dem abbruchreifen Gemäuer erfrieren und keiner wüsste, wo sie war.

Während sie darüber nachdachte, wie sie aus dieser prekären Lage herauskommen könnte, spürte sie eine sanfte Berührung an ihren geschundenen Handgelenken. Jemand durchschnitt mit einem Messer ihre Fesseln. Erleichtert, dass der polnische Bastard sie unbeschadet gehen lassen wollte, nahm sie ihre inzwischen steifen Arme nach vorn, ließ ihre Schultern kreisen und befreite sich dann selbst von ihrem Knebel. Sie hörte, wie der Mann hinter ihr das Taschenmesser wieder zusammenklappte und drehte sich zu ihm um. Im ersten Moment blieb ihr vor Schreck der Mund offen stehen, denn es war nicht der Typ, der sie vorhin entführt und bedroht hatte, sondern ihr Stalker.

»Du?«, fragte sie, nachdem sie ihre Sprache wiedergefunden hatte.

Er nickte leicht verlegen und ließ das Messer in seiner Hosentasche verschwinden. »Bist du verletzt? Deine Hände sehen schlimm aus?«, fragte er mit heiserer Stimme.

»Das sind nur oberflächliche Schürfwunden, halb so wild. Ich denke, jetzt muss ich dir wohl dankbar sein, dass du mir auf Schritt und Tritt folgst, oder?«

»Wir sollten hier so schnell wie möglich verschwinden, bevor Orlov zurückkommt«, sagte er, ohne auf Konstanzes Aussage einzugehen. Erschrocken schaute Konstanze zu ihm auf. »Woher weißt du den Namen, von dem Kerl, der mir das hier angetan hat? Und wer bist du überhaupt? Warum verfolgst du mich?« Die Zeit für Antworten war gekommen, Konstanze würde hier erst weggehen, wenn sie diese bekommen hatte.

»Entschuldige bitte! Du hast natürlich eine Erklärung verdient. Mein Name ist Hendrik Fergland und ich bin Journalist.«

»Freut mich, dich kennenzulernen, Hendrik. Ich bin Konstanze.« Sie streckte ihm ihre Hand entgegen, die er auch gleich ergriff und plötzlich erschien ein bezauberndes Lächeln auf seinem Gesicht.

»Ich weiß, wer du bist. Ich war damals auch im Gericht und habe einen Artikel über den Prozess gegen den Arischen Untergrund geschrieben.«

»Also doch! Ich war mir nicht sicher, habe die ganze Zeit überlegt, woher ich dich kenne und war der Meinung, dass es im Gericht gewesen sein musste.«

»Ich hoffe, du hältst mich nicht für komplett verrückt, ich wollte dich die ganze Zeit schon ansprechen. Aber irgendwie hatte ich das Gefühl, du wärst eine völlig unnahbare Person.« Verlegen blickte er auf den Fußboden und fügte flüsternd hinzu: »Ich habe mich einfach nicht getraut, dich anzusprechen.«

»Oh!« Das hätte Konstanze nicht erwartet. Dieser Hendrik hatte zu keinem Zeitpunkt den Eindruck erweckt, schüchtern zu sein. »Aber nun hast du ja gemerkt, dass ich nicht beiße.« Sie zwinkerte ihm zu. »Und ich hatte ein Riesenglück, dass du in der Nähe warst und mich aus meiner misslichen Lage befreien konntest.«

»Naja, ich war eigentlich wegen diesem Orlov hier. Ich beobachte den Kerl schon eine Weile und bin an einer großen Story dran.« Konstanzes Interesse war geweckt. Wusste der Journalist etwa auch über die Medikamententests Bescheid?

»Was für eine Story ist das denn?«, fragte sie ihn neugierig.

»Sollten wir nicht lieber erstmal von hier verschwinden, Konstanze. Wir können uns ja nachher weiter unterhalten. Aber Orlov sollte uns hier nicht mehr über den Weg laufen.«

»Du hast Recht. Darf ich dich noch zu mir nach Hause auf einen Kaffee einladen, um mich bei dir für die heldenhafte Rettung zu bedanken?«

»Da sage ich nicht Nein«, antwortete er schnell und strahlte über das ganze Gesicht wie ein kleiner Junge, der seinen ersten Weihnachtsbaum sah.

Er reichte Konstanze die Hand, damit sie aufstehen konnte, legte ihren Arm um die Schulter und stützte sie, da ihre Beine aufgrund der Nachwirkungen des Chloroforms noch nachgaben. Gemeinsam verließen sie das Gebäude.

15:05 Uhr

Das Mahlwerk der Kaffeemaschine machte einen Höllenlärm, während Konstanze Tassen aus dem Schrank beförderte. Sie mochte Hendrik. Mit seinem dunklen Wuschelkopf und den schwarzbraunen Augen wirkte er verdammt sexy. Eine geheimnisvolle Aura umgab ihn und ließ ihn dadurch extrem begehrenswert erscheinen.

Überhaupt nicht schüchtern, wie er vorhin selbst behauptet hatte. Er saß in Konstanzes Wohnzimmer und spielte mit Merlin, den sie gerade gemeinsam von Oma Wallie abgeholt hatten. Verträumt stand Konstanze an der Küchenzeile angelehnt und beobachtete die beiden. Es fühlte sich vertraut an.

Erschrocken wendete sie ihren Blick ab. Sie kannte diesen Mann doch kaum und außerdem war sie so kurz nach der schmerzhaften Trennung von Nils einfach nur empfänglich für die Signale eines anderen Mannes. Sie sehnte sich nach Geborgenheit und Intimität, aber sie wollte sich nicht wieder so schnell auf einen Mann einlassen. Zu tief saß noch der demütigende Schmerz, den Nils verursacht hatte. Konstanze stellte die beiden dampfenden Kaffeetassen auf ein Tablett und holte eine Packung Kekse aus dem Schrank, die sie in eine Glasschüssel schüttete.

»Kaffee ist fertig.« Sie stellte Hendrik eine Tasse hin und setzte sich dann neben ihn aufs Sofa.

»Dein Merlin ist ja ein goldiger Kerl.«

»Ja das ist er. Unglaublich treu und dankbar. Ich habe ihn auf dem Weg zu meinen Eltern an einer Autobahnraststätte aufgelesen. Was für grausame Menschen sind das, die einen hilflosen Hund einfach aussetzen?«

»Er hat auf jeden Fall großes Glück, dass du ihn gefunden hast. Aber nun verrate mir doch mal, was um alles in der Welt du in dieser verlassenen Fabrik gemacht hast!«

»Das ist eine sehr lange Geschichte. Die Kurzfassung: Ich weiß, dass in der Rotmainklinik illegale Medikamententests stattfinden und dieser Orlov hatte mich angerufen und vorgegeben, er hätte brisante Informationen für mich. Unter diesem Vorwand hat er mich zum Volksfestpark gelockt.« Konstanze erzählte Hendrik, dass sie, nachdem niemand am Treffpunkt aufgetaucht war, mit Chloroform überwältigt worden war. Mit bebender Stimme berichtete sie davon, wie sie später in dieser alten Fabrikhalle wieder aufgewacht war und wie Orlov sie bedroht und ihr klargemacht hatte, dass sie sterben müsste, sofern sie die Nachforschungen nicht einstellen würde.

»Das ist ziemlich harter Tobak.«

»Das kannst du laut sagen. Ich werde gleich den Staatsanwalt und die Polizei informieren, damit die sich darum kümmern. Und jetzt zu dir. Du hast vorhin erwähnt, dass du schon länger an diesem Orlov dran bist. Geht es da auch um Medikamententests?«

Hendrik zögerte einige Sekunden, bevor er Konstanze eine Antwort gab.

»Nein, keine Medikamententests, aber das klingt tatsächlich nach einer großen Story. Das sollten wir gemeinsam weiterverfolgen, was meinst du?«

Irritiert, dass Hendrik ihr offenbar nicht verraten wollte, an welcher anderen Story er dran war, nahm Konstanze erstmal einen großen Schluck aus ihrer Kaffeetasse. Dann berichtete sie ihm genau, was sie schon alles in Bezug auf die manipulierten Medikamente herausgefunden hatte.

»Wie du siehst, gibt es da nichts mehr zu recherchieren. Es ist wirklich besser, das jetzt der Polizei zu überlassen.«

»Ich bitte dich inständig, gib mir noch etwas Zeit. Ich bin an einer weitaus größeren Story in diesem Zusammenhang dran. Und ganz nah am Ziel. In ein paar Tagen gehen wir dann gemeinsam zur Polizei.« Erwartungsvoll schaute er Konstanze mit seinen dunklen Augen an.

»Hendrik wie stellst du dir das vor? Ich möchte nach meinem Studium Staatsanwältin werden, da kann ich es mir nicht leisten, eine Straftat zu verschleiern. Ich muss es einfach melden. Verstehst du das?«

Plötzlich stand er vom Sofa auf und kniete sich theatralisch vor Konstanze hin. »Ich brauche diese Story, unbedingt, sonst verliere ich meinen Job bei der Zeitung. Du kannst ja zur Polizei gehen und denen alles melden, was du weißt, aber lass mir noch ein kleines bisschen Zeit. Ich würde dich nicht um diesen Gefallen bitten, wenn es anders ginge. Bitte, Konstanze!«

In seinen Augen konnte sie echte Verzweiflung erkennen und ihr Herz wurde weich. Sie konnte nicht sagen warum, aber dieser Mann berührte sie tief in ihrem Inneren.

»Zwei Tage. Danach gehe ich zum Staatsanwalt und berichte ihm alles, was ich weiß. Dieser Orlov steckt da ganz gewaltig mit drin, da bin ich mir absolut sicher. Wohl fühle ich mich dabei aber nicht.«

»Ich stehe in deiner Schuld.« Er nahm behutsam ihre Hand in seine und hauchte ihr einen Kuss darauf, dann lächelte er und setzte sich wieder zu ihr auf die Couch. »In den zwei Tagen finden wir vielleicht noch viel bessere Beweise. Wir könnten ein prima Team sein«, zwinkerte er ihr zu.

Sie tranken ihren Kaffee aus und Konstanze genoss die Nähe von Hendrik. Er verströmte den dezenten Duft eines Mandelkernkörperöls, welches ihr fast die Sinne raubte.

»Wir sollten deine Handgelenke noch versorgen. Hast du eine Salbe da?«, fragte Hendrik, nachdem er das Geschirr in die Küche getragen hatte.

»Oben im Badschrank steht eine Zinksalbe. Ich hole sie.« Konstanze wollte aufstehen, doch Hendrik drückte sie sanft zurück in die Polster. »Ich mache das und du bleibst hier sitzen und ruhst dich aus.« Überwältigt von der unglaublichen Fürsorge dieses Mannes war sie nicht mehr in der Lage, zu wiedersprechen und nickte. »Die Treppe hoch, auf der linken Seite ist das Badezimmer.« Entspannt lehnte sie sich zurück und schloss die Augen. Warum verursachte Hendrik nur so ein wahnsinnig vertrautes Gefühl in ihr?

»Du hast eine sehr schöne Wohnung.« Da sie ihn nicht hatte runterkommen hören, schlug sie die Augen hastig wieder auf und blickte in die weichen Gesichtszüge von Hendrik, der lächelnd mit der Salbe in der Hand vor dem Sofa stand.

»Danke. Ich bin auch sehr froh, dass ich sie damals ergattert habe.« Sie rutschte ein Stück zur Seite und er nahm direkt neben ihr Platz. Er schraubte die Tube auf, drückte einen Strang der Salbe auf seine Handfläche und griff dann nach Konstanzes Arm. Behutsam begann er damit, das Präparat auf die aufgeschürften Stellen aufzutragen.

»Autsch!« Beim ersten Brennen zuckte Konstanze mit ihrer Hand reflexartig zurück.

»Oh, ich wollte dir nicht wehtun«, entschuldigte er sich und sah sie mitfühlend an.

»Tust du gar nicht, es brennt nur etwas.«

»Ich bin so vorsichtig, wie es geht«, versprach er ihr und griff sich erneut ihren Arm. Das Auftragen der Salbe brannte zwar noch immer, aber der Schmerz vermischte sich mit einem süßen Glücksgefühl, das die sanften Berührungen Hendriks in ihr auslösten. Fast bedauerte sie es, nicht mehr Wunden davongetragen zu haben, als er schließlich fertig war und die Tube wieder verschlossen auf den Tisch legte.

»Ich danke dir. Jetzt wird es sicher schnell heilen.« Ihre Stimme war nicht lauter als ein zartes Wispern und plötzlich wurde ihr bewusst, dass sie am gesamten Körper zitterte.

»Ganz bestimmt wird es das. Ich muss jetzt nach Hause.«

Als er unvermittelt aufstand und sich von ihr verabschiedete, war sie tatsächlich ein wenig traurig über seinen schnellen Aufbruch. Gern hätte sie noch den restlichen Tag mit ihm verbracht, aber sie wagte es nicht, ihn zu fragen, ob er bleiben wollte oder wann sie sich wiedersehen würden.

»Darf ich mich morgen Nachmittag mit einem Kaffee revanchieren?«, fragte Hendrik, als ob er Konstanzes Gedanken lesen konnte.

»Sehr gern!« Eine wohlige Wärme umschlang ihr Herz und ein Kribbeln breitete sich in ihrem Magen aus. Die beiden tauschten ihre Handynummern und verabredeten sich für den kommenden Nachmittag im Rotmaincenter. Als Hendrik ihre Wohnung verlassen hatte, fühlte sie sich frei und glücklich wie schon lange nicht mehr.

»Na Merlin, was sagst du zu diesem Prachtstück von Mann? Du magst ihn auch, oder?« Gelöst ließ sie sich auf ihr Sofa fallen und sog die Reste des Mandelkerndufts ein, die noch in der Luft hingen. Doch schon wenige Minuten später machte sich eine innere Unruhe in ihr breit. Sie war kein Mensch, der tatenlos rumsaß. Vorlesungen fanden zur Zeit nicht statt, da noch Semesterferien waren, in der Buchhandlung musste sie diese Woche auch nicht mehr arbeiten und auf Lernen hatte sie gerade überhaupt keine Lust. Sie schaute auf die Uhr und beschloss kurzerhand, in die Eckkneipe gegenüber des Fitnessstudios zu gehen, in dem Doktor Giunta regelmäßig trainierte. Vielleicht hatte sie ja Glück und konnte den jungen Arzt abpassen und mit ihm reden. Die Chancen waren zwar gering, aber dennoch bestand die schwache Hoffnung, dass sie Giunta zur Vernunft bringen konnte. Immerhin war es auch sein Patient, der sich vor wenigen Tagen in der Klinik das Leben genommen hatte. Sie wollte einfach nicht glauben, dass solch eine Tat einen Arzt dermaßen kalt ließ.

17:30 Uhr

Seit zehn Minuten saß Konstanze nun schon am gleichen Fensterplatz in der Kneipe, wie gestern Nachmittag. Vor ihr auf dem Tisch stand ein halbvolles Colaglas, welches sie nervös in der Hand drehte. Von Giunta war weit und breit nichts zu sehen. Entweder war er schon längst im Studio und trainierte, oder Konstanze hatte Pech und er würde heute überhaupt nicht kommen. Draußen wurde es in der Zwischenzeit ungemütlich. Dicke Schneeflocken fielen schwer vom Himmel und bildeten einen schmutzigweißen Teppich auf den Straßen. Ende Februar noch Schnee in Bayreuth, das gab es schon Jahre nicht mehr.

Jedes Mal, wenn sich drüben im Studio die Eingangstür öffnete, spähte Konstanze angestrengt durch das Schneegestöber und versuchte im Zwielicht der gerade untergehenden Sonne vermischt mit dem fahlen Licht der Straßenlaternen die Personen zu erkennen, die ins Freie traten. Sie hatte die Hoffnung schon fast aufgegeben, dass Giunta heute überhaupt trainieren war, als die Tür erneut geöffnet wurde. Ein großer, schlaksiger Kerl kam heraus, ging zwei Schritte nach rechts und zündete sich dann eine Zigarette an. Obwohl die Lichtverhältnisse sehr schlecht waren und der Schneefall immer dichter wurde, konnte sie ihn genau erkennen:

Es war der Mistkerl, der sie heute in der Fabrikhalle bedroht hatte, es war Max Orlov. Von links kam in diesem Moment eine andere dunkle Gestalt. Sie konnte ihn nicht genau erkennen, aber Konstanze schätzte, dass es auch ein Mann war. Der Typ war sehr groß und kräftig gebaut, viel Muskelmasse, die er unter einem weiten Hoodie versteckte. Die Kapuze hatte er tief ins Gesicht gezogen. Darunter trug er eine Tarnhose und seine Füße steckten in schweren Boots. Er blieb kurz vor Orlov stehen und steckte ihm einen Umschlag zu, den der Pole blitzschnell unter seinem Sweater verschwinden ließ, während der kräftige Muskelmann schon mit großen Schritten weiterging. Orlov nahm noch einen Zug von seiner Kippe, schnippte sie dann auf den Gehweg und ging in die gleiche Richtung davon.

Konstanze hatte keine Zeit, großartig nachzudenken, handelte aus dem Bauch heraus und legte einen Fünf-Euro-Schein für die Cola auf den Tisch. In ihre Jacke schlüpfte sie, während sie aus der Kneipe stürzte. Orlov verschwand gerade hinter einer Straßenecke und Konstanze legte einen kleinen Sprint hin, bis sie ebenfalls in die Nebenstraße einbog. Sie sah den Polen einige Meter vor sich durch den Schnee stapfen und verlangsamte ihr eigenes Tempo, um nicht von ihm bemerkt zu werden. Ihr Herz klopfte heftig in der Brust und sie atmete in hastigen, japsenden Zügen. Die Kälte schnitt scharf in ihre Lunge und die winzigen Schneekristalle schmolzen, sobald sie auf Konstanzes Gesicht landeten. Die Angst, dass Orlov sie entdecken könnte, war schier unendlich, dennoch musste sie diese einmalige Chance nutzen, unter Umständen weitere Hinweise für die Polizei zu bekommen. Unvermittelt blieb der Pole vor ihr stehen und Konstanzes Herz setzte für eine Schrecksekunde aus. Gerade rechtzeitig schaffte sie es, in einem Hauseingang in Deckung zu gehen. Doch Orlov steckte sich lediglich eine neue Zigarette an und stapfte dann weiter durch die Puderzuckerlandschaft, die im Schein der Straßenlaternen ungewöhnlich friedlich glitzerte. Ein paar Sekunden wartete sie ab, bevor sie sich aus dem Hauseingang löste und mit einem größeren Abstand als zuvor Orlov weiter verfolgte.

Sei um Himmels Willen vorsichtig, ermahnte sie sich selbst und blieb dicht an der Häuserfront. Das war auch gut so, denn schon nach wenigen Metern schickte sich Orlov an, die Straßenseite zu wechseln, und drehte sich dabei nochmal nach hinten, zu Konstanze um. Blitzartig blieb sie stehen, bückte sich und tat so, als ob sie sich die Schuhe binden würde. Sicherheitshalber zog sie auch ihre Kapuze tiefer ins Gesicht. Erst als sie aus den Augenwinkeln sah, dass Orlov auf der anderen Seite angekommen war, wagte sie es, weiterzugehen. Unauffällig lugte sie hinter dem Polen hinterher und sah gerade noch, wie dieser in einem Gebäude verschwand. Verdammt!

Konstanze überquerte nun auch die Straße und erkannte, dass in dem grauen Objekt ein Chemielabor untergebracht war. Augenblicklich wurde ihr heiß und ihr Magen krampfte sich aufgeregt zusammen. Ein Chemielabor! War das hier der Ort, an dem von Eckerstein die Medikamente herstellen ließ? Hektisch schaute sie sich nach einem Plätzchen um, an dem sie in Ruhe warten konnte und nicht sofort entdeckt wurde, wenn Orlov wieder herauskam. Außerdem war es arschkalt und der Schneefall hatte noch nicht nachgelassen. Im Gegenteil, die Flocken fielen nun viel dichter als vorhin. Gute fünfzig Meter die Straße hinunter erspähte Konstanze eine Bushaltestelle. Wenigstens würde sie dort etwas Schutz vor Wind und Schnee finden. Keine zehn Minuten später konnte sie ihre Füße nicht mehr spüren und fing an, auf der Stelle zu trippeln. Wirklich wärmer wurde ihr dadurch aber nicht. Was sie jetzt für eine heiße Schokolade und ein wohltuendes Schaumbad geben würde. Sie musste total durchgeknallt sein, hier freiwillig in der Kälte zu stehen und dabei eine gepfefferte Erkältung zu riskieren.

Etwa eine Stunde wartete Konstanze nun schon in der Bushaltestelle darauf, dass Orlov das Gebäude wieder verließ. Inzwischen quälten sie furchtbare Kopfschmerzen und ihr Nacken war extrem steif und verspannt. Kein Wunder, sie zog die ganze Zeit über ihre Schultern nach oben, als ob sie dadurch die Kälte davon abhalten könnte in jeden Winkel ihres Körpers vorzudringen. Verärgert und schlecht gelaunt verließ sie ihren dürftigen Unterschlupf, ging zurück zu dem Gebäude und schrieb sich den Firmennamen sowie die Adresse auf. Anschließend machte sie sich so schnell wie möglich auf den Heimweg, bevor sie sich hier wirklich noch den Tod holen würde.

Tag 6

7:25 Uhr

Während der ganzen Nacht hatte es weiter geschneit und so war Bayreuth heute früh mit einer dicken Schicht Staubzucker überzogen. Auf der morgendlichen Gassirunde durch den Hofgarten hatte Merlin sichtlich Spaß und bohrte seine Schnauze immer wieder aufgeregt in den jungfräulichen Schnee. Auch Konstanze genoss die friedliche Atmosphäre, die im winterlichen Park herrschte und verspürte die Magie, eines vorweihnachtlichen Zaubers. Leider zum falschen Zeitpunkt. Weihnachten lag bereits über zwei Monate zurück, es hatte weder Schnee in Bayreuth gegeben, noch war es ein friedvolles Weihnachtsfest gewesen.

Über den Feiertagen hatte der schwere Schatten der Geiselnahme im Münchener Oberlandgericht gelegen, während der Konstanze gerade mal eine Woche zuvor um ihr Leben fürchten musste. Obwohl ihr ganz und gar nicht nach Plätzchenstimmung und Singen unterm Weihnachtsbaum zumute gewesen war, hatte sich Konstanze von ihrer Tante überreden lassen, zusammen nach Hause zu ihren Eltern zu fahren. Die große Eingangshalle der Pension hatte im herrlichen Lichterglanz unzähliger Kerzen gestrahlt. Mitten im Raum hatte wie jedes Jahr der deckenhohe Weihnachtsbaum mit dem posauneblasenden Engel auf der Spitze gestanden. Solange sich Konstanze zurückerinnern konnte, wurde der Weihnachtsbaum im Hause Hartenbach stets gemeinsam von der gesamten Familie mit Christbaumschmuck im klassischen Rot kombiniert mit filigranen Strohsternen geschmückt. Ein himmlischer Duft nach Anisplätzchen und Zimt war aus der Küche in ihre Nase gedrungen und sie hatte für einen Moment ihrer Mutter gelauscht, die fröhlich Weihnachtslieder vor sich hin geträllert hatte, während sie das Festessen in der Küche zubereitete.

Nachdenklich rieb Konstanze sich die schmerzenden Handgelenke und ihre Erinnerungen kehrten zurück an den gestrigen Tag. Fast war es, als konnte sie das grobe Seil noch immer an ihren Händen spüren. Sie dachte über Hendrik nach und seine Bitte, noch nicht zur Polizei zu gehen und tief in ihrem Inneren sträubte sie sich dagegen. Von einer Parkbank nahm sie mit beiden Händen etwas Schnee, formte daraus einen Schneeball und warf diesen auf den zugefrorenen See.

Die für Oberfranken relativ hohe Schneedecke sorgte dafür, dass Merlins kurze Beinchen schnell ermüdeten und er nun Konstanze bettelnd anschaute. Ihr sollte es recht sein, denn obwohl sie sich gestern Abend noch in die heiße Badewanne gekuschelt hatte, war eine fiese Erkältung im Anmarsch. Gemeinsam spazierten sie gemütlich zurück in Richtung Maximilianstraße. Die Bayreuther Fußgängerzone war zu dieser Tageszeit noch menschenleer, lediglich die Bäckereien hatten schon geöffnet. So war die Schneedecke auch hier noch nahezu unbeschadet. Nachher, wenn die Geschäfte ihre Türen öffneten, würde diese Schönheit von unzähligen Füßen zertrampelt und die weiße Fläche in Nullkommanichts von einer schmutzigen und matschigen Spur durchzogen werden.

Der kleine Kiosk in der Jahnstraße öffnete gerade, als Konstanze vor ihrer Haustür ankam. Sie mochte den älteren Herrn und brachte ihm morgens auf dem Weg zur Uni oft einen Kaffee vorbei. Wenn sie es nicht allzu eilig hatte, blieb sie gern auch für ein paar Minuten auf einen Plausch und lauschte den Geschichten aus früheren Zeiten, die der einsame Zeitungsverkäufer so gern erzählte. Als er zu ihr herüberschaute, winkte sie ihm freundlich zu. Eigentlich wollte sie so schnell wie möglich in ihre warme Wohnung und eine heiße Zitrone trinken, um die aufkeimende Erkältung zu bekämpfen, aber sie hatte Mitleid und überlegte es sich anders. Sie ging über die Straße auf den Kiosk zu und begrüßte den alten Mann.

»Hallo Rudi! Wie geht es dir heute?«

»Mein Rheuma zwickt mal wieder, aber so ist das eben mit uns alten Säcken.« Er zwinkerte ihr verschwörerisch zu.

»Du bist doch nicht alt. Entschuldige bitte, ich habe heute leider keinen Kaffee für dich, Merlin und ich waren im Hofgarten.«

»Recht habt ihr. Gell, mein Guter.« Er reckte seinen Kopf aus dem Kiosk heraus und schaute zu Merlin herunter. »Durch den Schnee zu tollen, hat dir doch sicher Spaß gemacht.«

»Oh, das hat es. Der kleine Racker hatte einen Heidenspaß dabei.« Konstanze lachte auf, während ihr Blick flüchtig über die Schlagzeilen des Tages wanderte. An einer blieben ihre Augen alarmiert hängen:

Unbekannte stehlen gefährliche Chemikalien

»Rudi, darf ich mal eben den Artikel lesen, bitte?« Sie zeigte auf den Bayreuther Kurier, auf dessen Titelseite jene Schlagzeile stand.

»Nimm ruhig, Mädchen.« Er zog die Zeitung aus dem Ständer und reichte sie Konstanze, die sie sofort auf der entsprechenden Seite aufschlug und den Artikel hastig überflog. Ihre Nackenhaare stellten sich kerzengerade auf und ein flaues Gefühl machte sich sofort in ihrem Magen breit, als ihr klar wurde, dass die Chemikalien exakt aus dem Labor entwendet wurden, in dem gestern Abend Orlov verschwunden war.

»Das darf doch nicht wahr sein«, murmelte sie vor sich hin und ihr Instinkt warnte sie, dass es hier einen Zusammenhang mit dem Polen geben musste.

»Was ist los?«, wollte der alte Mann wissen, aber Konstanze schüttelte nur fassungslos den Kopf. Sie ließ sich von dem Zeitungsverkäufer Zettel und Stift geben und schrieb sich die wichtigsten Fakten aus dem Artikel heraus, insbesondere die komplizierten Namen der Chemikalien, die gestohlen wurden. Die ersten beiden Bezeichnungen sagten ihr überhaupt nichts, lediglich von Flusssäure und Isopropanol hatte sie schon mal gehört. Sie reichte den Stift und die Zeitung zurück und steckte den Zettel in ihre Jackentasche.

»Hab vielen Dank. Ich muss jetzt los«, verabschiedete sie sich knapp vom Kioskbesitzer und eilte so hektisch über die Straße, dass der kleine Mops kaum hinterherkam. Im Treppenhaus wäre sie noch beinahe mit dem Pianisten aus der Wohnung schräg unter ihr zusammengestoßen. »Entschuldigen Sie bitte, Herr

Grathmann«, rief sie ihm hastig zu, als sie schon die nächsten Treppenstufen nach oben gerannt war.

In ihrer Wohnung angekommen, fuhr sie sofort ihren Laptop hoch, noch bevor sie Jacke und Schuhe auszog. Sie ignorierte die nassen Flecken, die der Schnee an ihren Schuhen auf dem Wohnzimmerteppich hinterlassen hatte, gab Merlin schnell etwas Trockenfutter und setzte sich dann mit ihrem Laptop auf die Couch. Ungeduldig tippte sie die Namen der Chemikalien in die Suchleiste von Google ein und öffnete anschließend jeweils die ersten fünf Suchergebnisse. Keine zehn Minuten später starrte sie entsetzt auf den Bildschirm ihres Laptops und las immer und immer wieder die paar Zeilen, deren Bedeutung nur tröpfchenweise in ihr Bewusstsein sickerte. Als sie dann jedoch das Ausmaß von dem, was sie da las, endlich begriffen hatte, sprang sie wie von der Tarantel gestochen vom Sofa auf und suchte aufgebracht nach ihrem Handy. Mit zittrigen Fingern wählte sie die Nummer von Hendrik und wartete ungeduldig darauf, dass er das Gespräch annahm.

»Kannst du bitte bei mir vorbeikommen?«, platzte sie sofort heraus, kaum dass er sich gemeldet hatte.

»Du klingst sehr aufgeregt! Ist alles okay mit dir?«

»Mit mir ist alles okay. Bitte komm schnell vorbei, ja? Es ist furchtbar wichtig.« Konstanze bemerkte, wie hysterisch sie klang, doch das war ihr in diesem Moment vollkommen egal. Sie war durcheinander, konnte keinen klaren Gedanken fassen. Hendrik musste sie nun für eine total verrückte Xanthippe halten, das war jedoch jetzt nicht von Bedeutung. Erleichtert atmete sie aus, als er versprach, so schnell wie möglich zu ihrer Wohnung zu kommen. Sie bedankte sich nun etwas ruhiger und legte dann auf.

10:15 Uhr

Als es endlich an ihrer Wohnungstür klingelte, war Konstanze bereits ein Nervenbündel. Sie zitterte am ganzen Körper, auch die zwei Gläser Rotwein, die sie in der letzten halben Stunden heruntergekippt hatte, hatten nicht dazu geführt, dass sie ruhiger wurde. Sie öffnete die Tür und erst in dem Augenblick, als Hendrik ihre Wohnung betrat, entspannte sie sich ein wenig. Er nahm sie sofort unbefangen in den Arm, als würden sie sich schon eine Ewigkeit kennen. Sein warmer Körper fühlte sich so vertraut an, nach Geborgenheit und Zuflucht.

»Danke, dass du so schnell gekommen bist. Ich weiß, wir wollten uns erst heute Nachmittag in der Stadt treffen.« Sie trat einen Schritt zur Seite, damit Hendrik an ihr vorbei ins Wohnzimmer treten konnte.

»Es klang sehr ernst am Telefon, deshalb bin ich in Windeseile gekommen«, antwortete er und nahm ganz selbstverständlich auf ihrem Sofa Platz.

»Möchtest du etwas trinken?«, fragte Konstanze, nachdem sie die Wohnungstür geschlossen und zurück im Wohnzimmer war.

»Wasser oder Saft, wenn du da hast.«

Verstohlen schnappte sie das Weinglas vom Sofatisch und brachte es in die Küche. Mit zwei Gläsern und einer Wasserflasche kehrte sie zurück und setzte sich ebenfalls auf die Couch.

»Wo brennt es denn nun?« Hendrik legte behutsam seinen Arm um ihre Schultern, wodurch sie sich unmittelbar entspannte. Sie holte noch einmal tief Luft und sammelte ihre Gedanken, bevor sie loslegte.

»Ich habe vorhin drüben am Kiosk in der Zeitung von einem Chemikaliendiebstahl gelesen. Dort stand, dass gestern Abend im S.A.G.R.O Labor Flusssäure, Isopropanol und noch zwei weitere Chemikalien, deren komplexe Namen ich mir nicht merken kann, von unbekannten Tätern gestohlen wurden.«

»Und was genau regt dich daran so furchtbar auf, dass ich schon Angst hatte, du würdest kollabieren, bevor ich bei dir ankomme?« Hendrik runzelte die Stirn und trank einen Schluck Wasser.

»Das ist noch nicht die ganze Geschichte, hör zu«, forderte sie ihn atemlos auf. »Ich war gestern Abend, nachdem du weg warst, in der Eckkneipe gegenüber dem Fitnessstudio und hatte gehofft, den jungen Arzt aus der Klinik nochmal dort zu treffen.«

»Was wolltest du denn von dem?«

»Ach das ist im Grunde egal. Ich hatte gehofft, dass ich mit ihm reden und ihn zur Vernunft bringen kann, du weißt schon, wegen der Medikamente. Aber egal, er war nicht da. Stattdessen kam dieser Orlov da raus.«

Konstanze spürte plötzlich eine Veränderung bei Hendrik, oder sie glaubte zumindest, eine zu spüren. Sein Körper spannte sich augenblicklich an und sein rechtes Augenlid zuckte nervös. Doch sie schenkte dem keine Beachtung und erzählte weiter. »Er hat dort jemanden getroffen, einen Umschlag erhalten und ist anschließend zu dem Chemielabor gegangen, das in der Zeitung erwähnt wurde.«

»Woher weißt du das?«, fragte Hendrik skeptisch.

»Ich bin ihm gefolgt.« Sie senkte ihre Stimme und wich seinem Blick aus.

»Du bist was? Mein Gott, Konstanze. Dir ist wirklich nicht zu helfen. Du bist ja von allen guten Geistern verlassen.« Anklagend schüttelte er den Kopf. »Ja und, Orlov war nun in dem Gebäude und aus dem Labor wurde was gestohlen. Wir wissen doch schon längst, dass der Typ für die Klinik arbeitet und dadurch in die Medikamententests verwickelt ist. Ich verstehe deine Aufregung immer noch nicht.«

»Es geht nicht darum, dass er dort war und höchstwahrscheinlich der unbekannte Täter aus der Zeitung ist, sondern es geht um die Art der Chemikalien, die er gestohlen hat.«

»Was hat es mit diesen Stoffen auf sich? Und beruhige dich mal, du hast sicher gerade einen so hohen Blutdruck, dass dich jeder verantwortungsvolle Arzt einweisen würde.«

Sie rang sich ein schwaches Lächeln ab. »Ich habe es vorhin im Internet recherchiert. Aus diesen Komponenten lässt sich das Nervengift Sarin herstellen. Verstehst du nun meine Aufregung? Sarin! Damit können Tausende von Menschen getötet werden. Ich kann mir beim besten Willen nicht vorstellen, dass dies noch mit der Rotmainklinik zu tun hat.« Ihre Stimme überschlug sich fast und sie japste nach Luft. Hendrik strich ihr zärtlich eine verirrte Strähne aus dem Gesicht, bevor er etwas dazu sagte.

»Du hast vollkommen Recht, das Ganze hat überhaupt nichts mit den Medikamententests in der Klinik zu tun. Ich habe gestern ja bereits erwähnt, dass ich Orlov seit längerem beobachte und noch an einer anderen, großen Story dran bin.«

»Ja hast du. Aber du wolltest mir unter keinen Umständen preisgeben, was für eine Story das ist.« Beleidigt reckte Konstanze ihr Kinn nach vorn und schaute ihn herausfordernd an.

»Die Macht der Gewohnheit. Sei mir nicht böse. Als Journalist bin ich es gewohnt, meine Informationen für mich zu behalten.«

»Aber doch nicht, wenn es um so etwas enorm Wichtiges geht.«

»Also gut, wie ich dich einschätze, wirst du ohnehin keine Ruhe mehr geben.« Neckisch schnippte er ihr über die Nasenspitze und lachte. »Sagt dir die Sekte *Zeugen des letzten Siegels* etwas?«

Sie schüttelte benommen den Kopf. »Ich habe den Namen schon mal gehört, aber weiß nichts Genaueres.«

»Die Mitglieder dieser Sekte sind auserwählt, als einzige Menschen das letzte Siegel, also die Apokalypse zu überleben und anschließend ins Paradies, das neue Reich Christi einzuziehen. Sie berufen sich auf eine ältere Version der Offenbarung, die nicht von der Kirche anerkannt wurde. In dieser Offenbarung ist die Rede von einem achten, geheimen Siegel. Erst wenn dies gebrochen wird, kann die Apokalypse beginnen. Ich weiß, dass Orlov Kontakt zu diesen Leuten hat.«

»Ach du Scheiße! Meinst du, die haben irgendwo einen Anschlag mit Sarin vor? Das ist doch Wahnsinn!«

Konstanze wurde es ganz schwindelig aufgrund der neuen Erkenntnisse.

»Ich weiß es ehrlich gesagt nicht. Aber nachdem nun diese Komponenten von Orlov gestohlen wurden, kann ich das nicht ausschließen. Wie gesagt, ich versuche seit einiger Zeit, die Siegel zu entschlüsseln, die dabei gebrochen werden sollen.«

»Oh Gott, wie krank das alles ist.«

»Na ja, so krank und verrückt ist es nicht, an eine bessere Welt zu glauben.«

»Wie bitte?«

Verstört schaute sie Hendrik in die Augen, warme Augen, die tief in ihre Seele vordrangen und ihr Innerstes aufwühlten.

»Entschuldige mich bitte einen Moment.« Konstanze stand hastig auf und rannte die Wendeltreppe nach oben ins Badezimmer.

Sie brauchte dringend ein paar Minuten für sich, um wieder einen klaren Kopf zu bekommen. Als sie ihr Spiegelbild erblickte, erschrak sie heftig vor sich selbst. Aus dem Spiegelschrank blickten sie zwei gequälte trübe Augen an, die tief in ihren Höhlen lagen, umgeben von dunklen Ringen. Das ganze Gesicht war knallrot und als sie ihre Stirn berührte, fühlte sie, dass sie förmlich glühte. Erst jetzt bemerkte sie die hämmernden Kopfschmerzen und ihre schweren Beine. Sie holte ihr Thermometer aus dem Regal und hielt es sich an die Stirn. Kurz darauf piepste es und zeigte ihr 38.3 Grad Celsius an. So ein verdammter Mist. Jetzt war die Erkältung doch da. Konstanze durchsuchte ihren Medikamentenschrank und fand schließlich noch eine Packung

Grippostad. Für einen kurzen Moment zögerte sie, da sie den Rotwein schon getrunken hatte, doch dann nahm sie eine Pille aus der Packung und spülte sie mit Leitungswasser runter.

»Was soll ich jetzt nur tun?«, fragte sie ihr Spiegelbild. Konstanze fühlte sich hin- und hergerissen, wie ein Ping Pong Ball, der mit harten Schlägen über die Platte geschlagen wurde. Sie mochte Hendrik sehr und genoss die gerade aufkeimenden Gefühle, hoffte darauf, dass sie sich besser kennenlernten. Ihn jetzt zu enttäuschen würde die noch sehr zerbrechliche Pflanze ihrer Freundschaft im Keim ersticken. Auf der anderen Seite nagte an ihr das Pflichtgefühl einer zukünftigen Staatsanwältin. Ihr war absolut klar, dass sie keine Sekunde länger zögern durfte und ihr Wissen der Polizei und dem Staatsanwalt mitteilen musste, um eine mögliche Katastrophe durch einen Sarinanschlag zu verhindern. Sie ließ das kalte Wasser über ihre Handgelenke laufen, trocknete sich dann sorgsam die Arme ab und ging wieder nach unten ins Wohnzimmer.

»Ist alles in Ordnung mit dir? Du siehst ganz schön mitgenommen aus.« Hendrik machte auf Konstanze einen ehrlich besorgten Eindruck, was ihr das Gespräch, was gleich unweigerlich folgen musste, nur noch schwerer machte.

»Ich fürchte, ich habe mir eine Erkältung eingefangen. Ich koche mir eben eine heiße Zitrone. Möchtest du auch eine?«

»Dazu sage ich nicht nein. Warte, ich helfe dir.«

Während Konstanze Wasser aufsetzte und zwei Teegläser holte, presste Hendrik die Zitronen aus und gab den Saft in die Gläser.

»Honig?«

»Dort drin!« Konstanze deutete mit dem Kopf auf einen Schrank, aus dem Hendrik sogleich ein Glas Honig herausnahm.

»Wir sind ein gutes Team in der Küche, findest du nicht?«, fragte Hendrik und gab in jede Tasse einen Löffel voll des süßen Nektars. Ganz beiläufig strich er dabei über ihre Hand, die gerade nach dem Wasserkocher greifen wollte. Konstanze spürte tausend kleine elektrisierende Explosionen auf ihrer Haut und ein intensives Kribbeln durchzog ihren gesamten Körper. Ein dicker Kloß im Hals hinderte sie am Sprechen und somit nickte sie lediglich als Antwort auf seine Frage und lächelte ihn an. Sollte das Leben wirklich so einfach sein? Die Tür Nils hatte sich geschlossen und gleichzeitig öffnete sich die Tür Hendrik? Ihre Tante hätte jetzt mit Sicherheit eine passende buddhistische Weisheit für sie parat.

Gemeinsam kehrten sie mit den Gläsern ins Wohnzimmer zurück. Hendrik setzte sich dicht neben Konstanze auf das Sofa, sodass ein sinnliches Kribbeln ihren Körper durchzog und sein nach süßem Mandelkern riechender Duft ihr gehörig die Sinne vernebelte. Wie gern hätte sie ihm in diesem Augenblick ihre Gefühle offenbart und sich einfach nur in seine kräftigen Arme gekuschelt. Sie sehnte sich nach Geborgenheit und Nähe. Schon wieder schien es, als würde Hendrik Gedanken lesen können, denn er stellte sein Glas auf dem Tisch ab, legte seinen Arm um ihre Schulter und massierte ihr vorsichtig den verkrampften Nacken.

»Du bist ja total verspannt. Vielleicht kann ich dich ein wenig auflockern.«

Seine Finger besaßen Zauberkräfte. Genau so musste es sein. Kaum hatte er damit begonnen, ihren Nacken zärtlich zu bearbeiten, breitete sich eine unglaubliche Wärme von dort im gesamten Körper aus und ihre Kopfschmerzen wurden tatsächlich schwächer. Genussvoll schloss sie die Augen und richtete ihre Konzentration auf seine prickelnden Berührungen. Doch nur wenige Augenblicke später zerstörte Merlin diesen intimen Moment mit seinem Bellen. Er saß vor dem Sofa und blickte abwechselnd von Konstanze zu Hendrik, und sein bettelnder Blick ließ keinen Zweifel offen. Der Hund wollte ebenfalls auf die Couch. Hendrik lachte amüsiert auf, griff nach dem Mops und hob ihn auf das Sofa, wo der kleine Kerl sich auch gleich zwischen die beiden kuschelte. Obwohl sie diese Unterbrechung sehr bedauerte, konnte Konstanze ihrem Hund nicht böse sein und kraulte ihm liebevoll über den Kopf. Sie musste ohnehin Hendrik noch erklären, dass sie keine andere Wahl hatte, als morgen zur Polizei zu gehen.

»Danke für die tolle Nackenmassage. Du bist ein echter Wunderheiler.«

»Ich freue mich, wenn ich dir etwas Gutes tun konnte.«

Konstanze atmete tief aus und drehte ihren Oberkörper ein wenig mehr zu Hendrik herum.

»Hendrik, wegen Orlov und der Saringeschichte ...«
Besorgt schaute sie in seine Augen und versuchte seine Reaktion abzuschätzen.

»Was ist damit?«

»Ich habe morgen Vormittag einen Termin mit Staatsanwalt Schlingmann. Ich werde bei ihm demnächst ein Studium begleitendes Praktikum machen und das wollen wir besprechen. Bei dieser Gelegenheit muss ich ihm einfach sagen, was ich über den Diebstahl der Chemikalien weiß.«

»Wir hatten doch besprochen, dass du mir zwei Tage Zeit gibst für meine Recherchen. Mein Job steht auf dem Spiel.«

»Das weiß ich und es tut mir auch sehr leid, jedoch kann ich es mit meinem Gewissen nicht vereinbaren. Im Grunde habe ich schon viel zu lang gewartet, verstehst du? Dein Job steht hier im Gegensatz zu Tausenden von Menschenleben.«

»Nun übertreibst du aber Konstanze. Wir wissen doch überhaupt nicht, ob es einen Anschlag mit Sarin geben könnte. Das ist alles sehr theoretisch, und wenn du mir mehr Zeit gibst, bekomme ich sogar weitere Hinweise.«

»Ich mag dich wirklich sehr gern Hendrik und möchte dich nicht im Geringsten enttäuschen, aber die ganze Sache ist einfach eine Nummer zu groß. Da sollte sich die Kripo mit beschäftigen. Meine Entscheidung steht fest und ist nicht gegen dich gerichtet, bitte versteh das.«

»Ich kann dich sehr gut verstehen, doch du willst anscheinend mich nicht verstehen. Was macht denn schon ein Tag mehr oder weniger aus?«

»Viel. Ein Tag mehr oder weniger kann Leben oder Tod bedeuten, Hendrik. Vielleicht sollten wir sogar jetzt sofort gemeinsam zur Polizei gehen.«

»Ok, du hast gewonnen! Ich mache dir einen Vorschlag: Ich pflege dich jetzt noch ein bisschen, damit du schnell wieder gesund wirst und fit genug bist, um morgen zu deinem Staatsanwalt zu gehen. Was sagst du dazu?« Mit dem charmantesten Lächeln, das Konstanze je gesehen hatte, lächelte er sie an und ließ ihr Herz in Sekundenschnelle dahinschmelzen.

»Wie könnte ich so ein großzügiges Angebot ausschlagen?!«

»Na siehst du. Jetzt entspannst du dich mal ein wenig und ich bestelle uns etwas vom Pizza-Service.«

Sie hatte zwar überhaupt keinen Appetit, war jedoch so gerührt von der Fürsorglichkeit, die Hendrik zeigte, dass sie nicht widersprach als er zum Telefon griff und eine Nummer eintippte.

»Alles außer Spinat«, flüsterte sie ihm zu, während er schon dabei war, die Bestellung aufzugeben.

14:05 Uhr

Max Orlov lenkte seinen Pick-up in die Einfahrt des riesigen Bauernhofs, hinter dessen Mauern Eleazar Ben Ya'ir und seine Anhänger lebten. Er hatte nie verstanden, warum Menschen alles in ihrem Leben aufgaben, um sich einem Sektenguru voll und ganz hinzugeben, aber das war zum Glück nicht sein Problem. Er holte die Behälter von der Ladefläche und ging hinüber zum Haupthaus. Noch bevor er die Tür erreichte, wurde diese von innen schwungvoll aufgestoßen und der elende Schmierlappen kam herausgeeilt. Der Typ hatte Max zwar diese Gelegenheitsjobs für den großen Eleazar besorgt, trotzdem konnte er ihn nicht ausstehen. In seinen Augen war er eingebildet und ignorant und hatte sich durch seine endlose Schleimerei den Platz als oberster Cherub in der Sekte erschlichen. Max wusste nicht, zu was die Cherubim gut waren, und fand das alles nur schrecklich lächerlich. Egal, er wurde gut bezahlt, und das war die Hauptsache.

»Grüß dich, Orlov« rief er ihm zu, hastete jedoch an ihm vorbei.

Arschloch, dachte Max und nickte lediglich als Erwiderung, bevor er die Eingangshalle des Haupthauses betrat. Eleazar saß auf einem schmuckvoll geschnitzten Stuhl, der in der Mitte der Halle auf einem kleinen Podest stand. Zwei weibliche Sektenmitglieder saßen vor ihm auf dem Boden, die eine feilte ihm gerade die Fußnägel, während sich die zweite Frau um die Maniküre der Hände ihres Meisters kümmerte. Als er Max erblickte, scheuchte er die beiden Frauen mit einer Handbewegung weg. Mit flinken Bewegungen sammelten sie ihre Sachen ein und huschten davon.

»Ich hoffe, du hast mir etwas mitgebracht, mein Freund.«

»Es ist alles da, wie besprochen.« Max stellte die Behälter mit den Chemikalien vor Eleazar ab. »Lief alles problemlos«, fügte er hinzu und rieb sich über sein Kinn.

»Da habe ich aber gerade etwas anderes gehört.« Die Stimme des Sektenanführers klang fest und ruhig, keine Spur von Verärgerung lag darin. Trotzdem stellten sich Max sofort die Nackenhärchen auf und er war alarmiert. Ein Aufblitzen in Eleazars Augen sagte ihm, dass dieser nicht die kleinste Störung in seinem Ablauf duldete.

»Ich verstehe nicht, was Sie meinen, Eleazar.« Max schaute ihn verwundert an und wartete auf eine Erklärung. Doch statt einer Antwort stand Ben Ya'ir von seinem Stuhl auf, stieg würdevoll von dem Podest herunter und ging ein paar Schritte. Mit einem halben Meter Abstand folgte Max und wäre fast in ihn hineingerannt, als Eleazar abrupt stehenblieb und sich zu ihm umdrehte.

»Mein Freund! Du wurdest gesehen, als du das Gebäude betreten hast.«

Wie lächerlich, aus so einer kleinen Mücke gleich ein Drama zu machen.

»Das sagt doch aber überhaupt nichts aus. Viele Menschen gehen in dieses Gebäude hinein und auch wieder heraus. Ich könnte dort genauso gut arbeiten. Oder wurde ich gesehen, wie ich mit den Chemikalien das Haus verlassen habe? Das ist nämlich unmöglich.«

»Nein, beim Verlassen des Komplexes bist du wohl nicht gesehen worden. Aber dieses smarte Weib, das dich warum auch immer beschattete, hat am nächsten Morgen in der Zeitung vom Diebstahl der Chemikalien gelesen und schlau kombiniert. Sie stochert bereits rum und stellt unangenehme Fragen.«

Max konnte sich immer noch keinen Reim darauf machen, wer ihn verfolgt haben sollte und warum, doch er spürte nun ganz deutlich den Zorn des Sektenanführers, der ihn wie eine kalte Stahlklinge traf.

»Bitte Eleazar, ich schwöre Ihnen, dass ich extrem vorsichtig war. Wer ist diese mysteriöse Frau, die mich gesehen haben will?« Orlovs Mund war staubtrocken und seine Zunge klebte an seinem Gaumen. Er wagte kaum zu atmen, damit er keine unkontrollierte Bewegung machte, die Eleazars Zorn noch weiter anfachen könnte.

»Schweig!«, herrschte dieser ihn an und hob drohend einen Finger in die Luft. Mit der anderen Hand fasste er unter sein Gewand und beförderte ein Foto hervor, das er Max vor die Nase hielt.

»Kennst du das Mädchen? Denn sie scheint dich zu kennen, warum sonst sollte sie sich an deine Fersen geheftet haben?«

Max blieb vor Schreck die Luft weg und es war, als würde der Boden unter seinen Füßen weggerissen werden. Auf dem Foto erkannte er die Studentin aus der Klinik, die er für Professor von Eckerstein zum Schweigen bringen sollte. Zu der Zeit, als er in das Chemielabor eingebrochen war, musste sie doch noch in der alten Fabrikhalle gefesselt gewesen sein. Als er sie verlassen hatte, war sie definitiv so fest angebunden, dass sie sich auf keinen Fall hätte allein befreien können. Er hatte, gleich nachdem er die Fabrikhalle verlassen hatte, mit Professor Eckerstein telefoniert und dieser wollte, dass sie noch etwas schmoren sollte, bevor er jemand am späten Abend vorbeischicken wollte, um sie loszubinden. Orlov hatte dann nicht weiter an sie gedacht und sich dem nächsten Auftrag gewidmet. Mit offenem

Mund starrte er auf das Foto und wusste nicht, was er sagen sollte.

»Nun?«, hakte Eleazar nach.

»Ich kenne sie nicht wirklich. Sie war ein Auftrag. Ich ...« Benommen schüttelte er den Kopf.

»Ein Auftrag?« Eleazars Körper schien plötzlich anzuwachsen.

Max hatte Eleazar nichts davon erzählt, dass er auch für den Klinikleiter der Rotmainklinik arbeitete. Warum auch? Die einzelnen Jobs hatten ja nicht das Geringste miteinander zu tun.

»Ich sollte dieser Frau einen Schrecken einjagen, damit sie aufhört, in den Angelegenheiten eines früheren Auftraggebers herumzuschnüffeln. Gestern Nachmittag habe ich sie in einer leeren Fabrikhalle gefesselt und geknebelt zurückgelassen. Es ist unmöglich, dass sie mich kurz danach am Labor gesehen hat.«

»Nun mein Freund, es sieht wohl ganz danach aus, dass deine kleine Freundin hier befreit wurde, oder sich selbst befreien konnte. Auf jeden Fall steckt sie scheinbar gern ihre hübsche Nase in fremde Angelegenheiten. Sie ist dank deiner Unachtsamkeit zu einer Gefahr für meine Mission geworden, deshalb wirst du das Problem lösen.«

»Natürlich Eleazar, ich werde ihr gehörig Angst machen und sie unter Druck setzen. Machen Sie sich keine Sorgen, sie wird sich nur noch um ihren eigenen Kram kümmern«, beeilte sich Max den Sektenheini zu beruhigen.

»Mein Freund, als ich sagte, dass du dieses Problem lösen wirst, meinte ich nicht damit, dass du dieser jungen Lady wieder ein bisschen Angst machst und sie irgendwo fesselst. Das scheint der Dame ja nicht sonderlich viel ausgemacht zu haben. Du wirst dieses Problem endgültig lösen und die Leiche verschwinden lassen. Und jetzt geh mir aus den Augen, sonst vergesse ich mich.«

Die letzten Worte donnerte Eleazar heraus wie ein tobender Stier. Sein Gesicht wurde dabei krebsrot und seine Venen am Hals traten fingerdick hervor. Mit ausgetrecktem Zeigefinger wies er in Richtung Tür und Max verspürte keine Lust, auch nur eine Sekunde länger zu bleiben.

»Ich kümmere mich darum«, murmelte er und lief mit hastigen Schritten aus dem Haus.

Stark schwitzend und mit klopfendem Herzen kam er an seinem Pick-up an. Seine Hände zitterten so sehr, dass er Mühe hatte, den Schlüssel ins Schloss zu bekommen. Schließlich gelang es ihm doch. Fahrig öffnete er die Wagentür und ließ sich hinter das Lenkrad gleiten. Mit einem Seufzer atmete er tief aus und startete den Motor. Als er die Einfahrt wieder hinunter auf die Landstraße fuhr, schnürte sich ein stählernes Band um seinen Magen. Was sollte er nun tun? Er war wirklich zu vielen Dingen bereit, hatte schon so einige kriminelle Nummern gedreht und nahm die schmutzigsten Jobs an um genügend Geld für seine schwer kranke Schwester zu verdienen. Aber einen Menschen töten? Das hatte er noch nie in seinem Leben getan und das sollte sich auch nicht ändern. Verdammt! Ja, er war ein elender Ganove, aber er tat das alles doch nur, um seiner geliebten Schwester helfen zu können! Er fasste einen Entschluss und betete, dass es funktionieren würde.

18:30 Uhr

Als sie die Augen aufschlug, fühlte sie sich nicht mehr so fiebrig. Auch die pochenden Kopfschmerzen waren fast vollständig verschwunden. Merlin lag neben ihr, eingekuschelt in ihrem Arm und schnarchte.

Nachdem sie gemeinsam die bestellte Pizza gegessen hatten, bestand Hendrik darauf, sie ins Bett zu bringen, damit sie sich gesund schlafen konnte. Er hatte ihr Merlin hinterhergebracht und behutsam neben sie ins Bett gelegt, dann hatte er Konstanze zugedeckt und aus der Küche eine Flasche Wasser geholt und diese neben ihr Bett gestellt.

»Ich gehe für ein paar Stunden nach Hause und arbeite etwas an verschiedenen Artikeln, komme heute Abend aber wieder, um nach dir zu sehen«, hatte er ihr ins Ohr geflüstert und anschließend einen Kuss auf die Stirn gedrückt. Dann hatte er die Wohnung verlassen und Konstanze war binnen weniger Minuten eingeschlafen.

Sie lächelte selig bei der Erinnerung an seine zärtlichen Berührungen. Noch immer glaubte sie an der Stelle, wo seine Lippen ihre Stirn berührt hatten, ein heißes Kribbeln spüren zu können. Mit einem Wohlgefühl kuschelte sie sich tiefer in ihre weiche Flanellbettwäsche und genoss die Wärme und Geborgenheit. Am liebsten wäre sie einfach liegen geblieben und hätte hier im Bett auf Hendrik gewartet, aber ihre Blase meldete sich mit unbarmherzigen Druck. Seufzend wickelte sie sich aus der Bettdecke, schlüpfte in ihre Bunny-Hausschuhe und schlurfte zum Badezimmer. Nachdem das Problem mit ihrer Blase gelöst war, spülte sie sich den

Mund mit kaltem Wasser aus, wusch sich über das Gesicht und kämmte ihre Haare. Nicht berauschend, aber vorzeigbar, war ihr Urteil nach einem prüfenden Blick in den Spiegel. Gemeinsam mit Merlin, der inzwischen auch wieder wach war, ging sie die Wendeltreppe nach unten und setzte Wasser für Tee auf. Es klingelte an der Haustür und Konstanze spürte plötzlich ein flatterhaftes Kribbeln in ihrer Magengegend. Sie holte tief Luft, schloss für einen Moment die Augen und öffnete dann die Tür.

»Komm rein! Ich habe gerade Teewasser aufgesetzt, trinkst du welchen mit?«

»Sehr gern. Ein heißer Tee ist jetzt genau das Richtige.«

»Bist du vorangekommen mit deinen Artikeln?«, wollte Konstanze wissen.

»Ja sehr gut sogar. Wie geht es dir, Kleines? Konntest du schlafen?«

»Ich habe geschlafen wie ein Baby.« Konstanze zwinkerte ihm zu und holte dann zwei Teetassen aus dem Schrank. »Das muss wohl an der Person liegen, die mich so liebevoll ins Bett gepackt hat.«

»Aber nicht, dass du jetzt schon übermütig wirst. Du siehst immer noch ziemlich krank aus.« Er stand plötzlich in der Küche hinter Konstanze und legte sein Kinn auf ihre Schulter. »Brauchst du Hilfe?«

»Der Tee ist schon fertig.« Konstanze lächelte ihn an und stellte dann die Teekanne zu den Tassen auf das Tablett.

»Das nehme ich.« Hendrik griff nach dem Tablett und trug es schneller ins Wohnzimmer, als Konstanze überhaupt den Mund hätte öffnen können. Nils wäre niemals auf die Idee gekommen, ihr in der Küche zu helfen. Sie genoss die Fürsorglichkeit und folgte ihm mit einem entrückten Grinsen im Gesicht. Hendrik saß bereits auf dem Sofa und schenkte Tee ein. »Komm, setz dich!« Mit seiner Hand klopfte er auf den Platz neben sich und Konstanze folgte seiner Aufforderung prompt.

»Erzähl mir von dir. Ich möchte gern den Mann, der mich gerettet hat, besser kennenlernen. Du scheinst über mich ja schon viel zu wissen. Immerhin hängst du mir seit einigen Wochen an den Fersen.«

»Du wirst mir doch nicht bis in alle Ewigkeit nachtragen, dass ich zu feige war, dich anzusprechen?«, empörte sich Hendrik, aber an seinem Schmunzeln erkannte Konstanze, dass er die ganze Geschichte mit Humor nahm.

»Nein, nicht bis in alle Ewigkeit, so zwanzig bis dreißig Jahre reichen vollkommen.«

Gespielt beleidigt kniff er sie in die Seite und sie quiekte übermütig auf. Wann hatte sie sich das letzte Mal so ausgelassen und befreit gefühlt. Mit Nils jedenfalls nicht.

»Also gut, was möchtest du denn wissen?«

»Was hat dich dazu bewegt, Journalist zu werden?«

Hendrik machte ein konzentriertes Gesicht und schaute für einen Moment zur Decke, bevor er antwortete: »Ich war schon in meiner Schulzeit unglaublich neugierig und wissbegierig. Mir hat nie gereicht, was ich dort im Unterricht gelernt habe und so hatte ich immer Bücher dabei, die ich heimlich während des Unterrichts unter der Bank gelesen habe.«

»Nein, das glaub ich jetzt nicht. Du machst auf mich einen so braven Eindruck. Ich kann mir kaum vorstellen, dass du in der Schule heimlich gelesen hast.« Amüsiert zwinkerte sie ihm zum, doch sein ernster Ausdruck machte ihr deutlich, dass ihn ihre Zweifel kränkten.

»Es war aber so. Mir ist das Lernen nun mal verdammt leicht gefallen, sodass ich immer freie Kapazitäten hatte.«

»Was für Bücher waren das denn?«

»Querbeet. Hauptsächlich Geschichtsbücher.«

»Dann bist du ja ein wandelndes Lexikon. Ich bin ehrlich beeindruckt.« Warmherzig lächelte Konstanze ihn an und spürte unmittelbar, wie sich seine angespannten Gesichtszüge wieder lockerten. Offenbar war es ihm wichtig, was andere Menschen von ihm hielten. Anders konnte sich Konstanze seine empfindliche Reaktion gerade nicht erklären.

»Was war denn dein Lieblingsfach in der Schule?«, fragte Hendrik und legte wie beiläufig seinen Arm um ihre Schulter.

»Ich war generell eigentlich ganz gern in der Schule und außer Mathe hat mir auch alles Spaß gemacht. Am besten war jedoch unsere Foto-AG. Die hätte von mir aus an jedem Tag der Woche stattfinden können.«

»Eine begnadete Fotografin passt ja ganz ausgezeichnet zu einem Journalisten«, bemerkte Hendrik mit einem vielsagenden Blick und zog dann Konstanzes Kopf behutsam gegen seine Brust.

Auch wenn es nur ein paar Kleinigkeiten waren, die sie bisher aus Hendriks Leben erfahren hatte, fühlte sie sich unendlich wohl in seiner Gegenwart. Er wirkte so intelligent und gebildet und trotzdem wahnsinnig locker, verrucht und sexy.

»Ich bringe mal die Tassen zurück in die Küche«, bemerkte Konstanze, nachdem für einen Moment keiner von beiden mehr etwas sagte. Die Stille zwischen ihnen war zwar nicht unangenehm, dennoch stieg ihr die Verlegenheit zu Kopf. Sie wollte sich von der Couch erheben, kam aber nicht dazu, denn Hendrik legte seine Hand auf ihre Oberschenkel und hielt sie somit zurück.

»Das mache ich. Du bist krank und ich hatte versprochen, dich gesund zu pflegen. Keine Widerrede!«

»Okay, okay! Tob dich ruhig aus.« Sie lachte befreit auf. Amüsiert beobachtete sie Hendrik, wie dieser umständlich die Tassen in den Geschirrspüler räumte. Er war vielleicht sexy, charmant und intelligent, aber ein geborener Hausmann war er ganz bestimmt nicht.

»Machst du dich etwa über mich lustig?«, fragte er und ließ sich wieder neben Konstanze auf das Sofa fallen.

»Das würde ich mir niemals anmaßen.«

»Da bin ich mir nicht so sicher. Ich fürchte, ich muss die Wahrheit aus dir heraus kitzeln.« Und schon kniete er sich rittlings auf Konstanze, damit sie nicht fliehen konnte und kitzelte sie durch.

»Gnade!«, keuchte sie. Vor lauter Lachen tat ihr schon der Bauch weh, doch er schien noch nicht genug zu haben. Es gelang Konstanze, sich insoweit zu wehren, dass sie ihn auch zu fassen bekam und kitzeln konnte. Hendrik japste ebenfalls nach Luft und die beiden kicherten um die Wette. So abrupt, wie er angefangen hatte, hielt Hendrik plötzlich wieder inne. Eine Haarsträhne fiel ihm in das erhitzte Gesicht und er schaute Konstanze intensiv in die Augen. Es knisterte so heftig zwischen den beiden, dass man die Spannung in der Luft beinahe mit den Händen greifen konnte. Sie hielt den Atem an, ihr Herz schlug einen flotten Rhythmus, zu dem man sicher gut hätte tanzen können.

»Du bist wunderschön, Konstanze Hartenbach«, flüsterte Hendrik mit heiserer Stimme. Er nahm ihr Gesicht in beide Hände und lächelte sie sanft an. Konstanze hatte einen so dicken Kloß im Hals, dass sie ihn unmöglich runterschlucken konnte. Unfähig sich auch nur einen Millimeter zu bewegen, erwiderte sie seinen Blick und drohte in seinen dunklen, fast schwarzen Augen zu ertrinken. Wie durch einen Schleier nahm sie wahr, dass sich sein Gesicht dem ihren näherte. Sie schloss die Augen und das nächste, was sie fühlte, waren seine weichen Lippen, die sich behutsam auf ihren Mund legten. Ein Blitz durchzuckte sie und verursachte ein erdbebengleiches Kribbeln in ihrem gesamten Körper. Fordernd und zugleich zärtlich verspielt teilte seine Zunge ihre Lippen, sie ließ es zu und gab sich diesem Kuss mit ihrer ganzen Seele hin.

Tag 7

9:15 Uhr

Hastig trank sie den letzten Schluck Kaffee und räumte die leere Tasse in den Geschirrspüler. Den Teller mit dem abgebissenen Toast stellte sie resigniert neben die Spüle. Ein Bissen und sie hatte keinen Hunger mehr, oder besser gesagt, keinen Appetit. Die Millionen Schmetterlinge in ihrem Bauch vertrieben erfolgreich jegliches Hungergefühl. Der vergangene Abend hatte ihr verdammt gutgetan und sie hatte sich dabei Hals über Kopf in Hendrik verliebt. Ob es ihm genauso ging? Konstanze war sich nicht hundertprozentig sicher, denn nachdem sie all ihren Mut zusammengenommen und ihn gefragt hatte, ob er gern über Nacht bei ihr bleiben wollte, hatte er abgelehnt und etwas davon geredet, er müsste noch einen Artikel fertigschreiben. Kurz darauf hatte er sich von ihr verabschiedet und war gegangen. Die Erinnerung an diese Enttäuschung versetzte ihr jetzt einen Stich in der Brust und legte einen dunklen Schatten auf ihre zarten Gefühle.

Blödsinn Konstanze, schalt sie sich und schüttelte lächelnd den Kopf. Die Gefühle gestern waren außerordentlich intensiv und zwischen ihnen war alles so vertraut gewesen, das konnte er überhaupt nicht vorgespielt haben. Nein, seine Zuneigung fühlte sich absolut echt an. Eine wohlige Wärme breitete sich in Konstanzes Bauch aus bei dem Gedanken an seine zärtlichen Berührungen, die wie tausend feine Nadelstiche auf ihrer Haut geprickelt hatten.

Eilig füllte Konstanze Merlins Napf mit Trockenfutter auf, zog Jacke und Schuhe an und verließ dann im Dauerlauf die Wohnung in Richtung Büro des Staatsanwaltes. Zum Glück lag ihre Wohnung in Fußreichweite. Sie brauchte nur knapp 4 Minuten für die etwas mehr als 600 Meter bis zu dem imposanten Eckgebäude am Wittelsbacherring, das um die Jahrhundertwende unter Verwendung prunkvoller Barockelemente erbaut worden war. Der Justizpalast war nicht nur Sitz der Staatsanwaltschaft, sondern das Landgericht Bayreuth sowie Teile des Amtsgerichts waren dort ebenfalls untergebracht.

Sie eilte die wenigen Stufen zum Haupteingang hinauf, passierte die Sicherheitskontrolle und ging dann mit ruhigeren Schritten durch die Gänge bis zum Büro von Staatsanwalt Schlingmann. Normalerweise widerstrebte es Konstanze sehr, über Beziehungen schneller ans Ziel zu kommen, aber in diesem Moment war sie sehr froh darüber, dass ihre Tante mit dem Staatsanwalt angebändelt hatte und dieser nun fast schon zur Familie gehörte. Es wäre ihr um einiges schwerer gefallen, einem vollkommen Fremden gegenüber zu erklären, was sie in Erfahrung gebracht hatte und vor allem auf welchem Weg. Während sie sich noch Gedanken darüber machte, was ihre Tante wohl dazu sagen würde, wenn sie von der Entführung hörte, klopfte sie an die Bürotür.

»Ja, bitte!«, hörte sie die nasale Stimme der Sekretärin. Konstanze öffnete die Tür und schlüpfte in das Vorzimmer.

»Ah, Frau Hartenbach. Sie dürfen gleich zu ihm durchgehen. Herr Schlingmann wartet schon.«

»Ich danke Ihnen, Frau Schmitt. Die Bluse steht Ihnen ausgezeichnet.« Zufrieden nahm Konstanze im Vorbeigehen wahr, dass ihr Lob mit einem glückseligen Lächeln aufgenommen wurde. Christians Sekretärin war eine sehr einsame Frau in den Fünfzigern, die jede noch so kleine Aufmerksamkeit gierig in sich aufsog und einem dafür uneingeschränkte Loyalität schenkte.

»Hallo Christian. Entschuldige bitte, ich habe mich etwas verspätet«, begrüßte sie den Staatsanwalt, nachdem sie seine Bürotür hinter sich geschlossen hatte.

»Guten Morgen, Konny. Nicht weiter tragisch, ich habe noch etwas Luft heute. Wie geht es dir? Du siehst, verzeih mir bitte meine Direktheit, ziemlich angefressen aus.«

»Treffender hätte ich es nicht sagen können.« Zerknirscht ließ sie sich auf den Besucherstuhl sinken, schnäuzte sich die Nase und stopfte dann das Taschentuch in ihre Hose.

»Also Konny, raus mit der Sprache. So wie du aussiehst, ist es nicht nur eine Erkältung, die dir schwer im Magen liegt.« Mit besorgtem Gesichtsausdruck verschränkte er die Arme und lehnte sich in seinem Stuhl nach hinten.

»Du kennst mich schon verdammt gut nach der kurzen Zeit. Puh, wo fange ich an?«

»Am besten von vorn.«

Konstanze schaute aus dem Fenster, sammelte sich kurz, holte tief Luft und dann brach es in einem gewaltigen Redeschwall aus ihr heraus. Sie berichtete detailliert von ihren Vermutungen in Bezug auf die Medikamententests und davon, dass im Labor der Rechtsmedizin schließlich festgestellt wurde, dass sie richtig lag.

»Deine Tante hat mir schon von dieser Geschichte erzählt. Ich habe dafür gesorgt, dass trotz der schwachen Beweislage ermittelt wird. Du kannst dich also in dem Punkt wieder beruhigen und aufhören, dir über deine Freundin Sorgen zu machen.«

»Das ist aber noch nicht alles, Christian. Es kommt noch viel schlimmer.«

»Keine Alleingänge, junges Fräulein, das hatten wir doch ausgemacht.« Der Staatsanwalt schaute sie mit skeptischem Blick an.

»Deshalb bin ich ja hier.« Hastig erzählte Konstanze von ihrer Entführung, dem überraschenden Retter und wie sie Orlov am Abend verfolgt hatte, in der Hoffnung an weitere Informationen zu kommen. Sie ignorierte den strafenden Blick des Staatsanwaltes und redete einfach schnell weiter, damit Christian keine Chance für seine Gardinenpredigt bekam. Als sie bei den Chemikalien zur Sarinherstellung angekommen war und den möglichen Zusammenhang zur Sekte *Zeugen des letzten Siegels* verdeutlichte, machte sich Christian bereits hektisch Notizen.

»Es besteht durchaus eine hohe Wahrscheinlichkeit, dass diese Sekte einen Anschlag mit Sarin in naher Zukunft plant«, beendete sie ihre Ausführungen und zitterte nun am ganzen Körper.

»Da gebe ich dir voll und ganz Recht. Ich werde noch heute Ermittlungen in die Wege leiten und du, liebe

Konstanze, halte da bitte deine Finger raus. Mir, und vor allem deiner Tante zuliebe.«

»Glaub mir, ich hatte genug Aufregung. Ich möchte jetzt einfach den Rest meiner Semesterferien genießen und mich auf mein Praktikum hier vorbereiten.«

»Richtig, darüber wollten wir ja heute eigentlich reden.«

»Klappt es denn?«

»Ich habe alles klären können und du kannst während der nächsten Semesterferien dein Praktikum bei mir beginnen.«

»Das ist ja wunderbar. Vielen Dank, dass du mir das ermöglichst.« Voller Energie sprang sie von ihrem Stuhl auf und fiel dem Staatsanwalt um den Hals.

»Du bist fleißig, ehrgeizig und eine der besten in deinem Jahrgang. Wir wären ganz schön dämlich, wenn wir dich nicht nehmen würden. Eigentlich sollst du es noch nicht wissen, aber unser leitender Oberstaatsanwalt möchte dich nach deinem Studium gern im Team dabei haben.«

Entgeistert starrte sie Christian an. Damit hatte sie nun wirklich nicht gerechnet.

»Wow! Ich bin sprachlos.«

»Ich denke auch, dass du eine Bereicherung für diese Staatsanwaltschaft sein wirst und freue mich um so mehr, dass ich unseren Chef überhaupt nicht davon überzeugen musste.« Er schmunzelte amüsiert und Konstanze wusste nicht recht, wie sie mit dieser Lobpreisung umgehen sollte. Natürlich hatte sie insgeheim darauf gehofft, bei der Bayreuther Staatsanwaltschaft unterzukommen, doch sie hätte im Traum nicht daran gedacht, dass sich eine Stelle so frühzeitig schon fast von allein anbahnte.

»Naja, ich muss noch viel lernen um eine gute Staatsanwältin zu werden«, wiegelte sie verlegen ab.

»Ohne Frage, aber das wirst du auch. Deine Tante und ich, wir sind wirklich stolz auf dich.«

»Dankeschön«, hauchte sie heiser und betrachtete dabei eingehend ihre im Schoß gefalteten Hände.

»Dein Selbstbewusstsein bekommen wir auch noch gemeinsam in den Griff«, kommentierte der Staatsanwalt ihre offenkundige Verlegenheit. »Da gibt es nichts, wofür du dich schämen musst.«

Sie lächelte ihn dankbar an und wollte gerade aufstehen, um sich zu verabschieden, da hob Christian die Hand. »Einen Moment noch. Ich möchte noch etwas anderes mit dir besprechen.«

»Ja?«

»Der Scrabble-Mörder hat schon wieder zugeschlagen.«

»Ich weiß davon. Tante Heidrun hat mir schon am Telefon erzählt, dass er ein zweites Mal zugeschlagen hat und ihr nun von einem Serientäter ausgeht. Ihr wisst schon, dass, wenn die Presse davon Wind bekommt, es eine Panik in Bayreuth geben wird.«

»Oh ja, das ist uns durchaus bewusst. Es gibt daher eine Nachrichtensperre in Bezug auf die Scrabble-Steine, die der Täter hinterlässt. Aber genau darüber möchte ich mit dir sprechen.«

Verwundert schaute Konstanze den Staatsanwalt an. Was konnte sie schon zu diesen kleinen Spielsteinchen sagen.

»Gestern wurde ein drittes Opfer entdeckt.«

»Oh nein!« Fassungslos schüttelte sie den Kopf. »Das ist furchtbar. Der Täter geht mit einem rasanten Tempo voran, das ist überhaupt nicht gut. Wurde das Opfer wieder im botanischen Garten abgelegt?«

»Ja, wurde es. Ob der Täter in diesem Tempo weiter mordet, wissen wir nicht. Es kann auch gut möglich sein, dass er in Intervallen vorgeht. Ich habe direkt heute Vormittag einen Fallanalytiker mit ins Boot geholt, der uns hoffentlich bei der Tätersuche helfen kann.«

»Bei dem Gedanken, dass in Bayreuth ein Serienmörder herumläuft, bekomme ich eine Gänsehaut.« Um ihre Aussage zu unterstreichen, fuhr sich Konstanze über ihre Unterarme. »Aber du wolltest etwas zu den Scrabble-Steinen sagen«, kam sie auf den Punkt zurück.

»Richtig! Es waren, wie erwartet, wieder Spielsteine unter der Leiche platziert. Dieses Mal fünf. Wie es aussieht, erhöht der Täter mit jedem Mord die Zahl der Steine. Natürlich sind Kollegen damit beschäftigt, aus den Buchstaben Wörter zu bilden, da wir davon ausgehen, dass uns der Täter eine Botschaft hinterlässt. Aber im Moment tappen wir hilflos im Dunkeln und können uns noch keinen Reim darauf machen.« Besorgt schaute er über den Rand seiner Lesebrille zu Konstanze herüber.

»Welche Buchstaben habt ihr denn bisher?« Der Gedanke an einen Serienmörder, der Bayreuth in Angst und Schrecken versetzte, schnürte ihr den Magen fest zusammen.

»Warte. Ich habe hier irgendwo einen Zettel für dich hingelegt.« Hektisch kramte der Staatsanwalt zwischen den Aktenbergen auf seinem Schreibtisch herum.

»Für mich?«

»Wir können jede Hilfe gebrauchen. Da ich von deinen analytischen Fähigkeiten absolut überzeugt bin und dir vertraue, hatte ich gehofft, dass du auch mal einen Blick auf den Buchstabensalat werfen könntest. Ein unverbrauchtes Augenpaar sieht manchmal Dinge, die den Ermittlern, die schon zu lange im Fall drin stecken, leicht übersehen.«

»Klar. Ich schaue gern mal drüber. Aber garantieren kann ich für nichts.« Sie durfte offiziell an einem Fall arbeiten. Okay, nicht ganz so offiziell, aber das war egal. Konstanze konnte den Stolz und die Aufregung nicht leugnen, die sich in ihr ausbreiteten.

»Hab ich dich!« Aus einer Schublade fischte Christian endlich den gesuchten Zettel und schob ihn Konstanze über den Schreibtisch. »Denk an die Nachrichtensperre bezüglich der Scrabble-Steine«, ermahnte Schlingmann sie noch einmal. Sie nickte abwesend und hatte den Blick bereits konzentriert auf die hingekritzelten Buchstaben gerichtet.

A P I
I S N S
C O S O L

Angestrengt rieb sie mit dem Daumen über ihre Schläfe und kritzelte verschiedene Kombinationen auf das Blatt Papier.

COPS
CASINOS

PASSION
PIANOS
SOLO

»Das ergibt alles keinen Sinn«, seufzte sie nach einer Weile auf und blickte Christian mutlos an.

»Wem sagst du das. Es scheint so, als sei der Täter noch nicht fertig mit seiner Nachricht.«

»Das Gefühl habe ich auch. Darf ich den mit nach Hause nehmen.«

»Nur zu.« Mit einer resignierten Handbewegung machte der Staatsanwalt die Hilflosigkeit deutlich, in der er und seine Mitarbeiter sich gerade befanden. Während sich Konstanze schwerfällig von ihrem Stuhl erhob, bedachte sie ihn mit einem mitfühlenden Blick. Sie gab ihm einen flüchtigen Kuss auf die Wange und verließ das Büro.

10:30 Uhr

Hätte er sich vor einem halben Jahr vorstellen können, dass der große Eleazar Ben Ya'ir eines Tages vor ihm knien und ihm die Füße waschen würde? Niemals hätte er sich träumen lassen, dass der Meister ihm diese Ehre zukommen lassen würde. Als er vor drei Wochen während einer Zeremonie von Eleazar als einer von zwei Cherubim auserwählt wurde, die das fünfte Siegel brechen würden, war er vollkommen überrascht und vor Freude schließlich in Tränen ausgebrochen.

Als das Lamm das fünfte Siegel öffnete, sah ich unter dem Altar die Seelen aller, die hingeschlachtet worden waren wegen des Wortes Gottes und wegen des Zeugnisses, das sie abgelegt hatten.[1]

Heute war also der große Tag gekommen, an dem das fünfte Siegel die Märtyrerseelen auferstehen lassen würde, durch seine Hand. Gemeinsam hatten sie unzählige Male den Ablauf des heutigen Tages durchgesprochen, trotzdem war er nervös und konnte sich kaum auf die rituelle Waschung seiner Füße konzentrieren. Wie durch eine Nebelwand hörte er das sanfte Plätschern des Wassers, das Eleazar über seinen rechten Fuß goss. Anschließend schlug dieser ein weißes Leinentuch darum und trocknete sorgsam beide Füße ab.

Nachdem das Sektenoberhaupt sich wieder auf dessen Stuhl gesetzt hatte, knieten die beiden Cherubim vor ihm nieder, um die Macht des Propheten zu empfangen. Eleazar legte seine Hände je auf eine Schulter der Jünger und betete.

»Als der neue Prophet und direkter Nachfahre des Volkes Israel gebe ich euch hiermit die Macht unseres Herrn. Kommt, und brecht das fünfte Siegel.«

Uriel beugte sich tief nach unten und küsste seinem Anführer die Füße, bevor er aufstand und gemeinsam mit dem zweiten Cherub Silas die Halle verließ.

Die Aufgabe, die nun vor ihnen lag, war von Eleazar Ben Ya'ir bis ins kleinste Detail geplant worden. Durch ihre Tat würde eine unschuldige Seele auferstehen und Vergeltung für ihren Tod üben.

---

[1] *Offenbarung des Johannes 6,9*

Gemeinsam fuhren sie mit dem dunklen Ford Transit in die Stadt zum Haus des Sünders und warteten geduldig, bis dieser von der Arbeit heimkehrte. Keiner von ihnen sprach auch nur ein Wort, denn sie gaben sich stillen Gebeten hin.

»Es geht los«, sagte Uriel zu seinem Begleiter, als er den Frevler erblickte, wie dieser sein Grundstück betrat. Sie warteten noch einen Moment, bis er im Haus verschwunden war, stiegen dann aus dem Wagen und betraten den Vorgarten. Wenige Sekunden nach dem Läuten an der Haustür öffnete Wulff Rosinski diese und blickte sie verwundert an. »Ja bitte?«

Silas hielt dem Mann eine Liste und einen Stift unter die Nase.

»In den letzten Wochen wurden in diesem Wohnviertel vermehrt Einbrüche gemeldet. Wir möchten gern eine Nachbarschaftswache ins Leben rufen.«

Den kurzen Moment der Ablenkung nutzte Uriel, um dem Mann eine vorbereitete Spritze mit einem Tiernarkotikum in den Hals zu rammen. Als Rosinski begriff, was los war, sackte er auch schon benommen in sich zusammen und wurde von den beiden Cherubim aufgefangen. Sie verfrachteten den leblosen Körper in den Transporter und fuhren mit ihm in ein abgelegenes Waldstück, wo sie ihn fesselten, bevor er das Bewusstsein wiedererlangte.

Um ihn aufzuwecken, hielt Uriel ihm eine Ampulle Ammoniak unter die Nase. Der extreme Geruch verursachte einen verstärkten Atemanreiz in der Lunge des Opfers, was zu einer verbesserten Sauerstoffversorgung führte. Benommen öffnete er die Augen und blickte sich ängstlich im Fond des Wagens um.

»Was wollt ihr von mir?«, brachte er mit schroffer Stimme hervor.

Als Antwort hielt Silas ihm einen ausgeschnittenen Zeitungsartikel vors Gesicht, in dem über den schrecklichen Unfalltod der bezaubernden Luisa berichtet wurde. Das kleine Mädchen wurde auf einem Zebrastreifen von einem Auto erfasst, dessen Fahrer nur für einen Augenblick durch sein Handy abgelenkt gewesen war. Luisa hatte an diesem Tag ihr viel zu junges Leben verloren.

»Das war ein Unfall«, krächzte der Mann, der plötzlich erkannte, um was es hier ging und jegliche Gesichtsfarbe verlor.

»Luisa verlangt heute Vergeltung für ihren Tod«, antwortete Uriel in ruhigem Ton.

»Ihr seid ja verrückt! Ich habe meine Strafe bezahlt und es tut mir unendlich leid, was mit dem kleinen Mädchen passiert ist.«

Uriels Faust donnerte mit einem kräftigen Schlag in das Gesicht des Mannes. »Du hast deine Strafe nicht bezahlt. Du hast dich mit deinem Geld freigekauft und bist dank deines Anwaltes mit einer viel zu milden Gerichtsstrafe davon gekommen. Jetzt wird Gott dich bestrafen.«

»Lasst mich gehen! Ich werde euch nicht verraten. Das ist doch Irrsinn.« Hektisch schaute Rosinski von einem zum anderen, doch die Cherubim trugen den fest verschnürten Körper des Mannes aus dem Auto und legten ihn auf dem gefrorenen Waldweg ab.

»Was habt ihr vor? Bitte, lasst mich gehen. Wollt ihr Geld? Ihr könnt alles von mir haben!«

»Schweig und nimm Gottes gerechte Strafe an. Vor unserem Herrn kannst du dich mit keinem Geld der Welt freikaufen.« Uriel knüllte ein Tuch zusammen und stopfte es dem Sünder als Knebel in den Mund. Dieser versuchte, voller Panik sich aus den Fesseln zu befreien, doch er war so fest verschnürt, dass er absolut keine Chance hatte.

Schweigend und entschlossen stiegen die beiden Sektenmitglieder wieder in ihren Wagen und starteten den Motor.

»Mit Gottes Hilfe wird das fünfte Siegel gebrochen und Vergeltung für alle Märtyrer verübt.« Uriel schaute in die entsetzt geweiteten Augen Rosinskis, dem erst jetzt bewusst wurde, was als Nächstes folgen würde. Er gab Gas und sah gerade noch, wie sich die Hose des erbärmlichen Wurms im Schritt dunkel verfärbte, bevor er den Wagen über dessen Körper holpern ließ. Knochen knackten und ein erstickter Schmerzensschrei drang durch den Stoffknebel. Während Silas ein Gebet sprach, legte Uriel den Rückwärtsgang ein und setzte das Auto zurück, um anschließend ein weiteres Mal den am Boden liegenden Körper zu überrollen. Danach stiegen beide aus, vergewisserten sich, dass ihr Auftrag erfüllt und das Siegel gebrochen war. Nachdem sie keinerlei Lebenszeichen mehr bei dem Mann ausmachen konnten, hefteten sie ihm einen Zettel an das Hemd:

Luisa kann jetzt in Frieden ruhen, denn ihr sinnloser Tod wurde gerächt.

11:45 Uhr

Konstanze trat ins Freie und ging langsam die Stufen des Justizpalastes herunter. Nach dieser schockierenden Nachricht über einen Serienmörder in Bayreuth brauchte sie Luft, viel Luft. Daher nahm sie einen kleinen Umweg nach Hause und steuerte auf die Fußgängerzone zu. Ein Schaufensterbummel würde sie wenigstens für kurze Zeit auf andere Gedanken bringen. Auf Höhe des alten Schlosses bog sie auf die Maximilianstraße ein und schlenderte gemächlich an den Schaufenstern vorbei. Sie spürte, wie die Anspannung nach und nach von ihr abbröckelte und betrat kurzentschlossen die kleine Boutique gegenüber der Buchhandlung, in der sie aushalf. Schon oft hatte sie während sie die Kunden im Buchladen abkassierte, darüber nachgedacht, mal in dieses süße Geschäft zu gehen. Normalerweise kaufte sie ihre Klamotten nicht in edlen Boutiquen, aber dieser romantische Laden in verspielter Jugendstil-Atmosphäre hatte es ihr irgendwie angetan.

Mit einem zufriedenen Lächeln auf den Lippen verließ sie das Modegeschäft und schlenderte weiter die Fußgängerzone hinauf. Nachdem sie gerade für ihre Verhältnisse eine Unmenge Geld ausgegeben hatte, war ihr nun nicht mehr nach Shopping zumute, trotzdem machte es Spaß, die Schaufensterauslagen zu betrachten. Als sie in die Jahnstraße einbog, fühlte sie sich wieder besser.

Sie schloss die Haustür auf, leerte ihren Briefkasten und ging beschwingt die Treppe nach oben zu ihrer Wohnung. Verwundert stellte sie beim Öffnen der Tür fest, dass Merlin ihr überhaupt nicht entgegenkam, wie er es normalerweise immer tat, wenn sie ihn kurz allein in der Wohnung gelassen hatte. Selbst als sie aus ihren Schuhen geschlüpft war und ihre Jacke aufgehängt hatte, war von Merlin nichts zu sehen und zu hören. Seltsam, dass er so fest schlief. Leicht beunruhigt nahm sie die Tüte mit ihrem Boutiqueeinkauf in die Hand und brachte sie ins Wohnzimmer.

»Merlin! Wo steckst du, Schatz?« Im Wohnzimmer war der Mops auf jeden Fall nicht mehr. Dann konnte er ja nur in der Küche sein und war vermutlich am Fressen. Sie stellte die Einkaufstasche an der Wendeltreppe ab und ging in die Küche, um ihren Hund zu begrüßen. Merlin war auch nicht an seinem Futternapf. *Das kann doch nicht sein,* dachte sie und ein ungutes Gefühl machte sich in ihrer Magengegend breit. Hastig ging sie wieder ins Wohnzimmer und suchte jeden Winkel ab, aber von ihrer Fellnase war keine Spur zu sehen. Gedanklich spulte sie die Zeit zurück und überlegte, wo der Mops gewesen war, als sie vorhin die Wohnung verlassen hatte. Sie war sich absolut sicher, dass er im Wohnzimmer vor der Balkontür geschlafen hatte. *Ganz ruhig! Er kann ja nicht weg sein,* sagte sie zu sich selbst, um sich zu beruhigen. Merlin war zwar noch nie allein die Stufen der Wendeltreppe nach oben geklettert, aber vielleicht hatte er es trotzdem geschafft. Sie schnappte die Tüte und rannte nach oben.

»Merlin!«, rief sie mit panischer Stimme, eilte ins Schlafzimmer und fühlte sich, als wäre sie von einem Vorschlaghammer getroffen worden. Der Mops war einfach nicht da. Mit Tränen in den Augen ließ sie die Einkaufstüte fallen und ging wieder zurück auf die Galerie.

Wer hatte einen Schlüssel zu ihrer Wohnung? Der Vermieter! Nur warum sollte Herr Winter den Hund mitnehmen? Oma Wallie hatte auch einen Schlüssel. Vielleicht hatte Merlin gejault und sie hatte ihn zu sich geholt? Aber dann hätte sie ihr ganz sicher eine Nachricht hinterlassen. Tante Heidrun? War sie mit Merlin spazieren gegangen? Blödsinn!

Verzweifelt starrte sie auf die Badezimmertür und wollte gerade wieder nach unten gehen und bei Oma Wallie klingeln, als sie von einem mulmigen Gefühl übermannt wurde. Im Zeitlupentempo legte sie ihre Hand auf die Türklinke der Tür, drückte sie langsam herunter und öffnete schließlich die Tür. Auf das, was sie in den nächsten Sekunden erblickte, war sie absolut nicht vorbereitet. Die Badewanne war randvoll mit Wasser gefüllt und darin schwamm rücklings der leblose Körper von Merlin. Konstanze schrie hysterisch auf, stürzte kopfüber ins Zimmer und zog den Hund aus dem Wasser. »Merliiiiin!«

Der Mops hing schlaff in ihren Armen und atmete nicht mehr. Konstanze legte ihn auf den Boden und presste ihr Ohr an seinen Brustkorb. Nichts! Sie konnte weder einen Herzschlag noch Atemzüge ausmachen. Ohne auch nur eine Sekunde zu zögern, versuchte es Konstanze mit einer Herzdruckmassage. Sie hatte nicht die geringste Ahnung, wie viel Kraft sie dabei aufwenden musste, aber das spielte jetzt keine Rolle.

»Komm zurück, Merlin!«, keuchte sie und kontrollierte, ob ihre Maßnahmen Erfolg hatten. Doch das kleine Herz des Hundes blieb stumm. Erschöpft ließ sie sich auf die kalten Fliesen sinken, hielt ihren leblosen Hund in den Armen und schrie ihre Verzweiflung in die Welt. In ihrem Innern herrschte eine vollkommene Leere, und ihr Verstand war blockiert, sodass sie kaum erfassen konnte, was sich in ihrer Wohnung abgespielt hatte. Hilflos drückte sie Merlin fest an sich und wiegte ihn sanft vor und zurück, ihre Tränen tropften auf sein nasses Fell. Durch diesen verschwommen Schleier erkannte sie einen gelben Klebezettel, der an ihrem Spiegelschrank haftete. Mit dem Hund im Arm stand sie auf und löste mit zittrigen Fingern das Post-it.

Dies sollte dir Warnung genug sein deine Recherchen endlich einzustellen. Wage es nicht, zur Polizei zu gehen und zu plaudern wie ein verdammtes Vögelchen.

Orlov! Dieser skrupellose Scheißkerl hatte ihren Hund ermordet. Zu ihrer Trauer und Verzweiflung mischte sich nun eine unbändige Wut. Wut auf diesen Kerl, aber auch Wut auf sich selbst. Sie hätte verdammt noch mal schon früher zu Schlingmann gehen müssen und sie hätte Merlin nicht allein zu Hause lassen dürfen. Sein Tod war ihre Schuld.

Als sie wieder zu sich kam, konnte sie nicht sagen, wie viel Zeit vergangen war. Sie saß auf dem Rand der Badewanne, hielt den Hund noch immer fest in ihren Armen und der Zettel von Orlov lag auf dem Fußboden. Benommen stand sie auf und holte Merlins Lieblingsdecke aus dem Schlafzimmer. In diese Decke wickelte sie ihren Liebling behutsam ein und legte ihn dann in sein Bettchen, in dem er nie freiwillig hatte schlafen wollen.

Stattdessen hatte er es vorgezogen gemeinsam mit Konstanze in ihrem Bett die Nacht zu verbringen.

Anschließend ging sie zurück ins Badezimmer und zog den Stöpsel aus der Badewanne, damit das Wasser ablaufen konnte. Hin und hergerissen zwischen einer unbändigen Angst davor, zu was dieser Pole noch fähig war und einer animalischen Wut auf diesen Menschen, dass sie ihn am liebsten auf der Stelle mit ihren bloßen Händen erwürgt hätte, überlegte sie, was sie nun tun musste. Der Schmerz über den Verlust von Merlin hatte eine so tiefe Wunde in ihr Herz gerissen, dass sie kaum denken konnte, geschweige denn zu einem sinnvollen Ergebnis dabei kam.

Tante Heidrun! Sie war für Konstanze schon ihr ganzes Leben lang der Fels in der Brandung gewesen und hatte sie niemals im Stich gelassen. Egal was für ein Problem Konstanze belastete, ihrer Tante hatte immer ein offenes Ohr und vor allem auch eine Lösung parat. Ihre Beine fühlten sich bleischwer an, als sie die Treppe nach unten stieg, um ihre Tante anzurufen. Gerade als sie das Telefon erreichte, klingelte dieses und erschreckte Konstanze fast zu Tode. Sie stieß einen spitzen Schrei aus und machte einen Satz zurück. Mit pochendem Herzen starrte sie auf das Schnurlostelefon, besann sich dann aber und nahm das Gespräch an. Ohne sich zu melden, lauschte sie in den Hörer. Stille am anderen Ende der Leitung, doch sie konnte jemand atmen hören.

»Wer ist da?«, blaffte sie, so energisch wie es ihr in dieser Situation möglich war.

»Hören Sie mir genau zu«, begann eine elektronisch verzerrte Stimme, »Sie haben keine Ahnung, mit wem

Sie sich angelegt haben. Stecken Sie ihre Nase nicht mehr in fremde Angelegenheiten, wenn Ihnen ihr Leben lieb ist.«

Konstanze war sich absolut sicher, dass hinter dieser verstellten Stimme Orlov steckte. Obwohl der Anrufer sehr langsam sprach, meinte sie, den polnischen Akzent zu erkennen. Sofort schossen ihr die Bilder von Merlin in der Badewanne wieder ins Bewusstsein, ihr Körper verkrampfte sich und sie ballte ihre freie Hand zu einer Faust.

»Orlov! Sie sind ein mieses Dreckschwein, ein elender Mörder! Sie werden es mir büßen, dass Sie meinen Hund getötet haben. Darauf können Sie Gift nehmen.«

Klack!

Der Anrufer hatte aufgelegt. Während sie das Telefon langsam von ihrem Ohr nahm und ebenfalls auflegte, bebte sie am ganzen Körper. Kraftlos sank sie zu Boden und weinte bittere Tränen. Wie sollte ihre angedrohte Rache an Orlov denn aussehen? Ihr war klar, dass es eine leere Drohung bleiben würde. Nur wenige Minuten später klingelte erneut das Telefon. Wie fremdgesteuert hob sie den Hörer, den sie immer noch in der Hand hielt, hoch und drückte die grüne Taste.

»Hallo?«

»Konstanze, Liebes! Es ist so furchtbar. Ich bin im Krankenhaus! Papa!«

Ihre Mutter war am anderen Ende der Leitung und völlig aufgelöst. Konstanze hatte Mühe, sie überhaupt zu verstehen und wurde nicht schlau aus dem, was sie sagte.

»Mama! Beruhige dich bitte. Was genau ist passiert?«

Die Verbindung war schlecht und es knisterte in der Leitung. Trotzdem hörte Konstanze, wie ihre Mutter tief Luft holte und dann ihren Atem geräuschvoll ausblies.

»Dein Vater hatte einen schweren Herzinfarkt. Er liegt in Husum auf der Intensivstation und es geht ihm überhaupt nicht gut.« Frau Hartenbach schniefte und ihre Stimme brach ab.

»Oh nein! Wann ist das passiert? Bist du bei ihm?« Konstanzes Gedanken überschlugen sich und ihre Kehle schnürte sich immer enger zusammen, sodass sie fast keine Luft mehr bekam.

»Vor ungefähr einer Stunde. Jemand hat bei uns angerufen mit so einer komischen Roboterstimme. Dein Vater hat das Gespräch auf Lautsprecher gelegt, so konnte ich mithören.«

In diesem Moment spürte Konstanze, wie ihr sämtliches Blut wegsackte. Sie wusste genau, wer der unbekannte Anrufer bei ihren Eltern war und was er gesagt hatte, noch bevor ihre Mutter weitersprach.

»Diese Maschinenstimme hat schlimme Dinge gesagt und uns gedroht. Wir sollen dich zur Vernunft bringen. Dein Vater hat sich furchtbar aufgeregt und dann ging alles ganz schnell. Er ist einfach vor meinen Augen zusammengebrochen.« Ihre Mutter schluchzte jetzt wieder ins Telefon und für Konstanze fühlte es sich an, als würde ein stählernes Band um ihr Herz festgezogen.

»Mama, das tut mir alles so unendlich leid.« Nur mit Mühe konnte sie ihre eigenen Tränen zurückhalten. Nun war es an ihr, stark zu sein. Stark für ihre Mutter und für ihren Vater.

»Was hat das alles zu bedeuten Konstanze?«

»Ich packe gleich meine Sachen und komme zu euch«, überging sie die Frage ihrer Mutter und verschaffte sich somit noch ein wenig Aufschub für eine Erklärung, die sie ihren Eltern schuldig war.

»Ist gut Liebes! Ich geh jetzt wieder rein zu ihm. Sagst du bitte Papas Schwester Bescheid?«

»Natürlich Mama! Gib Papa einen Kuss von mir. Ich hab euch lieb Mama!«

In ihrem Kopf tobte ein Tornado, als sie das Gespräch beendet hatte. Das musste alles ein schlechter Traum sein und sie hoffte, dass sie endlich daraus erwachen würde. Aber es war kein Traum, wie ihr schmerzlich bewusst wurde. Ihre heile Welt stand vollkommen Kopf, mal wieder. Betäubt von Schmerz und Angst ging sie im Wohnzimmer auf und ab, ihr Puls beschleunigte immer weiter, kalter Schweiß lief den Rücken hinab und ihre Hände wurden feucht. Eine gewaltige Panikattacke rollte auf sie zu und diesmal schien es, als ob sie trotz Doktor Voglers zahlreichen psychologischen Tricks, diese nicht aufhalten konnte.

Ihre Brust schnürte sich enger und enger zu, es fühlte sich an, als würde ein Elefant darauf stehen und das letzte bisschen Lebenskraft aus ihr herauspressen. Heftig zitternd gaben ihre schmerzenden Beine nach und sie sackte kraftlos zu Boden. Keuchend rang sie nach Luft, drohte zu ersticken. Das Wohnzimmer nahm sie nur noch durch einen Schleier der Benommenheit wahr und die Gewissheit, dass sie jeden Moment sterben würde, raubte ihr fast den Verstand. Noch war sie nicht bereit, diese Welt zu verlassen. Viel zu viel war unerledigt in ihrem Leben. Tränen der Angst und der Verzweiflung tropften die überhitzten Wangen hinab, während die stechenden Schmerzen in ihrer Brust das Herz immer schneller schlagen ließen.

Wie lange diese Panikattacke andauerte, konnte Konstanze nicht mehr sagen, doch allmählich wurde es besser und sie bekam nach und nach die Kontrolle über Körper und Geist zurück. Ihre Atemfrequenz wurde gleichmäßiger und ruhiger und auch ihr Puls verlangsamte sich wieder. Zurück blieb eine endlose Leere, ein materieverschlingendes schwarzes Loch. Bevor sie sich ans Packen ihres Koffers machte, musste sie noch ihre Tante anrufen. Mit deutlichem Unbehagen wählte sie die Nummer von Heidruns Handy, doch es ging nur die Mailbox ran. Als Nächstes probierte sie es im rechtsmedizinischen Institut und hatte Glück.

»Doktor Hartenbach, Rechtsmedizin. Guten Tag!«

»Ich bin es Tante Heidrun.«

»Oh, Liebes! Ich wollte dich nachher noch anrufen. Christian hat mir erzählt, dass du bald dein Praktikum beginnst. Das finde ich großartig.«

»Es ist etwas Furchtbares passiert«, sagte sie leise. Mit schwacher Stimme erzählte sie ihrer Tante von Merlins Tod, von den Drohanrufen und von dem daraus resultierenden Herzinfarkt ihres Vaters. Glücklicherweise behielt wenigstens Heidrun die Nerven und schaffte es, Konstanze zu beruhigen und ihr Trost zu spenden.

»Fahren wir zusammen nach Rosendahl, bitte?« Konstanzes Frage klang mehr nach einem Flehen als nach einer Bitte.

»Die Obduktion des dritten Opfers vom Scrabble-Mörder steht noch aus. Es ist Urlaubszeit und wir sind gnadenlos unterbesetzt im Institut. Ich habe noch ein paar Fälle, die nicht warten können, aber ich komme so schnell wie möglich nach. Versprochen!«

»Verstehe. Dann sehen wir uns bei Mama und Papa.«

Konstanze beendete das Gespräch und ließ das Telefon kraftlos auf den Tisch fallen. Für einen Moment dachte sie darüber nach, sofort loszufahren, sobald sie notdürftig ein paar Sachen zusammengepackt hatte, aber ein Blick auf die Uhr ließ sie diesen Plan verwerfen. Die Fahrt bis hoch an die Nordsee dauerte fast 7 Stunden, da war es besser, sie würde ausgeschlafen in den frühen Morgenstunden starten. Mutlos blickte sie sich im Zimmer um und drehte sich einmal um sich selbst. Es war schrecklich still ohne Merlin in ihrer Wohnung. Die schmerzenden Gedanken an ihren Hund durchbohrten sie wie die Giftpfeilspitzen der südamerikanischen Indios.

Sie wollte nichts weiter, als diesen Schmerz betäuben, ihn ertränken in Unmengen Selbstmitleid. Anstatt ins Schlafzimmer zu ihrem Kleiderschrank ging sie in die Küche und öffnete eine Flasche Wein. Aus dem Geschirrspüler holte sie ein sauberes Glas hervor und ging mit beidem zurück ins Wohnzimmer. Nachdem sie eine CD von Sinéad O'Connor in den Player geschoben hatte, setzte sie sich auf das Sofa, schenkte das Glas voll und gab sich ihrer Trauer hin. Während sie den Wein trank, tippte sie eine längere Nachricht an Astrid in ihr Smartphone, schaltete es nach dem Abschicken jedoch aus. Wie sie ihre Freundin kannte, würde sie sofort zurückrufen und im Moment war ihr absolut nicht nach reden zumute. Als die CD durchgelaufen war, hatte sie eine dreiviertel Flasche getrunken. Er hatte ihre Wut, Trauer und Verzweiflung nicht weggespült, aber die Schmerzen waren jetzt gedämpft, nicht mehr so intensiv. Mühsam rappelte sie sich vom Sofa auf und ging nach oben, um ihre Sachen zu packen. Dann stellte sie ihren Wecker auf vier Uhr und ließ sich rücklings auf ihr Bett fallen. Sie hatte keine Chance, ihre Klamotten auszuziehen, denn wenige Sekunden später fiel sie in einen tiefen, traumlosen Schlaf.

Tag 8

4:00 Uhr

Ein erbarmungsloses Pfeifen hallte durch ihren Kopf und drohte ihr die Schädeldecke wegzusprengen. Nein, es war nicht in ihrem Kopf, es kam ganz aus der Nähe. Brummend tastete Konstanze nach dem Wecker und schlug solange darauf ein, bis er endlich verstummte. In ihrem Schädel war ein ganzer Trupp Bauarbeiter unterwegs und sie hatten Presslufthammer dabei. Sie rieb sich die pochenden Schläfen und öffnete die Augen. Draußen war es noch stockdunkel, mitten in der Nacht. Warum hatte der Wecker schon geklingelt?

Doch dann traf sie die Erinnerung mit der Wucht eines Tsunamis. Merlin, ihr Vater, der Anrufer. Am liebsten hätte sie sich tief unter der Bettdecke vergraben, aber sie musste aufstehen und zu ihren Eltern in den Norden fahren. Stöhnend schlug sie die Decke beiseite und rollte sich aus dem Bett. Automatisch wanderte ihr Blick zu Merlin, dessen regloser Körper in seinem Bettchen lag. Ihr Magen krampfte sich schmerzhaft zusammen und sie schlurfte geschwächt ins Badezimmer.

Vom Licht geblendet kniff sie die Augen zusammen, während sie aus dem kleinen Schränkchen eine Aspirin holte. Sie spülte die Tablette mit einem Schluck Wasser herunter, putzte sich im Eiltempo die Zähne und tapste dann verschlafen die Treppe nach unten. In der Küche angekommen galt ihr erster Handgriff der Kaffeemaschine. Sie stellte eine leere Tasse darunter und wartete darauf, dass die braune, lebensspendende Brühe fertig war. Bei dem Gedanken an feste Nahrung drehte sich ihr der Magen um, deshalb schmierte sie sich lediglich ein paar Brote für die Fahrt, damit sie die nächsten Stunden auf der Autobahn nicht unterzuckert einen Unfall bauen würde.

Nachdem sie den Kaffee getrunken hatte, fühlte sie sich schon ein Stück besser, auch die Aspirin fing dezent an zu wirken und die Kopfschmerzen wurden schwächer. Die leere Tasse stellte sie in den Geschirrspüler und vergewisserte sich, dass alle technischen Geräte ausgeschaltet waren. Anschließend schleppte sie ihren Koffer die Treppen nach unten und wuchtete ihn in den Kofferraum ihres Fords. Traurig ging sie noch einmal zurück in die Wohnung und holte den, in der Decke eingewickelten Merlin, den sie mitnehmen wollte, um ihn im Garten ihrer Eltern zu begraben.

Vorsichtig legte sie Merlin auf die Rückbank ihres Autos, er war schon ganz steif von der Leichenstarre und die Kälte, die der kleine Körper ausstrahlte, schien ihr die Arme hochzukriechen. Emotional angeschlagen stieg sie ein und startete den Wagen.

Nach endlosen Kilometern auf verschiedenen Autobahnen drückte der morgendliche Kaffee unbarmherzig auf ihre Blase. Außerdem war ihr Tank nahezu leer gefahren, sodass sie kurz hinter Hannover an einer Raststätte von der Autobahn abfuhr. Eilig tankte sie ihr Auto voll und holte sich anschließend den Schlüssel für die Toiletten. Leichter Nieselregen hatte eingesetzt und sie schlotterte vor Kälte und vor Müdigkeit, während sie mit verkrampften Fingern versuchte, den Schlüssel ins

Schloss zu bekommen. Sie war dermaßen runter mit den Nerven, dass ihre Hände zitterten wie Espenlaub. Endlich hatte sie es fast geschafft, als der Schlüssel durch ihre tauben Finger glitt und nach unten fiel.

Durch das Gitter eines Abflusses!

Verdammt! Warum hatte ausgerechnet dieser Schlüssel nicht ebenfalls einen riesigen Anhänger, wie man es von Tankstellen kannte?

Hilflos und den Tränen nahe schaute sie sich um und machte sich anschließend an dem Gitter zu schaffen. Doch sie konnte es weder lösen, noch erreichten ihre Finger den Schlüssel.

»Kann ich irgendwie helfen?«, drang eine sanfte, tiefe Männerstimme an ihr Ohr. Schnell drehte sie ihren Kopf und blickte über ihre Schulter nach hinten in der Erwartung, vor dem gutaussehendsten Mann zu knien, der ihr jemals begegnet war. Doch dann fiel ihr vor Schreck die Kinnlade runter und sie brachte im ersten Moment kein Wort heraus. Der aufgrund seiner wahnsinnig sexy klingenden Stimme erwartete Mann hatte ein Kleid an und eine lockige blonde Löwenmähne.

»Suchen Sie etwas?«, hakte die Blondine nach, da Konstanze sie nur stumm anschaute.

»Gott, entschuldigen Sie bitte. Ich bin so müde«, erlangte sie ihre Fassung zurück, »ich habe ... mir ist der Kloschlüssel gerade hier rein gefallen.« Mit einem Nicken deutete Konstanze auf das Abflussgitter und stand auf um mit der Frau auf etwa gleicher Augenhöhe sprechen zu können. Leider war sie einen ganzen Kopf größer als Konstanze und so starrte sie genau auf den Adamsapfel. *Ein Adamsapfel? Also ist sie doch ein Mann.*

Diese Erkenntnis trug nicht gerade dazu bei, Konstanzes Verwirrung zu beseitigen.

»Das ist wohl nicht Ihr Tag heute, wie?«

Ermattet schüttelte Konstanze den Kopf und rang sich ein schwaches Lächeln ab.

»Lassen Sie mich mal versuchen.« Die männliche Blondine stellte sich nicht gerade ladylike über das Abflussgitter und zog mit Leibeskräften daran. Nur wenige Augenblicke später hatte sie das Gitter gelockert und schob es beiseite, sodass Konstanze den Schlüssel holen und endlich auf die Toilette gehen konnte.

»Ich weiß gar nicht, wie ich Ihnen danken soll.« Verlegen trat Konstanze von einem Bein auf das andere.

»Sie könnten mir einen Kaffee ausgeben, sobald Sie hier alles Dringende erledigt haben.« Schmunzelnd deutete sie auf das Toilettenhäuschen.

»Abgemacht! Ich bin gleich zurück.«

Nachdem Konstanze den Schlüssel zurückgebracht hatte, kaufte sie noch zwei Becher Kaffee und reichte einen davon ihrer Retterin.

»Ich bin Lola.« Energisch streckte die Frau ihr eine Hand entgegen.

»Konstanze. Vielen Dank nochmal für deine Hilfe.«

Während sie ihren Kaffee tranken, unterhielten sich die beiden Frauen angeregt und Konstanze erkannte, dass man niemals Menschen nach dem ersten äußerlichen Eindruck bewerten sollte. Lola war absolut sympathisch und verstand es auf eine angenehme Weise, die trüben Gedanken von Konstanze zumindest für eine kurze Weile wegzublasen. Bevor sie sich voneinander verabschiedeten, tauschten sie ihre Telefonnummern aus, denn wie sich im Gespräch herausgestellt hatte, kam Lola aus Bamberg und wohnte somit nicht weit von Bayreuth entfernt.

Als Konstanze wieder im Auto war und zurück auf die Autobahn fuhr, fiel ihr auf, dass sie damals exakt an diesem Rastplatz Merlin gefunden hatte. Auf dem Weg zu ihren Eltern hatte sie hier eine Pause gemacht und war auf ein leises Wimmern aufmerksam geworden. Sie war den Klagelauten gefolgt und hatte einen vollkommen ausgehungerten und zitternden schwarzen Mops gefunden, angeleint an einem Mülleimer. Da keine Menschenseele zu sehen war, hatte sie den kleinen Welpen in ihr Auto gepackt und mit zu ihren Eltern genommen, von wo aus sie sämtliche Tierheime der Gegend abtelefoniert hatte. Ohne Erfolg. Es schien, als sei der Hund ausgesetzt worden und so hatte sie sich entschieden, ihm ein neues Zuhause zu geben.

Kurz vor Hamburg wurde das Wetter schlagartig schlechter. Hier lag zwar im Gegensatz zu Bayreuth kein Schnee, aber es regnete wie aus Kübeln. Konstanze verlangsamte ihr Tempo und stellte die Scheibenwischer eine Stufe schneller. Hoffentlich würde sie bald von der Autobahn abfahren können.

11:15 Uhr

Trotz des widrigen Wetters hatte sie es fast geschafft. Etwa zehn Kilometer trennten Konstanze noch von der elterlichen Pension in Rosendahl. Die Scheibenwischer kamen kaum gegen den Regen an, während sie auf der B 5 Richtung Husum fuhr. Ihr Heimatort Rosendahl gehörte zur Gemeinde Mildstedt und lag wenige Kilometer südöstlich von Husum.

»Schietwetter!«, fluchte sie im Auto und starrte konzentriert durch die Frontscheibe. Die Straße unter ihr war mehr zu erahnen als zu sehen. In einer Linkskurve bemerkte sie, dass der Asphalt total rutschig vom Regen und Matsch war, sie drosselte nochmals vorsichtig das Tempo. Zu spät, ihre Hinterreifen brachen auf dem glitschigen Boden aus. Das Auto schlingerte, Konstanze versuchte gegenzulenken, um es wieder in die Spur zu bekommen, doch die Reifen gehorchten ihr nicht. Mit einer eleganten 360 Grad Drehung rutschte das Auto in den Graben und kam zum Stehen.

»Mist!«

Glücklicherweise gab es hier keine tiefen Straßengräben. Sie legte den Rückwärtsgang ein und gab Gas, aber das Auto bewegte sich keinen Millimeter. Die Reifen drehten durch und Schlamm spritzte auf. Das durfte doch nicht wahr sein! Hektisch schaltete sie wieder in den ersten Gang, gab erneut Gas und bekam ein ähnliches Ergebnis. Die Reifen ihres Autos gruben sich nur noch tiefer in die vom Regen aufgeweichte Erde. Genervt riss sie die Autotür auf, stieg aus und begutachtete die Bescherung. Der Regen peitschte ihr ins Gesicht und sie versuchte, ihn mit bloßen Händen so gut es ging, abzuhalten. Eisiges Wasser, das ihr übers Gesicht rann. Die Autoreifen hatten sich mehrere Zentimeter in den Matsch gegraben, keine Chance, sie hatte ihr Auto festgefahren. Eilig stieg sie wieder in ihren Wagen. Die wenigen Sekunden im Regen hatten gereicht, um Konstanze bis auf die Knochen zu durchnässen. Damit war klar, dass sie auf keinen Fall mit Koffer und Hund auf dem Arm zu Fuß die restlichen Kilometer zurücklegen konnte. Ein Plan musste also her. Niedergeschlagen und fröstelnd durchdachte sie ihre wenigen Optionen, kramte in ihrer Handtasche schließlich nach dem Handy und wählte auf gut Glück die Nummer ihres Cousins Nico. Aus dem ADAC war sie blöderweise im letzten Jahr ausgetreten mit der Begründung, dass sie ihn noch nie gebraucht hatte.

»Hallo Lieblingscousin. Hier ist Konstanze«, begrüßte sie ihn, nachdem er sich am anderen Ende der Leitung gemeldet hatte.

»Konny, das ist ja schön, von dir zu hören? Wie geht es dir? Ich habe von deinem Vater gehört.«

»Bescheiden wäre noch milde ausgedrückt. Ich könnte deine Hilfe gebrauchen. Bist du zu Hause und hast gerade Zeit für mich?«

»Für dich habe ich immer Zeit. Worum geht es?«

Auf Nico war eben Verlass. Konstanze war quasi gemeinsam mit ihm aufgewachsen und die beiden waren fast wie Geschwister.

»Ich stehe ein paar Kilometer vor Husum. Bei dem fiesen Regen bin ich von der Straße abgekommen und nun hat sich mein Auto im Matsch festgefahren. Kannst du mich bitte abholen?«

»Schreck lass nach, ist dir etwas passiert? Wo genau bist du denn?«

»Nein, mir ist zum Glück nichts passiert. Ich bin auf der B 5 kurz hinter der Abzweigung nach Südermarsch.«

»Alles klar. Ich fahre sofort los. Bis gleich Konny.«

Dank ihrer nassen Klamotten kroch inzwischen die Kälte in jede einzelne ihrer Körperzellen. Zähneklappernd verschränkte sie ihre Arme vorm Körper um ihn notdürftig warm zu halten und lauschte auf den Regen, der unaufhörlich auf das Autodach trommelte. Konnte es eigentlich noch schlimmer kommen? Die verschiedensten Bilder kreisten wild in ihrem Kopf umher. Eine auf sie gerichtete Waffe mit Orlov dahinter verschmolz mit dem charmanten Lächeln von Hendrik. Im nächsten Augenblick wurde aus seinem Gesicht jedoch der leblose Körper von Merlin, der mit dem Bauch nach oben an der Wasseroberfläche trieb. Hastig kniff sie die Augen zusammen und verscheuchte die Schreckensbilder. Zurück blieben bittere Tränen, die beide Wangen hinab liefen und auf ihre ohnehin nasse Jacke tropften. Sie drehte ihren Oberkörper leicht zur Seite, griff nach hinten zum Rücksitz und strich über die Decke, in der ihr Hund lag.

»Mein armer Merlin. Es tut mir so leid.« Ihr Herz verkrampfte sich und es kam ihr so vor, als würde sie innerlich zerreißen. »Ich werde deinen Tod rächen. Egal wie. Das verspreche ich dir!«

Zu dem kräftigen Regen da draußen heulte nun auch noch der Wind kräftig auf und trieb weitere, dunkle Wolken vor sich her. Seit Konstanze sich am Straßenrand festgefahren hatte, war keine Menschenseele vorbeigekommen. *Unheimlich,* dachte sie und bekam sofort eine Gänsehaut, sicher nicht nur von der Kälte.

Etwa zwanzig Minuten später sah Konstanze ein Paar Scheinwerfer durch den Regenschleier auf sich zukommen. Erleichtert atmete sie aus. Das musste ihr Cousin sein. Das Auto wurde langsamer und hielt schließlich zwei Meter vor ihr am Straßenrand an. Sie erkannte Nicos Auto, stieg aus und lief ihm entgegen.

»Ich bin so froh, dass du da bist«, begrüßte sie ihren Cousin, der ebenfalls ausgestiegen war.

»Hi, Cousinchen! Du hast dir aber auch ein Sauwetter für deine Autopanne ausgesucht.«

»Panne ist gut. Ich habe es im Schlamm versenkt. Lass uns schnell meine Sachen umpacken«, schrie Konstanze beinahe dem Sturm entgegen, drehte sich um und lief zurück zu ihrem Auto. Nico folgte ihr und hievte ihren schweren Koffer in seinen Kofferraum, während Konstanze den Hund holte und auf Nicos Rückbank legte. Als alles verstaut war, stiegen die beiden ein, Nico startete den Motor und wendete sein Auto.

»Jetzt bist du meinetwegen auch völlig durchnässt.«

»Mach dir darüber mal keine Sorgen. Ich bring dich jetzt erstmal nach Hause und dann sehen wir weiter.«

»Was machen wir mit meinem Auto?«, fragte Konstanze, während sie die Heizung hochregelte.

»Sobald der Sturm vorbei ist, fahre ich mit einem Kumpel nochmal los. Er hat einen Geländewagen mit Seilwinde. Damit können wir deinen havarierten Wagen bergen.«

»Ich bin dir sowas von dankbar.«

Die restliche Fahrt hatte Konstanze keine Kraft mehr für eine gepflegte Unterhaltung und hing ihren Gedanken nach. Nico kannte sie gut genug, um sie nicht weiter mit Fragen zu löchern und sie in Ruhe zu lassen. Verstohlen schielte Konstanze zu ihrem Cousin und betrachtete sein Profil. Noch nie zuvor hatte sie bewusst wahrgenommen, wie hübsch er eigentlich aussah. Sein markantes, männliches Gesicht mit dem Drei-Tage-Bart, die stechenden grauen Augen und die verstrubbelten blonden Haare machten ihn zu einer wahren Wikingerschönheit. Wenn er lächelte, bildeten sich um seine Augen herum feine Fältchen, die das Herz jeder Frau zum Schmelzen brachten. Seine Lippen, weich und schmal, sahen fast feminin aus, wären sie nicht von den sexy Bartstoppeln umrahmt. Während sie Nico betrachtete, wurde ihr schlagartig bewusst, warum sie sich ausgerechnet in den Sunnyboy Nils verliebt hatte. Beide waren vom Aussehen und vom Wesen her typische Nordmänner, von denen sie sich magisch angezogen fühlte, wie sie gerade feststellte. Ihr Leben lang war Nico der große Bruder an ihrer Seite, obwohl er nur zwei Monate älter war als sie und jetzt und hier schwappten plötzlich tiefe Gefühle für diesen Mann über sie hinweg, die sie bisher nie bemerkt hatte. Oder waren jene Gefühle schon immer da und sie hatte diese nur tief in ihrem Inneren verdrängt. Verwirrt und mit glühend heißen Ohren wandte sie den Blick ab und schaute auf die regenglänzende Straße, die im Licht der Scheinwerfer wie eine Spiegelfläche wirkte.

12:06 Uhr

Während der Fahrt hatte Konstanze endlich wieder Gelegenheit mit ihrer Mutter zu telefonieren, und erfahren, dass ihr Vater gerade erneut operiert wurde und die Ärzte über einen Herzkatheter einen weiteren Stent einsetzten. Eigentlich wollte sie sich umgehend von Nico ins Krankenhaus fahren lassen, aber ihre Mutter hatte sie darum gebeten direkt in die Pension zu fahren, da die Angestellte ihrer Eltern früher nach Hause gehen musste und jemand dort sein sollte, falls unangemeldete Gäste ankämen.

Der Kies knirschte, als Nico in die Einfahrt der Pension Hartenbach fuhr.

»Ich trage dir noch schnell den Koffer rein.«

»Willst du etwa nicht bleiben?«

»Du bist bestimmt froh, wenn du jetzt endlich deine Ruhe hast.«

»Blödsinn! Du bist, genau wie ich, vollkommen durchnässt. Wir gehen jetzt da rein, trocknen unsere Kleider und wärmen uns am Kamin mit einer Tasse Tee.« Konstanze klang bestimmter, als sie es beabsichtigt hatte, aber sie hätte es sich nicht verzeihen können, wenn ihr Cousin auch noch eine Lungenentzündung wegen ihr davontragen würde. Vorsichtig holte sie Merlin vom Rücksitz und trug ihn zum Haus.

»Ja Ma'am!«, flachste Nico, holte den Koffer aus dem Auto und betrat hinter Konstanze die große Eingangshalle der Pension Hartenbach.

»Stell ihn einfach dort ab.« Im Haus war alles dunkel und totenstill. Konstanze suchte einen ruhigen Platz neben der Küchentür, wo sie ihren Hund behutsam hinlegte und dabei sanft über seinen kalten Körper strich.

»Soll ich im Wohnzimmer den Kamin anmachen?« Nico rieb seine kalten Hände gegeneinander.

»Sehr gern. Dann mache ich in der Küche Feuer und setzte Wasser für den Tee auf.« Ohne auf Antwort zu warten, steuerte Konstanze auf die geräumige Küche zu. Nico und sie waren schon immer ein perfekt eingespieltes Team gewesen, wenn es darum ging, in der Pension auszuhelfen.

Sie schaltete das Licht an und sog den vertrauten Duft ihres Zuhauses ein. Die gewohnte Umgebung half ihr, sich ein Stück zu entspannen und ruhiger zu werden. Das Prunkstück in dieser Küche war ein uralter gusseiserner Herd, der noch mit Feuer betrieben wurde. Sie bestückte ihn mit einigen Scheiten Holz und zündete diese an. Schon nach wenigen Minuten strahlte der Ofen eine wohlige Wärme ab. Konstanze rieb sich ihre eiskalten Hände und hielt sie in die aufsteigende Hitze. Dann zog sie ihre nassen Klamotten bis auf die Unterwäsche aus und verteilte sie zum Trocknen auf Stühlen, die sie an die Feuerstelle heranschob. Sie nahm den glänzenden Kupferkessel vom Herd, füllte ihn mit Wasser auf und stellte ihn zurück aufs Feuer. Nachdem sie die dünnwandigen Teetassen, ein Sahnekännchen, den Kluntjepott sowie das Stövchen zusammen mit der Teekanne auf dem Tisch gerichtet hatte, ging sie ins Wohnzimmer um nach Nico zu schauen.

»Welch ein verführerischer Anblick«, bemerkte Nico schmunzelnd, als er die fast nackte Konstanze erblickte.

»Nichts, was du nicht schon gesehen hast«, konterte sie lachend. »Gib mir deine Klamotten. Ich hänge sie zum Trocknen auf.« Das Feuer knackte und knisterte im Kamin und fing gerade an, eine wohltuende Wärme zu verbreiten.

»Gibt es in Bayreuth keine hübschen Kerle, dass du in den hohen Norden zu einem Striptease kommen musst?«

»Du Klugscheißer, jetzt zieh endlich deine Kleider aus, oder willst du dir den Tod holen.«

»Ich mach ja schon.« Schnell entledigte auch er sich seiner Bluejeans und zog mit Schwung sein nasses Shirt über den Kopf, bis er nur noch in Boxershorts vor Konstanze stand. Ohne verlegen zu wirken, streckte er ihr die Sachen entgegen. Konstanze musste bei dem Anblick, der sich ihr bot, schwer schlucken. Die beiden hatten sich zwar schon oft komplett nackt gesehen, waren gemeinsam im Meer schwimmen gewesen, doch das war schon einige Jahre her. Damals waren sie noch Kinder gewesen. Seit dem hatte sich Nicos Körper verändert. Eine makellose, glatte Haut spannte sich fest über die dezent antrainierten Muskeln. Dieser Alabasterkörper erinnerte Konstanze an eine römische Marmorskulptur, bei der jede einzelne Muskelpartie mit viel Liebe zum Detail herausgearbeitet worden war. Ein seltsames Kribbeln stieg in ihrem Bauch auf, als sie beide sich in Unterwäsche gegenüber standen. Sie räusperte sich verlegen, drehte sich schnell weg und verließ das Wohnzimmer. »Tee ist gleich fertig«, rief sie Nico noch über die Schulter zu.

Zurück in der Küche atmete sie erstmal tief durch und bemühte sich, die Bilder des durchtrainierten Körpers ihres Cousins aus ihrem Kopf zu verbannen. Was war nur in sie gefahren? Ihre durcheinandergewirbelten Hormone waren mit Sicherheit auf die Extremsituation zurückzuführen, in der sie sich gerade befand. Sie hängte Nicos Kleider ebenfalls über die Stühle vor den Ofen und nahm anschließend den pfeifenden Wasserkessel vom Herd, der inzwischen eine glühende Hitze verbreitete und somit nicht dazu beitrug, dass sich ihre erhitzten Gefühle abkühlten. Langsam ließ sie das heiße Wasser in die Teekanne fließen, setzte sich dann an den Tisch und wartete nachdenklich die vier Minuten ab, die der Ostfriesentee zum Ziehen brauchte. Den fertigen Tee goss sie durch ein Teesieb in die Kanne auf dem Tablett, zündete anschließend das Teelicht im Stövchen an und ging alles vor sich her balancierend zurück ins Wohnzimmer. Nico hatte sich zwischenzeitlich auf der Couch ausgestreckt.

»Rück mal ein Stück zur Seite.« Konstanze stellte das Tablett auf dem Tisch ab, setzte sich neben ihn und gab in jede der handbemalten Teetassen ein großes Stück Kluntje. Das leise Knacken des Kandis beim Eingießen des Tees beruhigte augenblicklich ihre Nerven und sie fühlte sich zurückversetzt in ihre Kindheit. Sie reichte Nico seine Tasse und ließ anschließend etwas Sahne in ihre eigene laufen. Verträumt beobachtete sie, wie sich das weiße Wölkchen in ihrem Tee um den Kandisberg verteilte. Vorsichtig trank sie einen Schluck von dem heißen Getränk und genoss die wohltuende Wärme, die sich nach und nach in ihr ausbreitete. Dem herben

Geschmack des kräftigen Tees, folgten schon bald der cremige Genuss der Sahne und schließlich der zuckersüße Rest des Getränkes. Die zweite Tasse Tee genoss sie bedeutend langsamer, denn inzwischen hatte sie die heiße Flüssigkeit von innen aufgewärmt. Das eintönige Knistern des Feuers tat sein Übriges und sorgte dafür, dass sie ganz schläfrig wurde. Erschöpft und müde lehnte sie ihren Kopf an Nicos Schulter und schloss die Augen. Ohne ein Wort zu sagen, streichelte er ihr behutsam über den Kopf und schloss dann seine Arme fest um sie. Jetzt gab es kein Halten mehr und alle Dämme brachen. Konstanze fing an, hemmungslos zu schluchzen, wusste, dass sie sich bei ihrem Cousin absolut gehen lassen konnte.

»Na, na, na! So schlimm?«

Sie nickte und vergrub ihr Gesicht an seiner weichen Brust und brauchte eine ganze Weile, bis sie sich wieder beruhigt hatte.

»Sieh nur, ich habe dich ganz nass gemacht.«

»Nass war ich doch schon vom Regen.« Er grinste sie frech an. »Möchtest du jetzt erzählen, was dir so schwer auf der Seele lastet?«

Konstanze nickte, starrte für einen Moment nachdenklich in die roten Flammen des Kamins und redete sich dann den ganzen Mist der letzten Tage von der Seele.

15:15 Uhr

»Ich bin froh, dass du hier bist«, flüsterte Konstanze, nachdem sie eine Weile schweigend die züngelnden Flammen beobachtet hatten. Nico gab ihr einen freundschaftlichen Kuss auf die Stirn, stand auf und kniete sich vor den Kamin, um nochmal ein paar Scheite Holz nachzulegen. Nicht nur das erneut entfachte Feuer, sondern auch die Rückenansicht ihres Cousins ließ Hitzewellen durch ihren Körper ziehen.

Das energische Läuten der Türglocke ließ Konstanze zusammenzucken.

»Soll ich öffnen?«, bot Nico an, doch Konstanze war bereits aufgestanden, und winkte ab.

Das Kaminfeuer hatte solch eine Wärme verbreitet, dass ihr erst beim Öffnen der Tür auffiel, dass sie in Unterwäsche war. Doch nun war es zu spät, um sie wieder zuzuschlagen. So gut es ging, versteckte sie sich hinter der Tür und spähte lediglich mit dem Kopf um die Ecke, sprang jedoch im nächsten Moment dahinter vor.

»Astrid!« Noch bevor ihre Freundin einen Fuß ins Haus setzen konnte, fiel sie ihr um den Hals. »Ist das schön, dass du da bist.« Ihre beste Freundin noch aus Kindertagen wohnte nach wie vor in Rosendahl. Im Gegensatz zu Konstanze hatte sie es, nachdem sie ihre Eltern bei einem Feuer verloren hatte, nicht in die Ferne gezogen.

»Na hör mal. Ich lass dich doch nicht in dieser schweren Zeit allein.«

»Komm schnell rein.«

Astrid klappte ihren Regenschirm zusammen und platzierte ihn im Schirmständer, zog ihren Regenmantel und die Schuhe aus und folgte Konstanze in die Stube. Als sie Nico erblickte, der genau wie Konstanze nur spärlich bekleidet war, blieb sie abrupt stehen.

»Hab ich euch bei etwas gestört?«

»Nein, wie kommst du darauf?«, entgegnete Nico.

»Ein romantisches Feuer, ihr zwei nur noch in Unterwäsche bekleidet, da kann man schon auf dumme Gedanken kommen.«

Die drei Freunde schauten sich an und prusteten dann gemeinsam los.

»Für einen Moment dachte ich wirklich, du meinst das ernst, Astrid«, japste Konstanze. »Unsere Klamotten hängen in der Küche zum Trocknen. Möchtest du einen Tee.«

»Sehr gern. Ich helfe dir!«

Die beiden Freundinnen gingen in die Küche und kochten eine zweite Kanne Tee. Die Ankunft ihrer Freundin hatte auch die seltsamen Gefühle weggespült, die sie vor wenigen Minuten noch in Gegenwart von Nico gespürt hatte. Es war wieder wie früher, das unzertrennliche Dreiergespann.

»Wie geht es dir wirklich? Du kannst deine fröhliche Maske abnehmen, Konny. Wir sind doch unter uns.«

Behutsam legte Astrid einen Arm um Konstanzes Schulter und strich sanft ihr Haar zur Seite.

»Es ist ein einziger Albtraum. Ich habe das Gefühl, mein ganzes Leben entgleitet mir.«

»Kein Wunder bei dem, was die letzten Tage alles auf dich eingestürzt ist.«

»Die Panikattacken werden wieder schlimmer und ich habe Angst, dass ich komplett die Kontrolle über mich verliere.« Kraftlos ließ Konstanze sich auf einen Küchenstuhl sinken, während Astrid die Teeblätter mit siedendem Wasser übergoss.

»Das ist Unfug. Du wirst die Kontrolle nicht verlieren. Wir sind für dich da. Heidrun ist für dich da. Dein Therapeut ist für dich da. Du musst die Hilfe nur annehmen.«

Konstanze stützte ihr Gesicht in die Handflächen und rang um Fassung. Sie war es so leid, Schwäche zu zeigen und ständig weinen zu müssen. Sie wollte endlich eine starke Frau sein, zu der Persönlichkeit werden, die eine gute Staatsanwältin ausmachte.

»Du bist eine wunderbare starke Frau, die sich für nichts auf der Welt schämen müsste« sagte Astrid plötzlich und strich ihr mütterlich über den Rücken, fast so, als hätte sie Konstanzes Gedanken lesen können. »Jetzt lass uns Tee trinken und in Erinnerungen schwelgen.«

Innerhalb der letzten Stunde konnte Konstanze tatsächlich für eine Weile den ganzen Mist der vergangenen Tage vergessen. Sie fühlte sich wohl in der Gesellschaft ihrer Freunde.

Vertrautheit. Geborgenheit. Heimat. Erinnerungen an längst vergessene Kindheitstage.

Der Sturm war in der Zwischenzeit weiter gezogen, der Regen hatte aufgehört und auch das Feuer im Kamin war heruntergebrannt.

»Darf ich euch um einen Gefallen bitten?« Konstanze schaute abwechselnd von Nico zu Astrid und wieder zurück.

»Klar!«, kam es synchron von beiden zurück.

»Ich würde gern Merlin hinten im Garten begraben. Er liegt in der Eingangshalle neben der Küchentür.«

»Ach Süße, natürlich helfen wir dir dabei.« Astrid war aufgestanden und umarmte Konstanze. »Ich geh ihn holen, dann könnt ihr euch noch etwas anziehen.«

»Die Sachen müssten inzwischen auch trocken sein«, bemerkte Nico und stand ebenfalls auf. Während Astrid den Hund holte, schlüpften Konstanze und Nico wieder in ihre Klamotten und gingen dann durch die Hintertür in den Garten, wo Astrid bereits wartete.

»Ich hole eine Schaufel und ihr sucht einen Platz aus.« Nico behielt einfach in jeder noch so schwierigen Situation einen kühlen Kopf und gab Konstanze damit Rückhalt und Sicherheit, ein Gefühl, dass sie schon früher an ihrem Cousin gemocht hatte. Zusammen mit Astrid ging sie in den hinteren Gartenbereich, der schon einige Tiergräber beherbergte. So lagen hier bereits ein Goldfisch, zwei Wellensittiche, Konstanzes Kater Boomer und zwei Hasen. Ihr Blick fiel auf den Kirschbaum, den ihr Vater zu ihrer Geburt gepflanzt hatte. Sie konnte sich keinen besseren Platz für ihren geliebten Merlin vorstellen.

»Er soll genau hier begraben werden.« Mit der Hand zeigte sie auf eine Stelle unter dem Baum, als Nico gerade mit der Schaufel in der Hand zurückkam.

»Das ist ein wirklich schöner Platz«, bemerkte Astrid, während Nico begann, ein Loch auszuheben.

»Ich denke, das ist tief genug, oder?« Nico stützte sich auf die Schaufel und sah Konstanze fragend an.

»Ja, das reicht.«

Astrid hielt ihr etwas unbeholfen das Bündel hin. Mit einem dicken Kloß im Hals schlug Konstanze die Decke zurück und streichelte Merlin über den kalten Kopf. Dann wickelte sie die Decke wieder um den Körper, nahm ihn Astrid ab und legte ihn behutsam in das winzige Grab. Zwei Meter weiter schauten Schneeglöckchen aus der Erde. Sie pflückte ein paar und legte sie auf Merlins Körper.

»Du fehlst mir, mein Kleiner!« Schweren Herzens griff sie nach der Schaufel und bedeckte ihren Hund nach und nach mit der Erde, bis sie weinend neben dem Grab ins feuchte Gras sank.

»Nein Konny, nicht hier auf dem kalten Boden. Komm, steh auf.« Astrid zog sie an den Armen wieder hoch und stützte sie, während Nico die restliche Erde in das Grab schaufelte.

»Ich schnitze dir die Tage noch eine schöne Gedenktafel«, sagte er, nachdem er fertig war.

»Das ist lieb von dir.«

»Ich mache mich dann mal auf den Weg, dein Auto zu bergen, bevor es dunkel wird.« Nico schnappte sich die Schaufel, brachte sie zurück in den Geräteschuppen und ging dann zur Vorderseite des Hauses zu seinem Auto.

»Wir zwei gehen jetzt rein und kochen. Deine Mama kommt sicher auch bald aus dem Krankenhaus. Was hältst du davon?« Astrid legte einen Arm über Konstanzes Schulter und dirigierte sie zurück zum Haus.

18:20 Uhr

Seit Konstanze in Bayreuth studierte sahen sich die beiden Freundinnen nicht mehr oft. Die meiste Zeit standen sie nur über das Telefon und Whatsapp in Verbindung, doch die Vertrautheit zwischen ihnen war unerschütterlich. Der gemeinsame Schicksalsschlag hatte sie fest zusammenwachsen lassen, sodass nichts auf der Welt ihre Freundschaft erschüttern konnte.

In ihren schwersten Stunden hatte Konstanze ihrer Freundin beigestanden, hatte sie gestützt und sie zurück ins Leben geholt. Nun gab Astrid etwas davon an sie zurück und Konstanze wusste, dass sie ohne ihren Beistand diese Krise nicht durchstehen würde.

Das Abendessen war gerade fertig, als die Haustür aufgeschlossen wurde. Konstanze eilte in die Eingangshalle, um ihre Mutter zu begrüßen und erschrak fürchterlich darüber, wie alt und eingefallen sie aussah.

»Mama!«

Elisabeth Hartenbach, die sich gerade die Schuhe aufband, schaute auf und schenkte ihrer Tochter ein warmherziges Lächeln.

»Meine Kleine, komm her!« Sie breitete ihre mütterlichen Arme aus und legte sie fest um ihre Tochter.

»Wie geht es Papa? Gibt es was Neues?«

Das Gesicht ihrer Mutter verfinsterte sich augenblicklich und sie schüttelte matt den Kopf. »Es geht ihm unverändert schlecht. Die Ärzte wollten heute noch keine Entwarnung geben.«

»Papa ist stark wie ein Bär. Er wird es schaffen, hörst du Mama?«, versuchte Konstanze, ihrer Mutter Mut zu machen, doch letztendlich war sie es selbst, die den Mut brauchte, um nicht zusammenzubrechen.

»Er war schon immer ein Kämpfer«, bestätigte ihre Mutter mit einem schiefen Lächeln.

»Astrid ist da. Wir haben etwas zum Abendessen gekocht.«

»Wie lieb von euch. Ich bin in fünf Minuten in der Küche.« Mit diesen Worten ging sie schwerfällig die Holztreppe nach oben und verschwand im elterlichen Schlafzimmer.

Als sie kurz darauf in der Küche erschien, sah Konstanze ganz deutlich an den geröteten Augen ihrer Mutter, dass diese geweint haben musste. Sie schluckte schwer und verteilte den warmen Eintopf auf die Teller.

Das Essen zog sich schleppend dahin, da die drei angesichts der bedrückenden Ereignisse kein gutes Gesprächsthema fanden. Über die schlimmen Dinge wollten sie nicht reden und alles andere wäre ihnen zu oberflächlich erschienen.

Zu dritt erledigten die Frauen den Abwasch und als die Küche wieder aufgeräumt war, verabschiedete sich Astrid.

»Ich muss nach Hause. Komme morgen aber wieder vorbei.«

»Ich bringe dich noch zur Tür.«

Konstanze wollte gerade zurück ins Haus, nachdem sie ihre Freundin verabschiedet hatte, als zwei Autos die Einfahrt hochkamen. Ein großer Geländewagen, den sie nicht kannte und dahinter ihr roter Ford Ka. Ein Glück, Nico und sein Kumpel hatten es geschafft, ihr Auto wieder freizubekommen.

»Ihr seid Helden, wisst ihr das?«, rief Konstanze den beiden zu, als diese aus den Autos ausgestiegen waren.

»Dein Auto hat leider ein paar Dellen abbekommen bei deinem Ausflug in den Acker, aber nichts Dramatisches.«

»Da bin ich wohl selbst Schuld. Ich danke euch.« Dankbar schloss sie ihren Cousin fest in die Arme und reichte anschließend seinem Kumpel die Hand.

»Wir fahren dann auch wieder. Bis morgen, Konny.«

Vollkommen müde und ausgebrannt ging sie zurück ins Haus und schaute nach ihrer Mutter, die sie schließlich im Wohnzimmer vorfand. Sie saß in einem der beiden bequemen Ohrensessel, die Beine auf einem Hocker hochgelegt. Im Fernseher lief eine Talkshow, doch ihre Mutter war eingeschlafen. Ein Arm hing schlaff zur Seite herab. Konstanze hob die Fernbedienung auf, die ihrer Mutter aus der Hand geglitten war und legte sie auf den Tisch. Behutsam deckte sie ihre Mutter zu, schaltete den Fernseher ab und schloss vorsichtig hinter sich die Tür. Da sie selbst ebenfalls ihre Augen kaum noch aufhalten konnte, ging sie die Treppe nach oben in ihr altes Zimmer. Ihre Eltern hatten es nach ihrem Auszug unverändert gelassen, damit sie sich immer wohl fühlte, wenn sie zu Besuch kam.

Sie griff nach dem Lichtschalter und sofort wurden alte Erinnerungen wach. Als Teenager hatte sie ihre Lavendelfarbenphase und hatte gegen den Willen ihrer Eltern ihr Zimmer in den verschiedensten Lila-Pastelltönen gestrichen. Es war das einzige Mal, dass sie sich gegen ihre Eltern aufgelehnt hatte und nun musste sie über ihre kleine Rebellion schmunzeln. Mit so einem harmlosen Fehltritt können Teenager-Eltern sicher ganz gut umgehen.

Mit letzter Kraft entkleidete sich Konstanze und ließ sich dann seufzend zwischen die dicke Daunendecke ihres Bettes gleiten. So kuschelig weich und warm eingehüllt wartete sie darauf, dass der Schlaf sie überkam und ihr die ersehnte Erholung schenkte. Kaum hatte sie jedoch die Augen geschlossen, riss sie diese wieder auf. Ein wahres Bilderkarussell drehte sich in ihrem Kopf und sorgte dafür, dass ihr ganz schwindelig wurde. Merlin, Orlov, Mareike wechselten sich ab mit Bildern von einer großen Menschenmasse, die nach einer heftigen Explosion panikartig versucht zu fliehen, während viele von ihnen zu Boden stürzten und einen qualvollen Tod starben. Konstanze betete, dass die Polizei rechtzeitig herausfinden würde, ob, wo und wann ein Anschlag mit Sarin geplant war.

Nach einer gefühlten Ewigkeit des Herumwälzens im Bett hatte die Müdigkeit dann doch gesiegt und sie in den Schlaf geschickt, aus dem sie schweißgebadet wieder hochschreckte. Sie konnte ihren eigenen Schrei noch hören und saß nun orientierungslos im Bett. Ihr Herz schlug so schnell und heftig, dass es in ihrer Brust schmerzte. Wo war sie?

Es dauerte einige Augenblicke, bis sie die schattigen Umrisse ihres Zimmers in Rosendahl erkannte. Ein Blick auf die Uhr sagte ihr, dass sie noch nicht lange geschlafen hatte, es war noch vor Mitternacht. Der Regen prasselte im gleichmäßigen Rhythmus an die Fensterscheibe. Normalerweise liebte sie es, bei Regen einzuschlafen, doch aus Angst, die Traumbilder erneut sehen zu müssen, hielt sie die Augen geöffnet. Sie knipste das Licht an, setzte sich mit herangezogenen Beinen im Bett aufrecht hin und weinte. Wie lange war es her, dass sie diesen Albtraum hatte? Den Albtraum, den sie früher fast täglich durchlebte, die Nacht, in der Astrids Eltern vor den Augen der beiden Mädchen verbrannten.

Ein lichterloh brennendes Haus.

Fensterscheiben die explosionsartig zerbarsten und meterhohe Flammen, die aus dem Dach schlugen.

Im Inneren des Hauses wütete eine wahre Flammenhölle, die niemand mehr betreten konnte.

Hilflos stand Konstanze auf der Straße und hielt ihre schreiende Freundin im Arm, deren Eltern in diesen qualvollen Minuten im Flammeninferno ihr Leben verloren.

Aus Angst, diese Traumbilder erneut zu sehen, stand sie auf und schlich auf Zehenspitzen in die Vorratskammer, um sich eine Flasche Rotwein zu holen. Auf dem Rückweg in ihr Zimmer nahm sie aus der Küche ein Glas und einen Korkenzieher mit. Vorsichtig öffnete sie die Wohnzimmertür. Ihre Mutter lag noch immer schlafend im Sessel. Wenigstens eine in diesem Haus, die vorübergehend Frieden gefunden hatte.

Tag 9

9:35 Uhr

Die vielen Monitore und Schläuche, sowie das ständige Piepen und Pfeifen der Beatmungsmaschine lösten eine wahre Flut an Beklemmungen in Konstanze aus. Sie stand am Bett ihres Vaters im Husumer Klinikum und hielt seine Hand fest in ihrer. Er sah furchtbar aus. Die Haut im Gesicht so grau wie ein trister Novemberhimmel, tiefe Falten durchzogen seine Stirn, sein Haar schien noch heller geworden zu sein. Die Wangenknochen traten deutlich hervor und sein abgemagertes Gesicht ließ auch sein Kinn ganz spitz wirken. *Wie König Drosselbart*, dachte Konstanze und wunderte sich sogleich über diesen bizarren Vergleich mit einer Märchengestalt. Gequält schaute sie hinüber zu ihrer Mutter, die auf der anderen Seite des Bettes stand und sich immer wieder mit einem Leinentaschentuch die Augen trocken tupfte.

Es klopfte verhalten an der Tür und gleich darauf wurde sie ein Stück weiter aufgeschoben. Heidrun streckte ihren Kopf herein und vergewisserte sich, dass sie im richtigen Zimmer war, bevor sie eintrat.

»Ich bin losgefahren, sobald ich aus dem Institut wegkam.«

Konstanze umarmte ihre Tante zur Begrüßung, während ihre Mutter nur stumm nickte.

»Alles in Ordnung mit dir, Liebes?«, fragte Heidrun ihre Nichte und drückte sie kurz an sich. Konstanze schüttelte den Kopf und wandte das Gesicht ab, sie wollte stark für ihren Vater sein. Ihre Mutter vergoss schon genug Tränen.

»Elisabeth!« Heidrun umrundete das Krankenbett und griff nach der Hand ihrer Schwägerin. »Wie geht es ihm denn?« Frau Hartenbach blickte auf und setzte an, um zu antworten, doch sie brach in einen erneuten Weinkrampf aus. Heidrun reichte ihr ein Taschentuch und schaute hilflos zu Konstanze.

»Vorhin war der Oberarzt hier. Er konnte noch keine Entwarnung geben und will uns zu diesem Zeitpunkt nicht versprechen, dass Papa wieder vollständig gesund wird«, informierte sie ihre Tante über die aktuelle Lage.

»Wie furchtbar. Er kann noch nicht selbständig atmen? War er zwischendurch mal wach?«

»Nein. Beides Nein. Möchtest du dich setzen? Dort drüben steht ein Stuhl.«

Heidrun winkte ab und griff nach dem Patientenblatt, das am Fußende des Bettes befestigt war und las es aufmerksam durch. Als sie es wieder am Bett festmachte, warf sie Konstanze einen erschrockenen Blick zu, drehte sich dann aber schnell zu Elisabeth Hartenbach um.

»Komm, meine Liebe! Wir gehen gemeinsam unten einen Kaffee trinken. Konstanze ist ja da!«

Widerstandslos ließ sie sich aus dem Zimmer führen. Konstanze war dankbar, einen Moment allein mit ihrem Vater zu sein. Was an seinem Krankenblatt hatte ihre Tante gerade so erschreckt? Als Medizinerin musste sie darin etwas entdeckt haben, was Konstanze verborgen geblieben war, als sie vorhin selbst hineingeschaut hatte. Äußerst beunruhigt setzte sie sich wieder auf den Stuhl neben dem Bett und griff nach der Hand ihres Vaters.

»Oh Papa, ich habe solche Angst um dich. Du darfst uns nicht verlassen, hörst du? Du musst kämpfen und wieder gesund werden. Ich weiß, dass du das schaffen kannst. Du hast einen starken Willen und bist ein richtiger Kämpfer.«

Mit dem Daumen streichelte sie sanft über seinen Handrücken, blickte seufzend auf den Herzüberwachungsmonitor und dann wieder zurück in das eingefallene Gesicht ihres Vaters.

»Es tut mir so unendlich leid, Papa. Der Mann, der bei euch angerufen hat, hat auch Merlin getötet. Diese elende Bestie. Der arme kleine Merlin, der hat doch niemandem etwas getan, und nun ist er tot. Wir haben ihn im Garten begraben, weißt du, bei all den anderen. Du hast dich früher immer aufgeregt, wenn ich mal wieder ein neues Tier angeschleppt hatte, aber letztendlich hattest du genau wie ich ein weiches Herz und hast sie alle geliebt.«

Nachdenklich in den Erinnerungen versunken schaute sie aus dem Fenster. Ganz deutlich sah sie ihren Papa vor sich, wie dieser in seiner Werkstatt einen Minispielplatz für ihr Meerschweinchen baute. Alles aus Holz. Eine Ritterburg mit Zugbrücke, einen kleinen Irrgarten, sogar eine Wippe, über die das Meerschweinchen drüber laufen konnte. Ihr Vater hatte alles für sie getan, ihr jeden Wunsch von den Augen abgelesen. Und jetzt war es ganz allein ihre Schuld, dass ihr Vater hier um sein Leben kämpfen musste.

»Papa, bitte verzeih mir! Es ist alles meine Schuld. Wenn ich nicht gezögert hätte und sofort zur Polizei gegangen wäre, dann würdest du jetzt nicht hier an diese Maschinen gekettet sein und Merlin würde noch leben. Was habe ich nur getan?« Zärtlich strich sie ihrem Vater über die Wange. War das eine Träne, die da gerade aus seinem Auge lief? Mit einem Tuch tupfte sie das Gesicht wieder trocken.

»Ich habe total versagt, Papa. Und ich werde auch als Staatsanwältin versagen. Ich habe immer geglaubt, das wäre mein Traumberuf, aber ich muss mir wohl eingestehen, dass ich viel zu weich bin für diesen harten Job. Ich habe Menschenleben aufs Spiel gesetzt. Vermutlich ist es das Beste, wenn ich das Jurastudium abbreche. Das hat doch alles keinen Sinn mehr. Was soll ich nur machen, Papa? Du wüsstest jetzt sicher einen Rat für mich. Du warst immer für mich da.«

Konstanze konnte ihre Tränen nicht mehr zurückhalten. Geschüttelt von Weinkrämpfen klammerte sie sich an ihren Vater und bettete ihren Kopf auf seinen Körper. »Was habe ich euch nur angetan?«

Eine Hand berührte plötzlich ihre Schulter und sie fuhr erschrocken hoch. Tante Heidrun stand hinter ihr und hielt ihr einen Pappbecher hin.

»Ich habe dir einen Kaffee mitgebracht.« Fürsorglich strich sie ihr über den Lockenkopf und schenkte ihr ein Lächeln, das sagte: Es wird alles wieder gut.

»Danke.« Konstanze nahm ihr den Becher ab, wischte sich verschämt mit dem Ärmel die Tränen weg und ging hinüber zum Fenster.

Abwesend betrachtete sie die Bäume im Park, durch die der kalte Wind fegte, als plötzlich hinter ihrem Rücken die Hölle losbrach. Konstanze drehte sich mit einer heftigen Bewegung um und schaute in die vor Angst aufgerissen Augen ihrer Mutter. Der Überwachungsmonitor zeigte einen Abfall der Herzfrequenz und erzeugte sowohl ein akustisches als auch ein optisches Warnsignal.

»Um Gottes willen«, stöhnte Elisabeth Hartenbach gequält und schlug die Hände vors Gesicht.

»Papa!« Konstanze war mit einem Schritt neben dem Bett ihres Vaters und umklammerte seine Hand. Ihr Herz hämmerte wild gegen ihren Brustkorb, während sie mit Sorge die Zahlen auf dem Bildschirm im Auge behielt. »Bleib bei uns, bitte!«, flehte sie ihn an.

Danach ging alles furchtbar schnell. Der Monitor zeigte eine Nulllinie begleitet von einem langgezogenen Summton, die Tür des Krankenzimmers flog auf und zwei Schwestern eilten an Konstanze vorbei. »Gehen Sie bitte alle raus«, gab die kleinere von beiden eine knappe Anweisung. Fassungslos starrte Konstanze auf das Geschehen, unfähig sich auch nur einen Millimeter zu bewegen. Die durchdringenden Schreie ihrer Mutter hallten in dem kleinen Zimmer wider und während eine der beiden Krankenschwestern den Reanimationswagen an das Bett rollte, stürmte auch schon ein Arzt herein. Energisch schob er Konstanze beiseite. »Warten Sie bitte draußen. Sie können hier im Moment nichts tun«, sagte er trotz der brenzligen Situation in einem freundlichen und ruhigen Tonfall.

Heiße Tränen der Verzweiflung rannen über Konstanzes Wangen und sie schaute hilflos durch die Glasscheibe zu, wie der Arzt den Defibrillator auflud. Heidrun war mit ihrer Mutter ein paar Schritte den Gang hinunter gegangen und hatte sich mit Elisabeth auf eine Bank gesetzt. Als der Arzt ihren Vater das erste Mal schockte, hielt Konstanze gebannt den Atem an und schaute zur Linie auf dem Monitor.

Nichts!

Bitte lieber Gott, lass meinen Papa nicht sterben.

Gequält schaute sie zu ihrer Tante und schüttelte kaum merklich den Kopf. Auch das zweite und dritte Schocken brachte das Herz ihres Vaters nicht wieder zum Schlagen. Mit beiden Händen stützte sie sich an der Glasscheibe ab und schluchzte. »Nein. Nein. Nein.« Während eine der Schwestern den Defibrillator erneut auflud und die andere ein Medikament in den intravenösen Zugang spritzte, kniete der Arzt auf der Bettkante und führte mit vollem Körpereinsatz eine Herzdruckmassage aus. Sie gaben einfach alles um das Leben des Patienten zu retten, doch Konstanzes Hoffnung schrumpfte mikroskopisch klein zusammen. Die Angst um ihren Vater schnürte ihr die Kehle zu und sie wagte es nicht mehr, einen weiteren Blick zu ihrer Mutter zu werfen.

Wie sollte sie mit dieser Schuld weiterleben?

Der Arzt unterbrach die Herzdruckmassage und nahm den Defibrillator wieder in die Hand.

Konstanzes Körper versteifte sich, sie hielt den Atem an.

Schock ... Pause ... und dann endlich ein Zucken auf dem Herzmonitor. Die gerade Linie wich einer schwachen Sinuskurve. Konstanze atmete geräuschvoll aus und sackte dann weinend auf einem Stuhl zusammen. Benommen registrierte sie, wie der Arzt das Zimmer verließ und zu ihrer Mutter ging. Er legte eine Hand auf ihre Schulter und redete mir ihr. Kurz darauf fiel Frau Hartenbach ihrer Schwägerin um den Hals.

Tag 10

11:30 Uhr

Nachdem der Frühstücksraum für die Gäste wieder aufgeräumt und auch sämtliches Geschirr gespült war, ging Konstanze nun die Gästezimmer ab um die Betten zu machen und die Handtücher auszutauschen. Ihre Gedanken waren bei ihrem Vater. Die schwere Krise von gestern steckte ihr noch tief in den Knochen. Die Erinnerung an die quälenden Sekunden in denen sie dachte, ihren Vater für immer zu verlieren, verursachte auch jetzt noch eine frostige Kälte in ihrem Körper.

Erst nachdem ihnen die Ärzte mehrfach bestätigt hatten, dass der Patient stabil wäre, hatten sie am späten Abend gemeinsam die Klinik verlassen. Gern hätte sie ihre Mutter und ihre Tante gleich heute Vormittag wieder ins Krankenhaus begleitet, aber irgendjemand musste sich um die Pension kümmern. Ihre Eltern hatten zwar eine Mitarbeiterin eingestellt, die heute jedoch ihren freien Tag hatte. Daher hatte Konstanze sich kurzerhand bereiterklärt, das Nötigste in der Pension zu erledigen. Zu dieser Jahreszeit waren nicht viele Urlauber an der Nordsee, sodass sie nur zwei Zimmer aufzuräumen hatte. Während sie die Betten machte, dachte sie über das nach, was sie gestern ihrem Vater gesagt hatte. Die Frage, ob ihr Studium überhaupt noch einen Sinn machte und ob sie wirklich bereit war, Staatsanwältin zu werden, hatte sie die ganze Nacht über beschäftigt und wach gehalten. Ihr Versagen und ihre Schuld am Tod von Merlin und der Krankheit ihres

Vaters lagen ihr schwer im Magen und verursachten hässliche Bauchschmerzen. Schwermütig packte sie die gebrauchten Handtücher der beiden Gästezimmer in den Wäschesack und brachte ihn dann in die Waschküche. Gerade als sie die Treppe wieder nach oben stieg, klingelte es an der Haustür. Konstanze stöhnte, hoffentlich keine spontanen Gäste, die versuchten ohne Reservierung eine Unterkunft zu finden. Kraftlos öffnete sie die Tür und blickte erstaunt in das Gesicht von Hendrik.

»Was machst du denn hier?«, fragte sie verwundert.

»Ich hatte eigentlich gehofft, du freust dich, mich zu sehen.« Er zwinkerte ihr spitzbübisch zu.

»Entschuldige bitte. Das war unhöflich von mir. Ich bin mit meinen Gedanken sonst wo. Natürlich freue ich mich wahnsinnig, dich zu sehen.« Sie machte einen Schritt nach vorn und fiel ihm um den Hals.

»Ich dachte mir, du kannst ein wenig Aufmunterung gebrauchen.«

»Und wie! Ich bin wirklich froh, dich zu sehen. Komm schnell rein!« Sie trat einen Schritt zur Seite und ließ ihn vorbei ins Haus gehen.

»Wie hast du mich überhaupt gefunden?«, fragte sie, während sie die Tür schloss. Kurz überlegte sie, was genau sie Hendrik per Whatsapp geschrieben hatte, als sie zu ihren Eltern losgefahren war. Sie war sich sicher, dass sie in der Eile nur ganz knapp erklärt hatte, dass es gesundheitliche Probleme mit ihrem Vater gab und sie in den Norden fuhr.

»Nachdem ich nicht wusste, wo genau deine Eltern wohnen, habe ich deine Tante angerufen. Sie war zum

Glück leicht über das Telefonbuch zu finden. Sei ihr nicht böse, ich habe sie wirklich schwer genötigt, mir zu verraten, wo genau du steckst.« Für den Bruchteil einer Sekunde spürte Konstanze ein seltsames Stechen in ihrer Magengegend. So wie sie ihre Tante kannte, hätte sie niemals ohne ihr Wissen einem Fremden Auskunft über ihren Aufenthaltsort gegeben, auch wenn Konstanze ihr bereits von Hendrik erzählt hatte. Ein Blick in seine dunklen Augen genügte, und sie wischte ihre Bedenken schnell beiseite.

»Ich bin ihr nicht böse. Überhaupt nicht!« Befreit lachte sie auf. »Es tut gut, dich jetzt hier zu haben.« Vermutlich hatte sie sich ganz umsonst Sorgen gemacht, weil Hendrik nicht über Nacht bei ihr bleiben wollte. Er schien sie wirklich sehr gern zu haben, wenn er den weiten Weg bis nach Nordfriesland auf sich nahm.

»Möchtest du etwas trinken? Tee? Kaffee?« Sie führte ihn in die gemütliche Wohnküche.

»Zu einem Kaffee sage ich nicht nein.«

»Kommt sofort.«

»Wie geht es deinem Vater?« Hendrik fasste nach ihrer Hand, als sie sich mit den beiden Kaffeetassen zu ihm an den Tisch setzte.

»Leider nicht so gut.« Aufgelöst erzählte sie Hendrik von den Drohanrufen, der schweren Herzattacke ihres Vaters und von Merlin und redete sich den ganzen Schmerz der letzten Tage von der Seele, während sie ihren Kaffee tranken.

»Es ist furchtbar, was du alles durchmachen musst. Hast du einen Verdacht, wer hinter den Anrufen steckt?«

»Das kann nur Orlov gewesen sein. Er hat mit Sicherheit auch Merlin getötet.«

Hendrik rückte näher und zog sie fest an sich heran, sodass sie seinen ruhigen Herzschlag spürte, der ihr das Gefühl von Geborgenheit gab. In ihm fand sie einen unglaublich einfühlsamen Zuhörer, der es schaffte, ihr lediglich mit seinen Blicken und kleinen Gesten Trost zu spenden. Während der ganzen Zeit hielt er ihre Hand fest in seiner und streichelte mit seinem Daumen beruhigend über ihren Handrücken.

»Ich war letzte und vorletzte Nacht nicht untätig und habe einige Zeitungsartikel zusammengesucht«, begann Hendrik die Unterhaltung erneut, nachdem sie eine Weile schweigend dasaßen.

»Was für Artikel?«

»Warte!« Emsig kramte er in der Umhängetasche, die an seiner Stuhllehne baumelte und breitete schließlich vier Zeitungsausschnitte auf dem Tisch aus. »Hier! Das ist der Erste.«

Konstanze griff nach dem Stück Papier und begann zu lesen:

Militärgeistlicher vor eigener Kirche getötet

Mistelbach - Dramatische Szenen spielten sich am gestrigen Sonntagvormittag vor der Kirche der Gemeinde Mistelbach ab. Ein Unbekannter, bekleidet mit einer weißen, römischen Tunika und einer ebenso weißen Toga, ritt auf einem Schimmel vor die Gemeindekirche und schoss mit einem Sportbogen auf den Pfarrer, während dieser nach dem Gottesdienst seine Gemeindemitglieder verabschiedete. In der darauffolgenden Panik konnte der Täter, der außerdem eine prächtig verzierte Krone trug, unerkannt entkommen. Pfarrer Maynardt hatte die Kirchengemeinde Mistelbach erst kürzlich übernommen und damit die Nachfolge für den vor sieben Wochen verstorbenen Gemeindepfarrer Momberger angetreten. Zuvor betreute Maynardt als Militärgeistlicher sechs Jahre lang Soldaten der Bundeswehr. Er erlag seinen durch einen Jagdpfeil verursachten schweren Verletzungen noch am Tatort.

Als sie den Artikel zu Ende gelesen hatte, schaute sie auf das Datum, das links oben in die Ecke gekritzelt wurde.

»Das ist ja schon über ein Jahr her«, bemerkte sie und runzelte die Stirn.

»Hier, lies weiter. Diesen als Nächstes. Der Artikel ist etwa acht Monate alt.«

Ohne zu wissen, wohin das Ganze führen sollte, griff sie danach und las die Zeilen:

Brutaler Mord an Mutter mit zwei Kindern

Bayreuth - Wie erst heute bekannt wurde, haben sich bereits vorgestern dramatische Szenen in einer Bayreuther Stadtvilla abgespielt. Ein bislang unbekannter Täter ist in das Anwesen eingedrungen und hat dort eine junge Mutter, ihre neunjährige Tochter sowie den fünfjährigen Sohn brutal ermordet. Die Einsatzkräfte vor Ort fanden die beiden Kinder leblos nebeneinander in einem der Kinderzimmer. Erste Ermittlungen deuten darauf hin, dass beide Körper mit einem schweren Gegenstand erschlagen wurden. Den Leichnam der Mutter entdeckten die Beamten im Badezimmer. Den Kopf der

Frau hat der Täter vermutlich mit einem Schwert abgetrennt und ihr Blut mit dem in die Badewanne eingelassenen Wasser vermischt. Hinweise auf den oder die Täter gibt es bislang keine, lediglich ein Nachbar will an diesem Tag einen Mann beobachtet haben, der auf einem Motorrad in auffälliger roter Lederkleidung im Wohnviertel herumgefahren ist. Der Pressesprecher der Kripo machte im Interview deutlich, »man werde mit Hochdruck nach dem oder den Tätern fahnden.«

Mit zittrigen Händen legte sie den Zeitungsausschnitt zurück auf den Tisch und atmete tief durch, um die Aufruhr in ihren Eingeweiden unter Kontrolle zu bringen. »Mir ist ganz übel, Hendrik. Matt schaute sie in seine Augen, während er ihr sanft über die Wange strich. Es fühlte sich an, als würde er wohltuenden Balsam direkt auf ihre Seele verreiben.

»Geht es wieder?«, fragte er im Flüsterton und sie nickte stumm. »Dann lies bitte die anderen beiden Artikel auch noch.«

Konstanze nahm ihm das Blatt aus der Hand, das er bereits vom Tisch genommen hatte und las auch diese Zeilen:

Mann verhungerte trotz reichhaltig gedecktem Tisch

Bayreuth - Einem anonymen Hinweis folgend machte die Bayreuther Polizei gestern am frühen Nachmittag einen grausigen Fund. In einer Industrieruine im Norden von Bayreuth fand sie die Leiche eines bislang nicht identifizierten Mannes. Mittels einer Kette und einer alten Eisenfessel war der Unbekannte an einem in das Mauerwerk eingelassenen

Ring gekettet und ist dort offensichtlich verhungert. Wenige Meter entfernt, jedoch für ihn unerreichbar, stand ein Campingtisch, bedeckt mit einem schwarzen Tischtuch, festlich dekoriert mit Kerzenleuchtern und Blumenarrangements, auf dem zahlreiche Speisen und Getränke angerichtet waren. Der Hintergrund dieser kaltblütigen Tat ist den Ermittlern bisher unbekannt, genauso wie die Bedeutung der Waage, die ebenfalls auf dem Tisch zwischen den Tellern und Schüsseln aufgestellt war.

Ein Blick auf das Datum auf diesem Schnipsel sagte ihr, dass der Bericht fünf Monate alt war. Während sie nach dem letzten Stück Zeitung griff, schaute sie Hendrik ungläubig an. Was wollte er ihr damit nur sagen?

Masernausbruch im Klinikum Forchheim fordert immer mehr Opfer

Forchheim - Bereits vor einer Woche kam es im Klinikum Forchheim zu einem unkontrollierten Masernausbruch mit beträchtlichem Ausmaß. Wie die Klinikleitung heute bestätigte, war offenbar das Kantinenessen mit Masernviren verunreinigt. Inzwischen sei etwa ein Viertel der erkrankten Personen mangels Antikörper verstorben. Der damit einhergehende akute Personalmangel zwang die Klinikleitung, die Patienten auf umliegende Krankenhäuser zu verteilen und den Betrieb bis auf weiteres einzustellen. Wie es zu der Verunreinigung in der Krankenhauskantine kam, ist weiterhin ungeklärt.

»Das ist noch nicht lange her. Ich hatte mich mit Tante Heidrun darüber unterhalten und wir haben gerätselt, wie es zu einem so massiven Ausbruch kommen konnte.«

»Dieser Artikel ist zwei Monate alt. Fällt dir bei diesen vier Fällen irgendetwas auf?«

»Nein«, sagte sie müde, denn sie konnte sich immer noch keinen Reim darauf machen. »Das sind alles furchtbare Verbrechen, die innerhalb der letzten Monate in und um Bayreuth stattgefunden haben. Was willst du mir damit sagen? Wo ist der Zusammenhang?« Mit gerunzelter Stirn schaute sie Hendrik an und konnte ihm beim besten Willen nicht folgen. Hinter ihren Augen manifestierte sich gerade ein heftiges Pochen.

»Ich glaube«, begann Hendrik, »hinter jedem einzelnen dieser Ereignisse steckt die Sekte Zeugen des letzten Siegels.«

»Wie kommst du darauf?«

»Komm, ich zeig es dir!«

Sanft zog er sie näher an sich heran und tippte dann auf den ersten Zeitungsausschnitt.

»Hier, der ermordete Militärgeistliche. Der Täter kam auf einem Schimmel und war weiß bekleidet, richtig?«

»Ja«, gab Konstanze zögernd zu.

»Das war das erste Siegel aus der Johannesoffenbarung. In der Bibel ist die Rede von einem weißen Pferd, dessen Reiter einen Bogen in der Hand hielt und eine Krone trug. Die Farbe weiß symbolisiert den Sieg und die Reinheit. Das Erscheinen des weißen Reiters steht für den Kriegsausbruch. Wer könnte besser in einer Person für Reinheit und Gerechtigkeit und auf der anderen Seite für den Krieg stehen als ein Militärpfarrer?«

Konstanze rieb sich verwirrt die Stirn. »Das ist eine ziemlich gewagte Vermutung.«

»Nimm den zweiten Artikel. Ein Zeuge will einen rot gekleideten Mann gesehen haben. Der rote Reiter, er steht für das zweite Siegel. Nach dem Kriegsausbruch durch den ersten Reiter symbolisiert dieser nun den Tod und das Blut. Meere, die sich rot färbten. Siehst du die Parallele? Das blutige Badewasser? Der mit einem Schwert abgetrennte Kopf? Der Reiter aus der Bibel hatte auch ein Schwert in der Hand.«

»Das ist ganz schön gruselig, weißt du das?« Ihre Stimme klang zerbrechlich und sie atmete aus, bis ihre Lunge ganz leer war. »Warum kennst du dich eigentlich so gut in der Bibel aus und wie bist du ausgerechnet auf diese Sekte gestoßen?«

»Kleines, ich bin Journalist. Schon vergessen? Ich sagte dir doch bereits, dass ich seit einer Weile an einer größeren Story dran bin. Alles akribische Recherche. Es geht noch weiter. Schau her!« Er tippte auf den dritten Zeitungsausschnitt. »Da wurde jemand angekettet und musste auf den mit Speisen gedeckten Tisch blicken und ist trotzdem verhungert. Ein schwarzes Tischtuch. Das dritte Siegel ist ein schwarzes Pferd und der Reiter hält eine Waage in der Hand. Er steht für den Tod durch Hungersnöte.«

»In dem Zeitungsbericht steht etwas von einer Waage«, unterbrach ihn Konstanze.

»Genau. Niemand wusste etwas damit anzufangen, aber vor dem Hintergrund der Offenbarung und der sieben Siegel macht das absolut Sinn. Ich bin mir ziemlich sicher, Eleazar oder zumindest Mitglieder der Sekte sind regelmäßig dort hingefahren und haben vor den Augen dieser armen Kreatur gegessen, nur um ihn noch mehr zu foltern. Solange, bis er verhungert war.«

»Wie grausam.« Angewidert schüttelte sie den Kopf. »Was ist mit dem vierten Fall, den Masern im Krankenhaus? Wie passt das ins Bild?«

»Der vierte Reiter steht für den Tod durch Krankheit und Seuchen. Ich weiß nicht wie, aber Eleazar muss es irgendwie geschafft haben, die Maseriven dort zu verbreiten. Mit den entsprechenden Kenntnissen und einem Labor ist es nicht schwierig, Virenstämme zu züchten.«

»Das bedeutet, diese Sekte ist dabei, ihre sieben Siegel zu brechen?« Sie konnte es kaum glauben, aber was ihr Hendrik gezeigt und erklärt hatte, machte tatsächlich Sinn.

»Acht Siegel. Ich hatte dir doch erzählt, dass sie an eine ältere Version der Offenbarung glauben, die nicht offiziell von der Kirche anerkannt wird. In dieser alten Schrift ist die Rede von einem zusätzlichen Siegel, das nötig ist, um die Welt aus den Fugen zu heben. Ja, ich bin mir sicher, sie brechen die Siegel und wollen damit die Apokalypse auslösen. Ist das nicht Wahnsinn, diese Präzision und wie ausgefeilt das alles ist? Das setzt eine geniale logistische Planung und Vorbereitung voraus.«

Bewunderte er diese kranken Leute auch noch? Konstanze hatte nicht den Kopf frei, sich über die Faszination Hendriks für diese Sekte den Kopf zu zerbrechen. Wenn das alles stimmte und sie mit der

Vermutung, dass die Sekte hinter allem steckte, richtig lagen, dann musste sie umgehend Staatsanwalt Schlingmann anrufen und wieder nach Hause fahren. Sie hatte eine wichtige Spur und der mussten sie nachgehen, um die wahnsinnigen Taten zu stoppen. In diesem Moment fiel ihr ein Bericht aus den Nachrichten ein, den sie auf der Fahrt nach Rosendahl im Radio gehört hatte.

»Vor drei Tagen gab es in Bayreuth noch einen Mord, der in dieses Bild passen könnte. Ein Geschäftsmann wurde tot im Wald aufgefunden, mehrfach überfahren. Es hat sich herausgestellt, dass das Opfer selbst vor einigen Monaten ein kleines Mädchen totgefahren hat. Kommt in der Offenbarung nicht auch etwas von der Auferstehung der Märtyrerseelen vor?«

»Richtig, das fünfte Siegel lässt die Märtyrerseelen auferstehen, die dann Vergeltung für ihren Tod verlangen. Du bist eine gute Staatsanwältin, Konstanze.« Aufmunternd zwinkerte er ihr zu, doch ihr stand ganz und gar nicht der Sinn nach Späßen.

»Okay! Dann wären wir demnach bei Siegel Nummer fünf. Fehlen der Sekte noch drei Stück«, stellte sie fest und trippelte mit den Fingern auf der Tischplatte.

»So sieht es aus.«

Plötzlich schlich sich eine schockierende Erkenntnis in ihr Bewusstsein.

»Hendrik, das Sarin. Das wird bestimmt ebenfalls zum Brechen eines Siegels gebraucht.«

»Daran habe ich auch gedacht und ich denke, es wird das letzte Siegel sein. Ein Anschlag mit Sarin ist etwas so Gewaltiges, das heben die sich mit Sicherheit für das große Finale auf.«

»Wir müssen unbedingt herausfinden, was die verbleibenden Siegel sind, wenn wir eine Chance haben wollen, diese Wahnsinnigen zu stoppen.« Sie sprang auf, holte die Bibel ihrer Eltern und schlug das letzte Kapitel, die Offenbarung des Johannes auf.

»Beim sechsten Siegel gibt es ein Erdbeben. Dies wird selbst Eleazar nicht fertig bringen«, bemerkte Konstanze, nachdem sie die entsprechende Bibelstelle gefunden hatte.

»Und die Sonne ward schwarz«, las Hendrik laut vor. »Morgen ist totale Sonnenfinsternis in Deutschland.«

»Du glaubst, er macht sich das zu Nutzen?«

»Wenn ich an seiner Stelle wäre, dann würde ich anlässlich der Sonnenfinsternis eine große rituelle Feier veranstalten und meinen Jüngern zeigen, dass ich die Sonne verdunkeln kann. Ich würde einen engen Vertrauten schicken, um vielleicht Leuchtkugeln abzuschießen, die dann die vom Himmel fallenden Sterne darstellen sollen. Eine bessere Gelegenheit für das sechste Siegel wird er nicht bekommen.«

»Puh, ich glaube, du hast damit Recht«, antwortete Konstanze und versuchte, das intensive Leuchten in Hendriks Augen zu ignorieren. Hastig blätterte sie auf die nächste Seite, um das siebente Siegel nachzulesen.

»Eine halbe Stunde Stille im Himmel? Danach bekommen sieben Engel je eine Posaune. Ich fürchte, meine Fantasie reicht nicht aus, um mir dafür ein mögliches Szenario vorzustellen.« Ratlos schaute sie zu Hendrik, doch er zuckte nur mit den Schultern.

»Daraufhin muss ja auch noch das achte Siegel kommen«, stellte er nüchtern fest.

»Ja genau. Nur wissen wir nicht, wie dieses Siegel aussieht. Verdammt!«

»Die große Frage ist der Zeitplan, wann die letzten Siegel gebrochen werden sollen. Beim sechsten Siegel können wir mit großer Sicherheit davon ausgehen, dass es morgen gebrochen wird. Aber die restlichen beiden?« Konstanze machte mit ihrem Smartphone Fotos von den Artikeln, bevor Hendrik die Papiere wieder zusammenraffte und in seiner Tasche verstaute.

»Ich rufe den Staatsanwalt an und dann fahre ich heute noch nach Hause«, bestimmte sie und wählte auch sofort Christians Nummer.

Nachdem sie sich für den nächsten Tag mit Staatsanwalt Schlingmann verabredet hatte, drehte sie sich wieder zu Hendrik um, der gedankenverloren mit seiner leeren Kaffeetasse spielte.

»Du bist doch nicht böse, dass ich heute zurück nach Bayreuth möchte?« Plötzlich überkam sie ein schlechtes Gewissen ihm gegenüber. Immerhin war er hunderte von Kilometern gefahren, um sie zu sehen und aufzumuntern. Außerdem fiel es ihr alles andere als leicht, ihre Mutter und vor allem ihren Vater schon wieder zu verlassen.

»Alles in Ordnung, Konstanze. Ich kann dich sehr gut verstehen. Nur eine Bitte habe ich noch an dich.«

»Ja?«

»Ich habe furchtbaren Hunger.«

»Mensch, wo habe ich nur meine Gedanken. Entschuldige. Ich mache dir ein paar Brote, in Ordnung?« Hastig schob sie ihren Stuhl quietschend nach hinten und stand auf.

»Klar! Du kannst mir auch einfach zeigen, wo ich alles finde, und ich versorge mich selbst. Dann kannst du in der Zeit packen.«

Erleichtert sah sie ihn an. Diesen Mann würde sie nie wieder hergeben.

»Klasse. Du bist ein Schatz!«

Sie zeigte ihm wo er Brot, Butter und Aufschnitt fand und ließ ihn dann allein zurück, um ihren Koffer zu packen.

14:40 Uhr

Eine halbe Stunde später stellte sie ihren gepackten Koffer in der Eingangshalle ab und schaute in der Küche nach Hendrik.

»Ich bin soweit fertig. Bist du satt geworden.«

»Aber sicher doch. Wie geht es dir?« Er hatte bereits die Küche aufgeräumt und das Geschirr in den Spüler geräumt.

»Mein Schädel brummt und ich fühle mich, als wäre ein Panzer über mich hinweggerollt.«

»Komm her!« Hendrik schlang seine Arme um Konstanze, drückte sie fest an sich und küsste ihr Haar. »Es wird alles gut, ganz bestimmt«, flüsterte er ihr zu.

In diesem Moment fühlte es sich tatsächlich danach an, als würde alles gut werden. Hendrik strahlte eine unglaubliche Energie aus, die ihr jegliche Angst nahm.

»Ich fahre noch im Krankenhaus vorbei und verabschiede mich von meiner Familie.«

»In Ordnung. Ich werde dann aber gleich Richtung Bayreuth losfahren.«

»Natürlich!« Müde aber glücklich lächelte sie ihn an und griff nach ihrem Koffer.

»Lass mich das machen.« Er nahm ihr das Gepäck aus der Hand und trug es zu ihrem Auto. »Was ist denn mit dem passiert?« Stirnrunzelnd zeigte er auf die Dellen im Blech.

»Eine lange Geschichte, erzähle ich dir später«, antwortete Konstanze augenrollend.

»Alles klar«, lachte er auf und wuschelte ihr durchs Haar.

»Wir sehen uns in Bayreuth.« Etwas verlegen stand Konstanze vor ihm und war sich nicht sicher, ob sie ihn zum Abschied nur umarmen oder auch küssen sollte. Da waren sie wieder, die elenden Zweifel, die an ihr nagten. Einen Wimpernschlag später nahm Hendrik ihr jedoch die Entscheidung ab und wischte damit jeden Zweifel beiseite. Während er mit beiden Händen ihren Hinterkopf umfasste, schaute er ihr intensiv in die Augen und zog beinahe in Zeitlupe ihren Kopf zu sich heran. Eine winzige Explosion in ihrem Bauch setzte tausende Schmetterlinge frei, die aufgeregt in ihrem Inneren herumflatterten. Sie schloss die Augen und sog den bekannten Mandelduft ein, bis seine Lippen die ihren berührten. Dieser Kuss raubte ihr fast den Verstand und am liebsten hätte sie nie wieder damit aufgehört, doch irgendwann ging ihnen die Luft aus und sie lösten sich voneinander. Sein Lächeln bescherte ihr wachsweiche Knie und sie musste sich an ihm festhalten, um nicht wegzuknicken.

»Ich liebe dich, Konstanze Hartenbach«, hauchte er ihr zu und strich dabei sanft über ihre Wange. Hatte er das gerade wirklich gesagt? Konstanze schwebte im siebten Himmel. Vor lauter Aufregung vergaß sie zu atmen und merkte es erst, als ihr ganz schummrig wurde.

»Ich liebe dich auch, Hendrik«, gab sie ihm mit zitternder Stimme zur Antwort.

»Fahr bitte vorsichtig. Ich möchte, dass du heil in Bayreuth ankommst.«

»Du aber auch. Bis morgen.« Sie stieg in ihr Auto und wartete, bis Hendrik losgefahren war, um selbst aus der Einfahrt zu fahren.

Eine gute viertel Stunde später drückte sie auf den Fahrstuhlknopf im Husumer Klinikum. Sie fuhr in den dritten Stock zur Intensivstation, wo ihr Vater lag. Ihr Körper war mit neuer Energie aufgetankt und sie war wieder zuversichtlich, dass sie doch auf dem richtigen Lebensweg war. Entschlossen betrat sie das Krankenzimmer. Heidrun und ihre Mama standen am Bett ihres Vaters und unterhielten sich.

»Wie geht es Papa?«

Elisabeth Hartenbach drehte sich zur Tür um, als sie ihre Tochter bemerkte.

»Hallo mein Liebling. Er ist noch lange nicht über den Berg, aber die Ärzte waren heute zuversichtlicher. Sein Zustand hat sich stabilisiert und wir dürfen darauf hoffen, dass er wieder gesund wird.« Man sah ihrer Mutter ganz deutlich die Erleichterung an. Sie hatte ebenfalls neuen Mut geschöpft.

»Das sind großartige Neuigkeiten. Ich bin auch hier, um mich zu verabschieden. In der Pension ist für heute alles erledigt.«

»Du willst schon wieder fahren?« Enttäuscht sackte ihre Mutter wieder in sich zusammen.

»Ja Mama, ich wäre auch lieber länger bei euch geblieben, gerade jetzt. Aber es gibt wichtige Hinweise, um die Täter zu finden, die auch bei euch angerufen haben. Ich bin für morgen mit dem Staatsanwalt verabredet.« Konstanze fing einen bösen Blick ihrer Tante auf, ignorierte ihn jedoch.

»Meine Konny, immer auf der Jagd nach Gerechtigkeit. Dein Vater wäre so stolz auf dich.«

»Machs gut, Mama. Ich ruf dich an. Hab dich lieb.« Sie legte die Arme um ihre Mutter und drückte sie fest an sich.

»Ich hoffe, Christian ist so clever, dich aus allem, was gefährlich werden könnte, rauszuhalten«, schaltete sich Heidrun nun doch ein und zog missbilligend eine Augenbraue nach oben.

»Du brauchst dir keine Sorgen machen, Tante Heidrun. Ich werde ihm nur berichten, was ich weiß und alles Weitere ihm und der Polizei überlassen.«

»Gut so, sag Christian, wenn dir etwas passiert, bekommt er Ärger mit mir. Ich komme in zwei Tagen spätestens nach.« Heidrun schien überhaupt nicht glücklich darüber zu sein, dass Konstanze scheinbar schon wieder in ein Verbrechen verwickelt war.

»Ich werde es ausrichten, Mylady.« Konstanze machte einen Hofknicks und alle drei Frauen mussten schmunzeln. »Tschüss, Tante Heidrun«, verabschiedete sie sich schnell und trat dann zu ihrem Vater ans Bett heran.

»Papa, ich möchte auf Wiedersehen sagen. Versprich mir, dass du weiter kämpfst und wieder ganz gesund wirst. Hörst du? Versprich es bitte, Papa! Ich fahre jetzt wieder nach Bayreuth und ich verspreche dir auch etwas: Ich werde gemeinsam mit Heidruns Staatsanwalt die Schuldigen finden, die dir das hier angetan haben und dafür sorgen, dass sie ihre gerechte Strafe bekommen.« Sie gab ihrem Vater einen Kuss auf die Stirn und verließ anschließend das Krankenzimmer. Jetzt hieß es so schnell wie möglich auf die Autobahn und zurück nach Bayreuth. Wenn sie ohne Stau durchkam, würde sie gegen halb elf heute Nacht zu Hause ankommen.

23:50 Uhr

Die Rückfahrt von Husum war der totale Albtraum. Da sie die letzten Nächte kaum geschlafen hatte, war sie auch so schon fahrig und unkonzentriert, dazu kamen kilometerlange Baustellen mit einem extrem schmalen Fahrstreifen, das Ganze auch noch bei Dunkelheit und Regen. Die tausend Spiegelungen auf der regennassen Fahrbahn erschwerten ihr die ohnehin schlechte Sicht und bereits nach der Hälfte der Strecke bekam sie dröhnende Kopfschmerzen. Die Kilometer zogen sich nur schleppend dahin und sie wurde immer müder. Auch eine zehnminütige Pause auf einem Rastplatz brachte ihr keine Besserung. Am liebsten hätte sie sich einfach im Auto zusammengerollt und die Nacht durchgeschlafen, aber das ging nicht. Sie war für morgen Vormittag mit Christian Schlingmann verabredet.

Als sie endlich ihr Auto in der Jahnstraße vor ihrem Haus abstellte, stieß sie einen tiefen Seufzer der Erleichterung aus. Für einen Moment schloss sie die Augen und sah immer noch die gelb blinkenden Warnlichter am Straßenrand vorbeifliegen. Sie schüttelte sich, stieg aus und wuchtete ihren Koffer nach oben in die Wohnung. Ihr sehnlichster Wunsch war es, so schnell wie möglich in ihr Bett zu gehen und tausend Jahre zu schlafen. Ihr Gepäck ließ sie deshalb neben der Garderobe stehen, darum konnte sie sich morgen kümmern. Auf direktem Weg nahm sie die schmale Wendeltreppe nach oben in ihr Schlafzimmer und hatte gerade ihre Jeans ausgezogen, als eine innere Unruhe sie erfasste.

Von einer Sekunde auf die andere kribbelten ihre Arme und Beine und sie hatte das Bedürfnis, mit ihrer Faust gegen eine Wand schlagen zu müssen. Ihr Herzschlag beschleunigte sich auf ein Vielfaches und ihre Hände waren schweißnass. Das Zimmer schien plötzlich viel kleiner geworden zu sein und die Luft darin wurde immer dünner, sodass sie kaum noch atmen konnte. Sie fühlte sich wie eine Betrunkene, konnte kaum das Gleichgewicht halten und eine panische Angst davor, gleich in Ohnmacht zu fallen, erfasste sie. Hastig stolperte sie auf das Fenster zu und riss es auf. Kalte Nachtluft durchflutete augenblicklich das Schlafzimmer und Konstanze nahm gierig ein paar tiefe Atemzüge. Der Sauerstoff tat gut und ihr Kopf wurde schnell wieder klarer. Doch das Unruhegefühl in ihren Extremitäten ließ nicht nach. So würde sie keinen Schlaf finden.

Resigniert schlüpfte sie in ihren Schlafanzug, schaltete ihren Laptop ein und setzte sich dann mit ihrem Smartphone im Schneidersitz aufs Bett. Sie öffnete die Fotos, die sie in Rosendahl von Hendriks Zeitungsartikeln gemacht hatte und sendete sie als E-Mailanhänge an ihren Laptop. Beim durchblättern blieb sie an einem Foto von Hendrik hängen. Sie hatte es heimlich aufgenommen, während sie die Zeitungsartikel abfotografiert hatte. Wie ein verliebter Teenager himmelte sie nun das Bild an und fuhr zärtlich mit ihrem Finger die Konturen seines Gesichtes nach. Fast konnte sie die Wärme seiner Haut an ihren Fingerspitzen fühlen. Mit geschlossenen Augen drückte sie das Handy fest an ihre Brust und beschwor die Erinnerung an den atemberaubenden Kuss vor der Pension herauf. Gott, es fühlte sich großartig an. Sie war bis über beide Ohren verliebt und sich ziemlich sicher, dass er diese Gefühle erwiderte. Sie konnte es kaum abwarten, ihn am nächsten Tag wiederzusehen.

Ping!

Ihr Laptop meldete den Eingang der Fotos. Konstanze legte ihr Handy zur Seite, rollte sich aus dem Bett und ging nach draußen auf die Galerie, wo ihr Drucker stand. Sie schaltete ihn ein und überprüfte, ob er Zugang zum WLAN hatte, dann ging sie wieder zu ihrem Laptop und druckte die Fotos aus. Während der Drucker ratterte, holte sich Konstanze aus der Küche ein Glas Wein. Im Vorbeigehen griff sie nach einem angefangenen Taschenbuch, das auf dem Wohnzimmertisch lag. Frozen Mind - ein Psychothriller ihrer Lieblingsautorin. Mit dem Buch unterm Arm und dem Weinglas in der Hand ging sie zurück ins Schlafzimmer. Sie dimmte das Licht und kuschelte sich unter der Bettdecke ein. Instinktiv wollte sie nach unten greifen und ihren Hund hochheben. Jeden Abend hatte Merlin schon ungeduldig darauf gewartet, dass er zu ihr ins Bett zum kuscheln durfte und gemeinsam waren sie dann eingeschlafen. Doch heute war kein Merlin da. Die Leere, die sein Tod in dieser Wohnung zurückgelassen hatte, versetzte ihr einen heftigen Stich. Tränen brannten in ihren Augen und ließen sie die Umrisse des Zimmers nur noch schemenhaft erkennen. Sie blinzelte ein paar Mal und spülte dann die erdrückende Trauer mit einem großen Schluck Rotwein herunter. Um sich abzulenken, schaute sie in ihr Buch, doch nach drei Seiten stellte sie irritiert fest, dass sie überhaupt nichts vom Inhalt der Geschichte mitbekommen hatte. Resigniert gab sie auf, klappte das Buch zusammen und rollte sich unter ihrer Bettdecke ein. Trotz ihrer Befürchtungen nicht einschlafen zu können, glitt sie innerhalb weniger Minuten ins Traumland.

Tag 11

10:20 Uhr

Sie streckte sich genüsslich im Bett und schlug dann träge die Augen auf. Seit Tagen fühlte sie sich zum ersten Mal wieder richtig ausgeschlafen. Ein Lächeln stahl sich auf ihr Gesicht, als sie an ihren Traum dachte. Kein Albtraum, der sie fast um den Verstand brachte, sondern ein äußerst angenehmer Traum von Hendrik. Zu schade, dass sie nun daraus erwacht war. Wie lange hatte sie eigentlich geschlafen? Draußen war es bereits taghell. Schlaftrunken schaute sie auf die Uhr auf ihrem Nachttisch und war mit einem Schlag glockenhellwach.

Scheiße!

Sie hatte vergessen, sich gestern Abend den Wecker zu stellen und nun gnadenlos verschlafen. In zehn Minuten war sie mit dem Staatsanwalt in dessen Büro verabredet. Ihr Herz pumpte tonnenweise Adrenalin durch ihren Körper, sie sprang hektisch aus dem Bett und rannte ins Badezimmer. Leider war sie etwas zu schnell, trat ungünstig auf den Badewannenvorleger, welcher unter ihren Füßen davon rutschte und ihr rechtes Bein ohne Erbarmen mit sich zog. Panisch grabschte sie wild um sich, um den unvermeidlichen Fall aufzuhalten, bekam jedoch nur das Handtuch neben dem Waschbecken zu fassen. Da Konstanze zu stark war, riss sie es samt Halterung von der Wand und lag im nächsten Moment auch schon auf dem Boden. Ein scharfer Schmerz jagte durch ihr Jochbein und ihren linken Knöchel. Vorsichtig bewegte sie ihren Fuß. Es tat weh, aber der Fuß schien nicht gebrochen zu sein. Dann tastete sie ihr Gesicht ab. Sie hatte beim Fallen mit dem Kopf das Waschbecken gestreift. Alles trocken, also blutete sie nicht. Puh! Das heruntergerissene Handtuch ignorierte sie, stattdessen rappelte sie sich stöhnend wieder auf und betrachtete ihr Gesicht im Spiegel.

»Toll Frau Hartenbach! Das gibt ein Veilchen«, sagte sie ihrem Ebenbild und verzog den Mund. Sie drehte den Wasserhahn auf, machte einen Waschlappen nass und drückte diesen auf ihr lädiertes Auge, während sie zu ihrem Handy humpelte. Auf einem Bein balancierend tippte sie die Nummer des Staatsanwaltes ein. Seine Sekretärin nahm das Gespräch entgegen und Konstanze erklärte ihr, dass sie sich um ein paar Minuten verspäten würde.

Nach einer flinken Katzenwäsche zog sie sich hektisch ihre Klamotten an, griff nach den Ausdrucken der letzten Nacht und ließ diese in ihrer Tasche verschwinden. Der Schmerz im Knöchel hatte zwar nachgelassen, doch ihr Jochbein pochte umso mehr, als sie sich ihre Schuhe anzog.

Mist! In der Hektik hatte sie zwei verschiedene Socken erwischt. Da musste sie jetzt wohl durch.

Sie schloss die Tür hinter sich ab und eilte nach unten auf die Straße. Das war neuer persönlicher Rekord. Okay, der Sturz im Bad war auch rekordverdächtig, dafür würde sie aber die nächsten Tage rumlaufen, als sei sie in eine Kneipenschlägerei geraten.

Sie nahm den direkten Weg zum Justizpalast und kam sechs Minuten später atemlos dort an. Heftiges Seitenstechen erinnerte sie daran, dass regelmäßige Spaziergänge eben keinen Sport ersetzten, trotzdem entschied sie ganz spontan, den Fahrstuhl zu nehmen. Würde sie jetzt auch noch die Treppen nach oben steigen, dann müsste Christian vermutlich sofort einen Krankenwagen rufen, wenn sie im Büro ankam.

Die kurze Fahrstuhlfahrt nutzte sie, um wieder zu Atem zu kommen. Aus ihrer Tasche fischte sie eine Haarbürste und brachte damit ihre Locken halbwegs in Ordnung, denn das hatte sie vorhin total vergessen. Kein Wunder, dass sie auf der Straße mitleidige Blicke geerntet hatte.

Energisch klopfte sie an die Bürotür des Staatsanwaltes und öffnete, ohne abzuwarten, die Tür.

»Guten Morgen Frau Hartenbach. Sie können gleich zum Chef durchgehen«, begrüßte sie die Sekretärin. Konstanze lächelte ihr zu und versuchte dabei ihren Kopf wegzudrehen, damit das Veilchen nicht zu sehen war.

Im Büro von Christian Schlingmann saß noch ein weiterer Mann. Der Staatsanwalt stand sofort auf, als Konstanze den Raum betrat und begrüßte sie.

»Guten Morgen Konstanze. Setz dich do ...« Er stockte und betrachtete erschrocken ihr Gesicht. »Um Himmels willen, was ist denn mit dir passiert?«, wollte er wissen und zeigte auf ihr blaues Auge.

»Halb so wild. Ich bin vorhin im Bad ungünstig gefallen und habe mich am Waschbecken gestoßen. Tut mir leid, dass ich mich verspätet habe.«

»Ungünstig gefallen? Das habe ich schon oft in meinem Beruf gehört«, bemerkte der andere Mann und lachte dabei auf.

»Konstanze, das ist Kriminalkommissar Sánchez. Er wird die Ermittlungen leiten. Herr Sánchez, das ist Frau Hartenbach. Sie ist eine der Besten ihres Jahrgangs und fängt demnächst ihr Praktikum bei uns an«, stellte Christian die beiden einander vor. Verlegen hielt Konstanze dem Kommissar die Hand zur Begrüßung hin.»Freut mich!

»Möchtest du auch einen Kaffee, Konny?«, fragte der Staatsanwalt, nachdem sich beide gesetzt hatten.

»Sehr gern.«

Schlingmann nahm den Hörer seines Telefons ab und drückte eine Taste. »Frau Schmitt, bringen Sie bitte noch einen Kaffee für Frau Hartenbach!«, orderte er das Gewünschte bei seiner Sekretärin und legte den Hörer wieder auf. »Gut Konstanze, dann erzähl uns mal, was du weißt. Am Telefon warst du ja nur sehr knapp mit deinen Informationen.« Christian faltete seine Hände, der Kriminalkommissar lehnte sich in seinem Stuhl zurück und Konstanze holte die Ausdrucke aus ihrer Tasche. Sie breitete die Zeitungsartikel vor den Männern aus und begann ihnen die Zusammenhänge zu erläutern, genauso wie es Hendrik in der Küche in Rosendahl getan hatte.

»Ich gebe dir absolut Recht, Konstanze. Wenn man das Ganze genauer betrachtet und die Verbindungen sieht, liegt es auf der Hand, dass diese Sekte hinter all diesen Taten steckt. Ich befürchte immer mehr, dass du auch mit deiner Theorie, dass die Sekte einen Anschlag mit Sarin plant, Recht behältst. Wie sehen Sie das?«, wandte er sich an Sánchez.

»Ich bin da ganz mit Ihnen beiden. Allerdings haben wir wohl noch ein Riesenstück Ermittlungsarbeit vor uns. Mit diesen Zeitungsartikeln können wir leider weder eine direkte Verbindung zu diesem Orlov noch zur Sekte herstellen.« Kommissar Sánchez kratzte sich nachdenklich am Kinn.

»Die ganze Sache wird uns dadurch erschwert, dass der Kerl untergetaucht ist«, erwiderte Schlingmann und fuhr sich mit der Hand über das Gesicht.

»Untergetaucht?« In diesem Moment fiel Konstanze auf, dass ihr Christian noch nichts von den Ermittlungsergebnissen nach den Drohanrufen gesagt hatte. »Was ist denn bei der Zurückverfolgung des Anrufers herausgekommen?«

»Die Anrufe kamen von einem Prepaidhandy, das in Belgien gekauft wurde, daher haben wir zwar die Nummer der SIM-Karte ermitteln können, aber leider keinen Namen dazu.«

»Es würde mich schon sehr wundern, wenn Orlov nicht der Anrufer gewesen wäre«, sagte Konstanze zerknirscht.

»Wir gehen alle davon aus, dass er es war. Könnten wir ihn festnehmen, dann würde ein Stimmenvergleich Aufschluss geben. Wenn wir ihn mit einer Straftat überführen könnten, dann bekämen wir vielleicht aus ihm auch Infos zu dieser Sekte heraus.« Der Staatsanwalt kaute nachdenklich auf seinem Kugelschreiber herum und Kommissar Sánchez nickte zustimmend.

»Mehr habt ihr nicht? Woher wisst ihr, dass er untergetaucht ist?« Die Enttäuschung war Konstanze anzuhören. Erwartungsvoll blickte sie zwischen den beiden Männern hin und her.

»Wir haben Orlovs Adresse ermittelt. Er ist bei seiner Schwester, Janka Orlov gemeldet. Sie wohnt in Bayreuth. Natürlich habe ich Beamte dorthin geschickt, um Orlov wegen des Verdachts der Drohanrufe vorläufig festzunehmen. Aber es war niemand da, auch nicht die Schwester. Die Befragung der Nachbarn ergab, dass seit längerer Zeit niemand in der Wohnung war«, beendete Sánchez seine Ausführungen.

»Vielleicht läuft die Wohnung nur unter dem Namen seiner Schwester und sie wohnt eigentlich woanders. Vielleicht sogar noch in Polen? Können wir nicht über sie an Orlov rankommen?«, hakte Konstanze nach.

»Einer der Nachbarn war sehr redselig und erzählte bereitwillig, dass Janka Orlov schwer erkrankt ist und zur Zeit im Krankenhaus liegt, wo sie behandelt wird. Es gibt wohl für ihren Fall neue Behandlungsansätze, die aber nicht von den Krankenkassen bezahlt werden. Orlov spare wohl jeden Cent für seine Schwester. Der Mann zeigte im Gespräch viel Mitgefühl mit den Geschwistern.«

»Dann wäre es doch möglich, dass Orlov käuflich ist und für Geld auch nicht vor kriminellen Handlungen zurückschreckt. Immerhin wissen wir von ihm, dass er in zwei voneinander unabhängigen Fällen mit drin steckt. Er braucht die Kohle für seine Schwester«, stellte Konstanze fest.

»Das ist sogar sehr wahrscheinlich. Nur bringt uns das im Moment nicht wirklich weiter.« Christian

Schlingmann legte den durchgekauten Stift aus der Hand und trank einen Schluck seines Kaffees.

»Vielleicht hilft uns das doch weiter.« Konstanze hatte plötzlich eine Idee, wie man Orlov aus der Reserve locken könnte.

»Wie meinst du das?« Schlingmann und Sánchez blickten sie fragend an.

»Er kann deshalb nicht festgenommen und verhört werden, weil er untergetaucht ist. Richtig?«

»Soweit waren wir doch bereits schon.«

»Geduld! Wir wissen, dass Orlov vermutlich käuflich ist und dringend Geld für die Behandlung seiner Schwester benötigt. Ich locke ihn aus seiner Deckung, in dem ich ihn anrufe und ihm Geld anbiete.« Abwartend schaute sie Christian an, doch dieser winkte ab.

»Woher solltest du das Geld haben und warum sollte er sich darauf einlassen. Das ist absurd, Konny.«

»Orlov weiß, dass ich gemeinsam mit dem Journalisten Hendrik Fergland wegen der Medikamentensache in der Klinik recherchiert habe. Ich sage ihm einfach, dass ich im Auftrag der Zeitung Geld anbieten darf für exklusive Informationen. Das ist zwar nicht gerade berauschend und ziemlich unsicher, aber was bleibt uns für eine andere Wahl? Wenn er sich darauf einlässt und zu dem Treffen kommt, könnt ihr ihn dort festnehmen.«

Für einen Moment sagte niemand mehr etwas und die beiden Männer tauschten Blicke miteinander aus, dann nickte Sánchez zustimmend.

»Die Idee ist unter Berücksichtigung unserer Optionen gar nicht so übel. Was meinen Sie, Herr Staatsanwalt?«

Schlingmann dachte noch einen Moment nach, gab sich jedoch geschlagen. »Einen Versuch ist es wert. Wenn er nicht anbeißt, haben wir ja nicht viel verloren.«

»Alles klar. So machen wir es«, bestätigte Kommissar Sánchez. »Frau Hartenbach, vielen Dank für Ihre Unterstützung.« Er streckte ihr seine Hand zum Dank entgegen.

»Du hast uns wirklich sehr geholfen, Konny, aber ab jetzt hältst du dich bitte zurück und lässt uns die restliche Arbeit machen. Du telefonierst und danach ist deine Rolle beendet. Denk immer daran, deine Tante macht mich einen Kopf kürzer, wenn ich dich einer Gefahr aussetze.« Schlingmann grinste spitzbübisch.

»Aber, ich dachte, es sei klar, dass ich auch auf das Treffen mit Orlov gehe und ihn nicht nur anrufe« protestierte Konstanze.

»Kommt überhaupt nicht infrage. Das ist mein letztes Wort dazu.«

»Christian, bitte! Ich habe meinem Vater am Krankenbett versprochen, dass ich denjenigen zur Rechenschaft ziehe, der für seinen Zustand verantwortlich ist. Ich möchte eine Chance haben, meinen Fehler wieder gutzumachen«, flehte sie den Staatsanwalt an.

»Welchen Fehler? Du hast keinen Fehler gemacht!«

»Doch! Ich habe viel zu lange gezögert, bevor ich zu dir gekommen bin. Merlin könnte noch leben und mein Papa wäre jetzt gesund und munter zu Hause bei Mama.« Ihr Kinn bebte und ihre Lippen zitterten erregt.

»Was passiert ist, ist nicht deine Schuld. Ich kann dich nicht auf dieses Treffen schicken. Du bist eine Zivilistin.«

»Was glaubst du wohl, was Orlov macht, wenn zu diesem Treffen plötzlich jemand anderes kommt? Mich kennt er. Hast du daran mal gedacht?«, stocherte Konstanze weiter und traf damit offenbar einen wunden Punkt.

»Ja, darüber habe ich tatsächlich schon nachgedacht. Das wird nicht einfach werden. Du wirst mit Orlov telefonieren und ihn im Glauben lassen, dass er sich mit dir trifft.«

»Das ist ja absolut lächerlich. Wenn anstatt mir jemand anderes auftaucht, wird er sofort verschwinden. Und das weißt du auch. Lass mich bitte hingehen. Ich bin doch nicht allein, und wenn es brenzlig wird, können die Beamten jederzeit eingreifen.«

Schlingmann stand auf und tigerte unruhig im Büro auf und ab. Konstanze wusste, dass sie ihn schon längst weich geklopft hatte.

»Der Einwand von Frau Hartenbach ist absolut berechtigt. Ich finde, wir sollten sie verkabeln und zum Treffen schicken. Ich werde für ausreichend Rückendeckung sorgen, die falls notwendig, sofort eingreifen kann. Aber es ist letztendlich Ihre Entscheidung, Herr Staatsanwalt«, ergriff Kommissar Sánchez, der die ganze Zeit geschwiegen hatte, nun das Wort.

»Also gut!« Christian Schlingmann stieß einen tiefen Seufzer aus. »Du wirst zu dem Treffen gehen, Konny, auch wenn ich nach wie vor große Bedenken habe. Wie genau wir dich absichern, das besprechen wir gleich noch.«

»Danke, dass du mir diese Chance gibst.« Konstanze war zuversichtlich, dass alles gut ausgehen würde.

»Vorerst kein Wort davon zu deiner Tante, klar?«

»Natürlich. Sie ist ja ohnehin noch bei meinen Eltern.«

19:20 Uhr

»Du weißt, was du Orlov sagen willst?«, fragte Christian mit besorgter Mine. Konstanze saß ihm in seinem Esszimmer gegenüber und rieb sich ihre Schläfen. Sie hatte schreckliche Kopfschmerzen. Immer und immer wieder waren sie das Telefonat und das Treffen mit Orlov durchgegangen. Der Staatsanwalt wollte Konstanze bestmöglich auf diese Aufgabe vorbereiten und ging mit ihr seit zwei Stunden die Checklisten durch.

»Ja«, antwortete Konstanze erschöpft. Ihr Auge schmerzte, und obwohl sie es gleich nach dem Termin im Justizpalast mit Heparin behandelt hatte, war das Veilchen noch um einiges größer geworden.

»Gut, dann machen wir jetzt den Anruf und hoffen, dass er rangeht und auch anbeißt. Hier, nimm bitte dieses Telefon.« Er hielt ihr ein Handy hin, das er aus seiner Aktentasche gezogen hatte. Konstanze war aufgeregt, sehr aufgeregt sogar, doch sie wollte sich nichts anmerken lassen. Konzentriert suchte sie zwischen den Bergen von Papieren, die vor ihnen auf dem Esstisch ausgebreitet lagen, nach ihren Notizen für das Telefonat.

»Alles klar! Es kann losgehen.« Nachdem sie ihren Zettel gefunden hatte, nahm sie das Telefon von Christian und wählte die Nummer, die von der Kripo ermittelt wurde.

»Hallo?«, meldete sich die ihr bekannte Stimme mit polnischem Akzent.

»Spreche ich mit Max Orlov?«, fragte sie überflüssigerweise.

»Wer sind Sie?«

»Konstanze Hartenbach. Sie erinnern sich ganz bestimmt an mich.«

»Was wollen Sie? Hören Sie endlich auf, herumzuschnüffeln. Ich habe Ihren Hund nicht getötet.«

»Ich möchte einen Deal vorschlagen«, sagte sie mit fester Stimme.

»Einen Deal? Was haben Sie mir schon anzubieten?« Er lachte rau auf.

»Ich weiß von Ihrer kranken Schwester.«

Am anderen Ende der Leitung herrschte plötzlich Totenstille.

»Sind Sie noch da, Orlov?«, hakte sie deshalb nach.

Max Orlov stieß einen undefinierbaren Laut aus, bevor er antwortete. »Reden Sie weiter.«

»Sie brauchen Geld für die medizinische Behandlung Ihrer Schwester und ich kann es Ihnen beschaffen.« Konstanze machte eine Pause und wartete auf die Reaktion von Orlov.

»Was wollen Sie als Gegenleistung?«

Offenbar war er damit vertraut, seine Seele zu verkaufen. Konstanze hatte sich eigentlich darauf eingestellt gehabt, ihn kräftig überreden zu müssen.

»Wie Sie wissen, bin ich gemeinsam mit einem Journalisten an den illegalen Medikamententests in der Rotmainklinik dran. Mit Ihren hinterhältigen Versuchen, mich davon abzubringen, haben Sie nichts erreicht. Ich möchte nichts, als weitere Informationen von Ihnen. Die Zeitung, für die mein Freund arbeitet, lässt dafür einiges springen.« Insgeheim betete sie, dass Orlov ihr diese Lüge nicht anmerken würde. Sie war noch nie gut im Flunkern gewesen. Glücklicherweise konnte er sie nur hören und nicht sehen.

»Von wie viel Geld sprechen wir?«, kam von Orlov.

Er hatte angebissen. Konstanze streckte ihren Daumen in die Höhe, um Christian zu zeigen, dass das Gespräch in die richtige Richtung lief.

»Zehntausend Euro.« Bei der Ausarbeitung des Plans hatte sich niemand auf eine Summe festlegen wollen. Hier war der größte Knackpunkt, an dem Orlov wieder aussteigen könnte. Hatten sie die Summe zu niedrig angesetzt, sodass sie für den Polen keinen Anreiz darstellen würde, oder war die Summe gar zu hoch und Orlov würde sofort die Finte riechen? Konstanze hielt den Atem an und lauschte gebannt auf seine Reaktion.

»Woher weiß ich, dass ich Ihnen trauen kann und Sie mich nicht ans Messer liefern?«

Mit seinem Misstrauen hatten sie gerechnet.

»Sie werden sich auf mein Wort verlassen müssen, Orlov. Denken Sie doch mal nach. Ich gehe genauso gut ein Risiko ein, wenn ich mich mit Ihnen treffe. Immerhin haben Sie mir schon bewiesen, wie gefährlich Sie sind.«

Er brummte etwas in den Hörer und danach war es still. Offenbar dachte er nach.

»Orlov?«, fragte Konstanze nach etwa einer Minute des Schweigens.

»Wenn ich mich mit Ihnen treffen soll, dann zu meinen Bedingungen«, knurrte er ins Telefon und Konstanze jubelte innerlich.

»Welche Bedingungen wären das?«, wollte sie von ihm wissen.

»Das Geld bekomme ich in bar, nicht durchnummerierte kleine Scheine. Ich bestimme Ort und Zeit und Sie kommen allein. Sollte ich merken, dass es eine Falle ist, sind Sie tot.« Seine Stimme klang gefährlich und Konstanze lief ein Schauer über den Rücken.

»Einverstanden!«

»Können Sie das Geld bis morgen beschaffen?«, hakte er nach. Konstanze kritzelte schnell eine Frage auf ein Blatt Papier und hielt es Schlingmann hin.

»Kein Problem. Ich habe das Geld morgen«, antwortete sie schnell, nachdem der Staatsanwalt ihr zugenickt hatte.

»Gut, dann findet das Treffen morgen Mittag statt.«

Er nannte Konstanze noch die genaue Uhrzeit und den Treffpunkt, dann legte er auf.

Erleichtert atmete Konstanze aus, ließ das Telefon auf den Tisch fallen und wischte sich über die Augen.

»Ich bin stolz auf dich. Du warst großartig«, lobte Christian sie.

»Danke. Warum will er so schnell ein Treffen?«

»Damit du keine Chance hast, noch viel zu planen um ihn zu linken. Das war sehr clever von ihm. Wir werden eine Nachtschicht einlegen müssen, damit morgen alles steht.«

»Hoffentlich geht alles gut.« Konstanze hätte jetzt sehr gern ein Glas Wein getrunken, sie griff aber zur Wasserflasche. Sie musste morgen absolut topfit sein.

»Ich telefoniere gleich mit dem Büro, damit wir das Bargeld rechtzeitig da haben, und gebe alle Infos durch, damit der SEK-Einsatzleiter die Positionierung seiner Leute planen kann.«

Christian griff gerade nach dem Telefon, als die Haustür aufgeschlossen wurde. Erschrocken sahen sich die beiden an und im nächsten Moment stand Heidrun in der Tür.

»Nanu! Was ist denn hier los?« Fragend schaute sie von Konstanze zu Christian und wieder zurück zu Konstanze. Dann bemerkte sie das blaue Auge ihrer Nichte und stürzte auf sie zu. »Oh mein Gott, was ist mit dir passiert?«

»Ich bin im Bad ausgerutscht. Das ist nicht weiter schlimm. Warum bist du denn schon zurück?« Während Konstanze aufstand und ihre Tante begrüßte, versuchte Christian, die Unterlagen auf dem Tisch schnell zusammenzuräumen.

»Um ehrlich zu sein, hatte ich Sehnsucht.« Lächelnd drehte sie sich zum Staatsanwalt um, fiel ihm um den Hals und begrüßte ihn mit einem innigen Kuss.

»Was treibt ihr zwei denn hier?«, wollte sie aber gleich darauf wissen und griff wahllos nach einem auf dem Tisch liegenden Blatt.

»Setz dich doch zu uns und ich erkläre dir alles«, bat Christian sie und tauschte mit Konstanze einen Blick aus, der ihr zu verstehen gab, dass er das regeln würde.

Er erläuterte Heidrun grob die Ereignisse seit Konstanzes Rückkehr und den Plan, wie sie Orlov aus seinem Versteck locken wollten.

»Ihr spinnt wohl! Alle beide«, schnitt sie ihm das Wort ab und schlug mit der Faust auf den Tisch. »Meine Nichte wird auf gar keinen Fall auf Verbrecherjagd gehen. Sie hat in den letzten Monaten genug durchgemacht.«

»Es war meine Idee, Tante Heidrun, nicht Christians«, versuchte Konstanze den Staatsanwalt zu verteidigen.

»Es ist mir vollkommen egal, wessen bekloppte Idee das war. Bei euch beiden ist wohl eine Sicherung durchgebrannt!« Aufgebracht stand Heidrun wieder auf und ging ein paar Schritte in Richtung Terrassentür.

»Beruhige dich, bitte!« Christian war ihr gefolgt und legte behutsam seinen Arm um ihre Schultern, den sie jedoch sofort wegschlug.

»Ich will mich aber nicht beruhigen. Herr Gott. Das ist doch irrsinnig, ein halbes Kind da hinzuschicken.«

»Jetzt reicht es aber«, mischte sich nun Konstanze wieder ein. »Ich bin kein halbes Kind mehr, sondern eine erwachsene Frau, die dabei ist, ebenfalls Staatsanwältin zu werden. Ich kann sehr gut selbst auf mich aufpassen und meine eigenen Entscheidungen treffen.« Erregt drehte sie sich auf dem Absatz um und verschwand ins Badezimmer.

»Lass sie gehen«, hörte sie Christian noch zu ihrer Tante sagen, die ihr anscheinend folgen wollte. Wütend und vor allem gekränkt knallte sie die Tür hinter sich zu und setzte sich auf den Rand der Whirlpoolwanne. Sie fühlte ihr Blut, wie es einem reißenden Strom gleich durch ihre Adern pulsierte. Wenn sie Heidrun nicht umstimmen konnten, dann würde die ganze Operation morgen ins Wasser fallen. Nie und nimmer würde sich Orlov mit jemand anderem außer ihr treffen. Fieberhaft überlegte sie sich gute Argumente, um ihre Tante von der Richtigkeit und Ungefährlichkeit dieser Aktion zu überzeugen. Gut zehn Minuten später verließ sie mit erhobenen Haupt das Bad.

Heidrun und Christian saßen wieder am Tisch und er erklärte ihr in aller Ruhe die Details der geplanten Aktion.

»Ich glaube, ich konnte deine Tante davon überzeugen, dass wir keine andere Option haben, als dich dorthin zu schicken«, sagte Christian und lächelte.

»Haben wir ja auch nicht«, bestätigte Konstanze. Zufrieden stellte sie fest, dass die Wogen sich bereits geglättet hatten.

»Ich bin nach wie vor gegen diesen ganzen Mist und wirklich froh, wenn der Tag morgen vorbei ist.« Heidrun sah nicht mehr sauer, sondern ernsthaft besorgt aus.

»Es wird alles gut gehen«, versuchte Konstanze, sie zu beruhigen, und setzte sich wieder an den Tisch.

»Ich rate dir ganz dringend, ausreichend für die Sicherheit meiner Nichte zu sorgen«, funkelte sie Christian an, »und du meine Liebe, solltest jetzt nach Hause und schlafen, damit du ausgeruht bist.«

»Deine Tante hat Recht, fahr bitte nach Hause und leg dich ins Bett. Ich kümmere mich jetzt noch um das Bargeld und telefoniere mit dem Einsatzleiter. Den Rest besprechen wir morgen früh.«

»Alles klar. Dann schlaft gut. Bis morgen«, verabschiedete sich Konstanze und machte sich auf den Heimweg.

Tag 12

9:30 Uhr

Der Einsatzbesprechungsraum im Gebäude der Kripo platzte aus allen Nähten. Staatsanwalt Schlingmann fasste gerade für alle Einsatzkräfte den Plan für das Treffen noch einmal zusammen und übergab dann an den Einsatzleiter der Kripo. Dieser zeigte anhand einer großen Karte vom Treffpunkt, welche Teams wo in Stellung gehen sollten.

»Der Zugriff auf das Ziel erfolgt erst, nachdem Frau Hartenbach das Go dazu gegeben hat.« Er deutete mit der ausgestreckten Hand auf Konstanze und plötzlich waren unzählige Augenpaare auf sie gerichtet. Auch wenn sie wusste, dass es als Staatsanwältin dazugehörte, in der Öffentlichkeit zu stehen, stieg ihr die Hitze ins Gesicht. Zum Glück redete der Einsatzleiter schon weiter und zog somit die Aufmerksamt der Männer wieder auf sich. »Solange Frau Hartenbach noch auf dem Spielfeld ist, wird kein Befehl zum Schießen gegeben.« Mit einem vielsagenden Blick wandte er sich an die Spezialkräfte des SEKs und ein Raunen ging durch den Raum.

»Gibt es noch Fragen zum Ablauf?« Nachdem alles besprochen war, beendeten Staatsanwalt Schlingmann und der Kriminalkommissar die Besprechung und Konstanze wurde von einer Beamtin in ein Nebenzimmer geführt.

»Ich werde Sie jetzt verkabeln. Wir haben das Neueste an Technik, Sie werden begeistert sein.« Während Konstanze ihren Pullover auszog, packte die Polizistin das Mikrofon aus. Irgendwie sah das aus wie ein hochmodernes tragbares EKG-Gerät mit den langen Kabeln daran.

»Das hier ist das eigentliche Mikrofon. Das befestige ich Ihnen gleich am Ausschnitt ihres Pullovers«, erklärte sie, während sie einen Teil der Kabel mit Heftpflaster am Körper befestigte.

»Wunderbar! Und jetzt ziehen Sie bitte Ihren Pulli wieder an. Dieses Kabel hier führen wir durch den Ärmel. Das hier werden Sie die ganze Zeit in der Hand halten.«

»Was ist das?«, wollte Konstanze wissen, nachdem sie wieder angezogen war.

»Eine Handsendetaste. Damit können Sie unauffällig und diskret mit uns kommunizieren.«

Konstanze nickte und wartete geduldig, bis das Miniaturmikrofon am Ausschnitt befestigt war. Zum Schluss bekam sie noch einen winzigen Knopf, den sie sich ins Ohr stecken sollte.

»Das ist ein Induktionshörer. Modernste digitale Signalverarbeitung, nahezu störungsfrei.« In der Stimme der jungen Frau klang so viel Stolz mit, als hätte sie dieses Gerät persönlich erfunden.

Nachdem sie das versteckte Mikrofon getestet hatten, fühlte Konstanze sich tatsächlich auch ein großes Stück wohler. Sie würde es zwar ihrer Tante gegenüber nie zugeben, aber sie hatte eine Scheißangst vor dem Treffen.

»Wie fühlst du dich?« Staatsanwalt Schlingmann hatte Konstanze nach draußen auf den Flur geschoben.

»Soweit ok. Etwas aufgeregt.« Sie lachte nervös auf.

»Das ist normal. Es ist gut, wenn du Angst hast, damit bleibst du vorsichtig. Du schaffst das.«

»Danke. Ich geb mein Bestes.«

»Hier ist der Koffer mit dem Geld. Orlov will es bestimmt gleich zu Anfang sehen. Zeig es ihm ruhig, damit er nicht misstrauisch wird.« Schlingmann reichte ihr den schlichten ledernen Aktenkoffer.

»Geht klar, danke.« Konstanze musste schlucken. Es wurde ernst und ein Gefühl von Beklommenheit erfasste ihren Körper.

»Ich werde in der Nähe sein. Weißt du dein Codewort noch?«

»Ja natürlich.« Sie schaute auf die Uhr. »Ich sollte mich langsam auf den Weg machen.«

»Ja das solltest du. Denk immer daran, rund um den Treffpunkt stehen unsere Leute. Der Zugriff erfolgt ebenfalls auf dein Zeichen.«

Sie nickte. »Also dann. Auf gehts!«

Während sich die Fahrstuhltüren schlossen, hielt der Staatsanwalt beide Daumen hoch.

11:49 Uhr

Konstanze traf zehn Minuten zu früh am vereinbarten Treffpunkt ein. Nervös schaute sie sich um, doch Orlov war noch nicht zu sehen. Hoffentlich ließ er das Treffen nicht im letzten Moment doch noch platzen. Sie rieb ihre schweißnassen Hände an der Jeans ab und blickte sich verstohlen um, in der Hoffnung, die Positionen der SEK-Beamten ausmachen zu können. Doch diese erledigten ihre Aufgabe ausgesprochen gut und waren absolut unsichtbar. Konstanze musste sich also blind darauf verlassen, dass sie da waren und sie beschützen würden. Dieser Umstand ließ sie nicht gerade entspannen.

Plötzlich wurde ihre Atmung immer schneller und die Umgebung begann sich rasend schnell zu drehen, sodass sie kaum noch das Gleichgewicht halten konnte. Jetzt bloß keine Panikattacke. Sie durfte diesen Einsatz unter gar keinen Umständen durch eine bescheuerte Panikattacke gefährden. Konzentrierte Atemzüge!

Ein.
Aus.
Ein.
Aus.

Nach und nach fühlte Konstanze, wie sie die Kontrolle zurückbekam und sich ihr Puls normalisierte. Gerade rechtzeitig, denn in diesem Moment kam Max Orlov mit schnellen Schritten auf sie zu. Er beendete gerade ein Telefonat und ließ sein Handy in die Jackentaschen gleiten. Sein finsterer Blick wanderte unablässig hin und her, so als scanne er die Umgebung. *Er ist mindestens genauso nervös, wie ich,* dachte Konstanze und straffte ihre Schultern.

»Ich möchte als Erstes das Geld sehen«, befahl er ihr im scharfen Kommandoton, sodass Konstanze im ersten Moment zusammenzuckte.

Du schaffst das, machte sie sich selbst Mut und öffnete äußerlich ganz ruhig den dunklen Koffer.

»Hier ist das Geld.«

Orlov nickte und wollte direkt danach greifen, sodass Konstanze einen Schritt zurücktrat.

»Erst bekomme ich Informationen, dann gibt es das Geld«, sagte sie mit Bestimmtheit.

»Was wollen Sie wissen?«, presste Orlov zähneknirschend hervor.

Der Plan sah vor, dass sie Orlov drei vorher abgesprochene Fragen stellte, um ihn in Sicherheit zu wiegen. Der Einsatzleiter hoffte darauf, dass Orlovs Aufmerksamkeit dadurch verringert wurde.

»Wo lässt Professor von Eckerstein die manipulierten Medikamente herstellen?«

»Woher soll ich das wissen? Ich bekomme lediglich gesagt, wo ich die Ware abzuholen habe. Das Zeug kommt über den Containerhafen in Hamburg ins Land. Mehr weiß ich dazu nicht.«

Konstanze machte sich zum Schein Notizen, nickte und blickte Orlov dann wieder fest in die Augen. »Der Professor zieht die Studie sicherlich nicht allein in der Klinik durch. Wer vom Personal ist noch eingeweiht?«

»Das ist doch lächerlich. Sie schätzen mein Wissen in dieser Sache vollkommen falsch ein. Ich habe keine Ahnung.« Sein aufbrausendes Temperament ging mit ihm durch und für einen Moment stand Konstanze kalter Angstschweiß auf der Stirn.

»Kein Grund, gleich an die Decke zu gehen. Ich habe ja nur gefragt«, beruhigte sie ihn in der Hoffnung, dass er ihre eigene Panik nicht bemerken würde. »Vielleicht können Sie mir bei einer anderen Frage weiterhelfen.«

»Bei welcher Frage«, knurrte Orlov sichtlich genervt von dieser ganzen Aktion.

»Wo und wann planen die Zeugen des letzten Siegels einen Anschlag mit Sarin?«

Für einen kurzen Moment war Orlov so perplex, dass er außerstande war zu reagieren. Schockiert sah er Konstanze an.

»Um Himmels Willen Konstanze, bist du verrückt vom Plan abzuweichen«, hörte sie Schlingmann in ihrem Kopfhörer rufen, als Max Orlov die Fassung wiedererlangte und sie am Kragen packte.

»Das ist eine verfluchte Falle«, schrie er, tastete hektisch ihren Körper ab und fand das versteckte Mikrofon.

Die Ereignisse überschlugen sich und doch kam es Konstanze vor, als würden die nächsten Sekunden in Zeitlupe ablaufen. Orlov zog blitzschnell seine Waffe und richtete sie gehetzt auf Konstanzes Stirn. Zeitgleich stürmten die Einsatzkräfte aus ihren Verstecken heraus und rannten aus vier verschiedenen Richtungen auf die beiden zu.

»Waffe fallen lassen!«, ertönte es dicht hinter Konstanzes Ohr und Orlov schien einzusehen, dass er keine Chance hatte, hier rauszukommen. In seinem Gesicht konnte Konstanze Entsetzen und Resignation erkennen und er ließ widerstandslos seine Pistole auf den Boden fallen. Mit einem metallischen Laut schlug sie hart auf den Steinen auf.

Ein Knall gefolgt von einem stechenden Schmerz, der durch Konstanzes Hüfte schoss. Das Projektil traf sie mit einer solchen Wucht, dass sie zu Boden gerissen wurde.

Was war passiert? Wer hatte gerade auf sie geschossen? Verwirrt blickte sie sich um und erkannte, dass auch die Polizisten nicht wussten, was genau gerade passiert war.

Schreie hallten über ihren Kopf hinweg und die Welt schien im Chaos zu versinken. Der brennende Schmerz an ihrer Seite nahm ihr die Luft zum Atmen und sie hatte Mühe, bei Bewusstsein zu bleiben.

12:11 Uhr

Jemand berührte sie am Arm und redete beruhigend auf sie ein. Konstanze schlug die Augen auf und blickte in das Gesicht des besorgten Staatsanwaltes.

»Orlov? Habt ihr ihn?«, fragte sie mit belegter Stimme.

Christian verzog das Gesicht zu einer schmerzerfüllten Grimasse. »Er konnte die Verwirrung nutzen und flüchten. In einem Auto, das anscheinend bereitstand, ist er davongefahren, bevor unsere Leute ihn erreicht haben.«

»Oh nein! So ein Mist.« Konstanze versuchte aufzustehen, doch ihr Kreislauf kollabierte sofort und sie fiel zurück auf den Boden.

»Ganz ruhig. Du bist verwundet, Konstanze. Bleib bitte liegen, der Krankenwagen ist schon unterwegs.« Hektisch kramte er ein Taschentuch aus seiner Manteltasche und presste es auf die blutende Wunde an Konstanzes Hüfte. »Das ist nur ein harmloser Streifschuss. Das wird wieder, hörst du?«

»Wer hat auf mich geschossen?«, fragte sie matt.

»Aus Orlovs Waffe hat sich ein Schuss gelöst, als diese auf den Boden gefallen ist. Ich denke, er war selbst erschrocken.«

»Ich habe es vermasselt.« Sie versuchte, sich erneut aufzusetzen, und sog scharf die Luft ein, als der Schmerz sich wie ein glühender Dolch in ihre Seite bohrte.

»Wir kriegen ihn schon noch. Es ist nicht deine Schuld, dass er uns entwischt ist. Unsere Jungs haben einfach zu lange gewartet.«

Energisch schüttelte Konstanze jetzt den Kopf und bereute dies im nächsten Augenblick auch schon wieder. Der Boden unter ihr schwankte heftig, die Bäume über ihrem Kopf drehten sich im Kreis und tanzten Tango und durch ihren Schädel arbeitete sich ein Presslufthammer.

»Du solltest ruhig liegen bleiben, damit du nicht zu viel Blut verlierst«, redete der Staatsanwalt auf sie ein, doch Konstanze hob ihre Hand hoch, um ihn zum Schweigen zu bringen.

»Orlov hat vorhin telefoniert. Ich glaube nicht, dass er daran gedacht hat, sein Handy auszuschalten oder loszuwerden«, presste sie mit letzter Kraft hervor, bevor eine neue Welle des Schmerzes sie überrollte.

»Wir haben bereits eine Ortung seines Handys veranlasst und Funkzellenabfragen für den näheren Umkreis in die Wege geleitet. Sobald sich sein Telefon in eine Zelle einwählt, können wir ihn einkreisen.«

Ein wenig erleichtert schloss Konstanze die Augen und legte ihren Kopf vorsichtig zurück. Christian stand auf und machte den Rettungssanitätern Platz, die in diesem Moment eintrafen. Routiniert brachten sie einen Druckverband über der Wunde an und legten ihr anschließend einen Zugang, um ihr über eine Infusion Flüssigkeit zuzuführen.

»Wir nehmen Sie auf jeden Fall mit ins Krankenhaus, da Sie unter Schock stehen und einiges an Blut verloren haben. Ob die Wunde genäht werden muss, entscheidet der Unfallchirurg im Klinikum.«

»Weiß meine Tante schon Bescheid?« Konstanze wusste, dass Heidrun zwar explodieren und vermutlich hundert Jahre kein Wort mehr mit Christian wechseln würde, aber sie brauchte jetzt Trost, Zuspruch und die Wärme ihre Tante.

»Wir kümmern uns darum«, antwortete einer der Sanitäter, während sie auf die Trage umgebettet wurde. Dann hoben die zwei starken Männer sie an und trugen sie über den unebenen Weg bis zur Straße, wo der Rettungswagen wartete. Konstanze wurde ordentlich durchgeschüttelt und es schien ihr, als wäre die Parkanlage riesengroß, dabei dauerte der kleine Fußmarsch keine zwei Minuten.

Gerade als einer der Sanitäter die Tür des Rettungswagens schließen wollte, kam Christian im Laufschritt angerannt.

»Moment bitte!« Er kletterte ins Wageninnere zu Konstanze und drückte ihre Hand. »Wir konnten seinen Standort über die Ortung eingrenzen. Wir werden ihn bekommen, hörst du? Ich bin sehr stolz auf dich.« Zuversichtlich lächelte er sie an. »Sobald das hier alles vorbei ist, muss ich mich wohl erstmal deiner Tante stellen.« Er grinste wie ein Lausbube, der bei einem Streich erwischt wurde und verließ dann das Auto, damit der Krankenwagen losfahren konnte.

13:16 Uhr

In seinem Kopf hämmerte es brutal und sein Körper war mit purem Adrenalin getränkt. Noch immer war er ganz perplex darüber, dass er aus dieser Nummer unbeschadet rausgekommen war. In der ganzen Verwirrung, die entstanden war, als sich der verdammte Schuss aus seiner Makarow gelöst hatte, hatte er die Nerven bewahrt und war um sein Leben gerannt. Irgendwie hatte er es zu seinem Wagen geschafft, ohne dass die Polizisten ihn stoppen konnten.

Während sein Herzschlag wild pulsierte, fuhr Max ohne Ziel durch die Bayreuther Innenstadt, da er absolut keine Ahnung hatte, wohin er jetzt fahren sollte. Zu Eleazar konnte er nicht, denn dann müsste er zugeben, dass er diese Hartenbach nicht, wie von ihm verlangt worden war, umgebracht hatte. Wie es ihr wohl gerade ging? Auf keinen Fall hatte er sie ernsthaft verletzen wollen. Als sie zu Boden gegangen war, hatte er sofort begriffen, dass der Schuss sie getroffen haben musste. Leider hatte Max nicht mehr sehen können, ob sie schwer verletzt war.

Er musste nachdenken und einen klaren Kopf bekommen. Kurzentschlossen lenkte er seinen Wagen in die Richtung der leerstehenden Fabrik, die er schon öfter als Versteck genutzt hatte. Ungeduldig trommelte er mit den Fingern auf das Lenkrad ein, während er an einer roten Ampel stoppen musste. Ein bekanntes Geräusch drang zu ihm durch und erregte plötzlich seine Aufmerksamkeit.

Hubschrauber!

Nach vorn gebeugt spähte er durch seine Windschutzscheibe und sah tatsächlich einen Polizeihubschrauber, der über ihm kreiste. Panik erfasste ihn. War der etwa wegen ihm dort? Konnte das möglich sein?

Fuck! Fuck!

Wütend auf sich selbst schlug er mit der Faust auf das Armaturenbrett. Sein Handy! Er hatte das blöde Ding vergessen auszuschalten. Hektisch holte er es aus seiner Jackentasche und öffnete mit einer Hand das Akkufach. Die Ampel sprang auf Grün, er trat das Gaspedal durch und schoss über die Kreuzung. Endlich hatte er den Akku aus dem Telefon gefriemelt und warf beides auf den Beifahrersitz, als drei schwere dunkle Limousinen aus einer Seitenstraße geschossen kamen. Dahinter fuhren zwei Streifenwagen mit Blaulicht und einige Polizeimotorräder. Max hatte keine Zeit, sie zu zählen. Reflexartig riss er das Steuer rum und bog an der nächsten Kreuzung nach links ab. Seine Reifen quietschten. Gehetzt schaute er in den Rückspiegel und sah, dass die Fahrzeuge des Sondereinsatzkommandos direkt hinter ihm waren. In dem Moment als er seinen Blick wieder nach vorn auf die Straße richtete, schaltete gerade die Ampel vor ihm auf Rot.

Bremsen oder Weiterfahren?

Ohne über die Konsequenzen nachzudenken überfuhr er mit einer atemberaubenden Geschwindigkeit die Ampel. Aus den Augenwinkeln heraus nahm er zwei Kleinwagen wahr, die laut hupend ihm auswichen und Sekundenbruchteile später krachend ineinander rasten. Seine Verfolger schafften es, dem Chaos auszuweichen, und klebten ihm nach wie vor am Hintern. Wohin sollte er fahren? Sein Puls raste und noch nie im Leben hatte er sich so wach und lebendig gefühlt. Ein blaues Hinweiseschild für die Autobahn tauchte vor ihm auf. Perfekt! So konnte er es vielleicht schaffen, seine Verfolger abzuschütteln. Ein kurzer Blick in den Rückspiegel, kaum eine Wagenlänge entfernt. Verdammt!

Er wechselte die Spur, bereit an der nächsten Kreuzung abzubiegen und auf die Autobahn aufzufahren. Natürlich war auch diese Ampel rot.

Egal!

Auf Verkehrsregeln kam es jetzt nicht mehr an. Hier ging es um seinen verdammten Kopf. Nein, es ging nicht um ihn, es ging um seine Schwester. Ihretwegen musste er es schaffen. Ohne ihn würde sie zugrunde gehen. Mit diesem einzigen Gedanken an seine geliebte Janka fuhr er über die Kreuzung und wollte abbiegen in Richtung Autobahn. Plötzlich war eine Frau mit Kinderwagen auf der Fahrbahn. Er bremste scharf, riss das Lenkrad rum und schaffte es mit knapper Not, den Kinderwagen nicht mitzureißen. Sein Auto schlingerte gefährlich und er musste gegenlenken und dann brach das Heck aus, er drehte sich um die eigene Achse und stand schlagartig entgegengesetzt der Fahrtrichtung. Die gepanzerten Fahrzeuge des Sondereinsatzkommandos standen vor ihm und versperrten ihm den Fluchtweg.

Sollte es das jetzt gewesen sein? Aufgeben?

Für eine Sekunde schloss Max die Augen und sah seine Schwester vor sich. Festentschlossen riss er sie wieder auf, trat das Gaspedal durch und schoss über den

Gehweg vorbei an den Einsatzfahrzeugen. Seine Nebennieren produzierten weiteres Adrenalin und überschwemmten damit seinen Blutkreislauf, sorgten dafür, dass er wider jeglicher Vernunft die halsbrecherische Flucht fortsetzte. Der Verkehr auf dieser Straße wurde dichter. Er musste es schaffen, in ruhigere Seitenstraßen zu kommen. Bei der nächsten Gelegenheit bog er nach rechts ab. Rote Bremslichter unmittelbar vor ihm. Er bremste ebenfalls ab, begriff jedoch, dass er nicht mehr rechtzeitig zum Stehen kommen würde und geradewegs in das Auto vor ihm hineinknallen würde. In letzter Sekunde schaffte er es, dem Hindernis auszuweichen, doch diese kurze Spanne der Unaufmerksamkeit hatte dazu geführt, dass eins der Polizeifahrzeuge an ihm vorbeifahren konnte und sich nun direkt vor ihm quer stellte.

Bremsen kreischten und Reifen quietschten, gefolgt von dem dumpfen Knall, wenn zwei Autos aufeinanderprallen. Max realisierte kaum, dass sein Auto nicht mehr fuhr. Benommen hob er seinen schmerzenden Kopf und schaute auf seine verbogene Motorhaube. Etwas Warmes lief sein Gesicht herunter. Er wischte sich darüber und sah, dass er Blut an der Hand hatte.

Die Fahrertür wurde aufgerissen und Orlov bemerkte, dass sein Auto umstellt war von Polizisten.

»Steigen Sie aus dem Wagen und nehmen Sie die Hände hinter den Kopf«, brüllte ihn der Beamte an, der gerade die Tür geöffnet hatte. Nicht fähig auch nur einen klaren Gedanken zu fassen folgte Max der Aufforderung und stieg mühsam aus. Ein weiterer Beamter stand dicht dahinter und im nächsten Moment drehten sie Orlov um und drückten ihn auf das zerbeulte Auto. Seine Arme wurden nach unten gezogen und im nächsten Augenblick spürte er das kalte Metall der Handschellen, die sich um seine Handgelenke legten.

»Max Orlov, Sie sind vorläufig festgenommen aufgrund des Verdachts auf illegalen Waffenbesitz, fahrlässige Körperverletzung, Freiheitsberaubung und dem Verdacht auf Nötigung«, sagte der andere Polizist.

13:49 Uhr

»Möchten Sie, dass Ihre Platzwunde im Krankenhaus versorgt wird?« Der Beamte deutete mit einem Nicken auf Orlovs Kopf.

»Nein. Ist nichts weiter«, antwortete Max heiser, nachdem er den Kratzer auf der Stirn noch einmal abgetastet hatte.

»Wie Sie wollen. Dann nehmen wir Sie jetzt mit aufs Präsidium.«

Die Fahrt verlief schweigend und Max hing seinen Gedanken nach. Wie hatte es nur so weit kommen können? Eine tiefe Traurigkeit erfasste ihn, als er begriff, dass er auf ganzer Linie versagt hatte. Dabei sollte es doch seiner Schwester und ihm eines Tages mal besser gehen. Sein gesamtes Leben war geprägt von Armut, Elend und Hass.

Ihre Eltern waren als russische Emigranten nach Polen gekommen, hatten nur noch das, was sie am Körper und in zwei kleinen Koffern trugen. Voller Hoffnungen hatten sie diese beschwerliche Reise auf sich genommen und es dennoch nicht geschafft, sich ein besseres Leben aufzubauen. Nach weniger als fünf Jahren war Orlovs Vater mit einem polnischen Model durchgebrannt und hatte seine damals schwangere Frau mit ihrem gemeinsamen dreijährigen Sohn sitzengelassen. Um ihre Familie zu ernähren, war der jungen Frau nichts weiter übriggeblieben, als schäbige Gelegenheitsjobs anzunehmen. Max hatte schon als kleiner Junge das Bedürfnis gehabt, seiner Mutter unter die Arme zu greifen. Wenn der Hunger zu groß wurde, hatte er einfach etwas Brot und Butter aus dem örtlichen Lebensmittelladen gestohlen. Als er mit der Schule fertig war, hatte er in einer Autowerkstatt eine Lehre begonnen. Dieser Job hatte ihm die Möglichkeit gegeben, hin und wieder Ersatzteile mitgehen zu lassen, um sie später auf dem Schwarzmarkt zu verkaufen.

Der Streifenwagen stoppte und holte Max damit aus seinen Erinnerungen. Er zog seinen Kopf ein, als er aus dem Auto stieg und wurde dann von den Beamten die Stufen zum Polizeigebäude hinaufgeführt. Ein grauer Flur folgte dem nächsten, unterbrochen von gesicherten Glastüren, die sich nur durch eine Zahlenkombination öffnen ließen. Ein beißender Geruch lag in der Luft, der typisch war für Industriereiniger.

»Warten Sie bitte hier drin bis der Bereitschaftsarzt da ist«, sagte der Beamte, nachdem er die Tür zu einem Vernehmungsraum geöffnet hatte. Max setzte sich auf den ihm angebotenen Stuhl. Er hatte schreckliche Angst. Was würde auf ihn zukommen? Welche Strafe hatte er zu erwarten? Viel Zeit zum Nachdenken blieb ihm nicht, denn keine fünf Minuten später betrat der Bereitschaftsarzt der Polizei den Raum um seine Vernehmungsfähigkeit zu prüfen.

»Die Wunde an Ihrer Stirn sieht schlimmer aus, als sie ist. Nur ein Kratzer. Die Kollegen haben sicherlich ein Pflaster für Sie da. Wie fühlen Sie sich? Haben Sie irgendwo Schmerzen? Ist Ihnen unwohl?«

Orlov schüttelte lediglich den Kopf. Sein Mund war ausgetrocknet und klebte fest zusammen.

»Der Gefangene ist vernehmungsfähig«, sagte der Arzt an den Kommissar gewandt, der in der Zwischenzeit den Raum ebenfalls betreten hatte.

»Na dann wollen wir mal«, erwiderte dieser und setzte sich Orlov gegenüber.

»Kann ich bitte ein Glas Wasser haben?«, bat Max mit kehliger Stimme. Der Kommissar nickte und gab dem Arzt ein Zeichen, bevor dieser den Raum verließ.

»Max Orlov, ich werde Sie jetzt zu einigen Sachverhalten vernehmen. Ihnen wird Folgendes zur Last gelegt: Verdacht auf illegalen Waffenbesitz, fahrlässige Körperverletzung, Freiheitsberaubung und Verdacht auf Nötigung. Sie haben das Recht, sich zu diesen Beschuldigungen zu äußern oder auch die Aussage zu verweigern. Wenn Sie etwas sagen, kann alles auch gegen Sie verwendet werden. Sie haben das Recht einen Anwalt hinzuzuziehen sowie Beweisanträge zu Ihrer Entlastung zu stellen. Haben Sie dies verstanden?

Max nickte kraftlos und sackte noch ein Stück weiter in sich zusammen. In diesem Moment schien es ihm, als würde jegliche Lebensenergie seinen Körper verlassen.
»Ich möchte gern einen Anwalt«, brachte er tonlos hervor.

»Haben Sie die Nummer Ihres Anwaltes dabei?«

Orlov schluckte. Er hatte überhaupt nicht die geringste Ahnung, wen er anrufen sollte. »Ich habe keinen Anwalt«, antwortete er heiser.

»Dann wird Ihnen vom Staat ein Pflichtverteidiger gestellt. Vorher nehme ich noch Ihre Personalien auf. Haben Sie einen Ausweis dabei.«

Ohne zu antworten, holte Max seine Brieftasche heraus und reichte dem Kommissar seinen Personalausweis. Während dieser die Daten abtippte, kam ein hagerer Polizist ins Zimmer und stellte Orlov einen Plastikbecher mit Wasser auf den Tisch. Max griff sofort danach und leerte ihn in einem Zug. Seine Kehle war so ausgetrocknet, dass die Flüssigkeit in seiner Kehle brannte wie Lava, anstatt seinen Durst zu löschen. Als der Kommissar mit der Aufnahme der Personalien fertig war, schob er den Ausweis über den Tisch zurück zu Orlov und legte ihm ein abgepacktes Heftpflaster dazu.

»Ich organisiere jetzt einen Pflichtverteidiger. Sie können in der Zwischenzeit Ihre Verletzung versorgen. Dort ist ein Spiegel.« Mit diesen Worten stand er auf und verließ den Raum. Max griff nach dem Pflaster und riss mit zitternden Fingern die Verpackung auf. Vorsichtig tastete er nach seiner Wunde und klebte nach Gefühl das Leukoplast darauf. Dem Arzt vorhin hatte er zwar zu verstehen gegeben, dass es ihm gut ginge, aber sein Kopf drohte zu platzen. Es fühlte sich an, als sei eine gewaltige Abrissbirne in seinem Schädel zu Gange.

Als die Tür zum Vernehmungszimmer geöffnet wurde, schreckte Max hoch. Er musste eingenickt sein und hatte keine Ahnung, wie viel Zeit vergangen war.

Der Kommissar von vorhin betrat das Zimmer und hatte einen jungen Burschen im Schlepptau, der aussah, als sei er gestern erst in die Pubertät gekommen.

Wäre er nicht in einem piekfeinen Anzug gehüllt, hätte Max ihn für einen Schuljungen gehalten. Er setzte seinen Aktenkoffer auf dem Tisch ab und reichte ihm seine Hand. »Mein Name ist Malovcic. Ich bin Ihr Verteidiger« stellte er sich vor und Orlov verlor in diesem Moment sein letztes bisschen Mut. Gern hätte er diesem Jungspund mehr Vertrauen entgegengebracht, aber er konnte sich beim besten Willen nicht vorstellen, dass ein Anwalt, der frisch von der Uni kam, noch dazu ein Pflichtverteidiger, ihm wirklich helfen konnte.

16:05 Uhr

Ungeduldig wartete sie auf den Oberarzt, der gleich nochmal nach ihr schauen wollte, um entscheiden zu können, ob Konstanze die Nacht über im Krankenhaus bleiben musste oder nach Hause durfte. Sie hatte sich bereits die passenden Argumente zurechtgelegt, warum er sie auf jeden Fall nach Hause lassen konnte. Nicht eine einzige Nacht würde sie hier drin aushalten.

Seit über einer Stunde starrte sie nun schon die pastellgrüne Zimmerdecke des Krankenzimmers an und zählte die Sekunden. Man hatte sie auf ein Drei-Bett-Zimmer verlegt, allerdings waren die anderen beiden Betten gerade leer. So hatte sie noch nicht mal jemanden, mit dem sie sich unterhalten konnte. Konstanze hatte das Gefühl durchdrehen zu müssen, wenn sie auch nur eine Minute länger in diesem Bett liegen müsste. Sie war dazu übergegangen, die feinen Linien auf dem abstrakten Gemäldedruck an der gegenüberliegenden Wand zu zählen, als plötzlich die Tür geöffnet wurde. In der Hoffnung, es wäre der Oberarzt, hob Konstanze ihren Kopf. Tante Heidrun stand in der Tür und versuchte, ihre Besorgnis hinter einem angesäuerten Gesichtsausdruck zu verbergen.

»Dich schickt der Himmel«, stieß Konstanze einen Seufzer aus. »Ich war schon drauf und dran den Verstand hier drin zu verlieren.«

»Das geschieht dir gerade Recht, meine Liebe«, sagte Heidrun vorwurfsvoll. »Hast du eine Ahnung, was das für ein Schock für mich gewesen war, als die mich angerufen haben und erzählten, du wärst angeschossen worden?«

»Du hast dich sicher ganz furchtbar erschreckt«, sagte Konstanze geknickt.

»Erschreckt ist gar kein Ausdruck. Ich bin echt stinkig auf euch beide. Als ob ich es geahnt habe. Aber du und Christian, ihr musstet ja mit dem Kopf durch die Wand.«

»Es tut mir leid, dass du dir schon wieder solche Sorgen machen musstest Tante Heidrun. Aber es tut mir nicht leid, dass ich zu diesem Treffen gegangen bin.« Selbstbewusst reckte sie ihr Kinn nach vorn und sah ihre Tante stolz an.

»Das ist mir klar. Ihr könnt alle beide froh sein, dass nichts Schlimmeres passiert ist. Wie fühlst du dich?«

Konstanze war erleichtert, dass die Stimme ihrer Tante nun wieder weicher wurde und der größte Groll vorüber war. Sie wusste, dass Heidrun ihr nicht lange böse sein konnte.

»Ich habe Schmerzmittel bekommen. Es ist wohl nur eine Fleischwunde, keine Sehnen verletzt. Die haben mich genäht und einen sexy Verband drauf gemacht.« Mit einer Hand schob sie das Krankenhaushemdchen nach oben und zeigte auf die dicke Schicht Mull. »Eigentlich wollte der Oberarzt nochmal nach mir schauen. Kannst du ihn suchen gehen? Bitte! Ich möchte nach Hause.«

»Natürlich Liebes.« Sie stand auf, ging zur Tür und drehte sich nochmal zu Konstanze um. »Eigentlich sollte ich dich über Nacht hier drin lassen«, sagte sie und drohte dabei mit ihren erhobenen Zeigefinger.

»Jetzt geh schon.« Konstanze scheuchte sie mit einer Handbewegung aus dem Zimmer und beide Frauen mussten lachen.

Keine fünf Minuten später war Heidrun wieder zurück. »Du hast nochmal Glück gehabt, er kommt gleich.«

»Danke!« Plötzlich hatte Konstanze einen dicken Kloß im Hals. Die Ereignisse der letzten Tage hatten ziemlich an ihr gefressen und sie an den Rand ihrer Kräfte getrieben. Sie fühlte sich emotional erschöpft und ausgelaugt.

»Schon gut, Liebes. Ich bin heilfroh, dass dir nichts Schlimmeres passiert ist. Das hätte ganz schön ins Auge gehen können.«

»Tust du mir bitte noch einen Gefallen?«, wollte Konstanze von ihrer Tante wissen.

»Welchen?«

»Sei bitte auch nicht mehr böse auf Christian. Er war dagegen, dass ich zu dem Treffen gehe und ich habe ihn so lange bearbeitet, bis er aufgegeben und zugestimmt hat.«

»Das kann ich mir lebhaft vorstellen. Nun ja, er wird sich trotzdem meiner Strafpredigt stellen müssen.« Heidrun zwinkerte ihrer Nichte lässig zu. »Vor einer halben Stunde habe ich kurz mit ihm telefoniert«, fuhr sie fort.

»Was ist mit Orlov«, fragte Konstanze aufgeregt.

»Nach einer ziemlich chaotischen Verfolgungsjagd durch die Stadt konnte er schließlich festgenommen werden.«

»Gott sei dank«, stieß Konstanze erleichtert aus. »Wo ist er jetzt?«

»Soweit ich weiß, wird er im Moment auf dem Polizeipräsidium vernommen und soll heute noch dem Haftrichter vorgeführt werden.«

Konstanzes Antwort wurde von dem hereineilenden Oberarzt verhindert.

»Mir ist zu Ohren gekommen, dass hier jemand unbedingt nach Hause möchte«, scherzte er und trat ans Krankenbett.

»Am liebsten gestern schon«, gab Konstanze zurück.

»Na, na, junge Dame. Sie wurden angeschossen und standen unter Schock. Damit ist nicht zu spaßen. Dann wollen wir mal schauen.«

Er warf einen flüchtigen Blick auf ihr Krankenblatt und begutachtete anschließend nochmal die Wunde. Nachdem er auch ihren Blutdruck gemessen und den

Wundverband erneuert hatte, nickte er und machte eine Eintragung in die Krankenakte.

»Ich habe nichts gegen Ihre Entlassung einzuwenden. Ihre Tante hat versprochen ein Auge auf Sie zu werfen. In zwei Tagen wird der Verband ambulant gewechselt.«

»Geht klar, Doktor. Ich danke Ihnen vielmals.«

Als der Arzt das Zimmer verlassen hatte, half Heidrun ihr beim Anziehen und packte die wenigen Sachen zusammen.

»Ich habe hier noch etwas für dich.« Heidrun öffnete ihre überdimensional große Handtasche und kramte darin herum. Schließlich fand sie das Gesuchte und hielt Konstanze einen Schlüsselanhänger mit einem kleinen Schutzengel daran hin. »Ich kann dich ohne ja kaum noch umherlaufen lassen.«

»Oh, der ist wunderschön. Danke.« Gerührt fiel sie ihrer Tante um den Hals, montierte dann ihre Schlüssel an den neuen Anhänger und blickte sich prüfend im Zimmer um. »Lass uns hier verschwinden. Ich hasse Krankenhäuser.«

Mit dem Fahrstuhl fuhren sie nach unten in die Tiefgarage der Klinik, wo Heidruns Auto parkte.

»Soll ich noch mit hochkommen oder möchtest du lieber allein sein?«, fragte Heidrun, als sie in der Jahnstraße ankamen.

»Sei mir nicht böse, aber ich wäre jetzt lieber etwas allein. Danke, dass du mich abgeholt hast.« Konstanze hatte ein schlechtes Gewissen ihrer Tante gegenüber, aber sehnte sich nach Ruhe, einem Telefonat mit Hendrik und anschließend ihrem Bett.

»Alles gut, Liebes. Ich kann dich verstehen. Ich halte dich auf dem Laufenden, wenn ich von Christian was Neues zu Orlov höre.«

»Ich hab dich lieb.« Sie drückte ihrer Tante einen Kuss auf die Wange und stieg aus.

»Lange nicht gesehen!«, rief Rudi vom Kiosk ihr zu und winkte fröhlich.

»Ich war an der Nordsee, meine Eltern besuchen. Ich schau morgen wieder vorbei«, beeilte sie sich, zu sagen, denn so gern sie diesen alten Mann auch mochte, in diesem Moment wollte sie um nichts in der Welt ein Gespräch mit ihm. Sie humpelte die Treppen nach oben und verzog schmerzerfüllt das Gesicht. In der Klinik hatte sie nicht zugeben wollen, dass die Wunde wieder stärker schmerzte. Kein unnötiges Risiko!

Als sie an Oma Wallies Wohnung vorbeikam, hielt sie für einen Moment inne. Normalerweise würde sie jetzt klingeln und ihren Merlin abholen. Die plötzliche Erinnerung an ihren Hund versetzte ihr einen heftigen Stich und die Trauer um ihn brannte wie der Stachel einer Rose in ihrer Haut. Mühsam quälte sie sich die letzten Stufen nach oben zu ihrer Wohnung. Ihr Koffer stand noch unverändert an der Garderobe. Gestern hatte sie einfach keinen Nerv gefunden, ihn auszupacken. Auf einen Tag mehr oder weniger kam es nun auch nicht mehr an.

Erschöpft ließ sie sich auf ihr Sofa gleiten und nahm das Telefon zur Hand. Allein der Gedanke an Hendrik und die Vorfreude auf ein Telefonat mit ihm verbesserten ihre Laune schlagartig. In ihrem Bauch breitete sich ein wohliges Kribbeln aus, während sie seine Nummer wählte und dann angespannt den Freizeichen lauschte.

Nichts passierte!

Hendrik nahm nicht ab.

Traurig legte sie das Telefon zur Seite und beruhigte sich mit den Gedanken, dass er sicher ganz viel zu tun hatte und sich bei ihr melden würde, sobald er ihren Anruf auf dem Display sah.

Mit zusammengebissenen Zähnen humpelte sie in die Küche, schenkte sich ein großes Glas Merlot ein und nahm eine der Schmerztabletten, die sie vom Krankenhaus mitbekommen hatte.

17:45 Uhr

Die Vernehmung dauerte nun schon eine ganze Weile an und hatte Max bereits ziemlich zugesetzt. Der Kommissar hatte ihn immer wieder mit geschickten Fragen in die Enge getrieben und erreicht, dass er sich schon viel zu oft in Widersprüche verstrickt hatte. Ihm war mehr als klar, dass er keine Chance mehr hatte, hier mit einer geringen Strafe davonzukommen. Für Max fühlte es sich an, als hätte jemand einen Schalter in seinem Inneren umgelegt, einen Schalter, der seinen Mut und Kampfgeist einfach abgeschaltet hatte. Resigniert stützte er die Ellenbogen auf den Tisch und vergrub sein Gesicht in den Handflächen. Er hatte keine Lust mehr, weiterzusprechen und war fest entschlossen, für den Rest der Vernehmung zu schweigen.

»Können wir eine kurze Pause machen. Ich möchte mich gern mit meinem Mandanten unter vier Augen besprechen«, bat Malovcic unvermittelt.

»Eine Pause wird uns allen guttun«, erwiderte der Kommissar, stand auf und verließ gemeinsam mit der Protokollantin den Raum.

»Herr Orlov, als Ihr Anwalt möchte ich Sie natürlich so gut wie möglich vertreten«, begann Malovcic, als beide allein im Zimmer waren. »Ich will ehrlich zu Ihnen sein. Es sieht nicht gut für Sie aus.«

Max nickte erschöpft. Als ob er das nicht auch ohne Anwalt gewusst hätte.

»Wenn wir hier noch etwas für Sie herausholen wollen, müssen Sie absolut offen und ehrlich zu mir sein. Gibt es irgendwas, das wir zu Ihrer Verteidigung anbringen können? Den Waffenbesitz bekommen wir auf keinen Fall mehr vom Tisch, genauso wenig wie die fahrlässige Körperverletzung. Für beides gibt es jede Menge Polizisten als Zeugen. Wenn Sie Pech haben wird daraus noch eine vorsätzliche Körperverletzung. Auch den Verdacht auf Nötigung können wir kaum entkräften. Die von den Beamten ermittelte Handynummer, von der aus die Drohanrufe bei der Familie Hartenbach durchgeführt wurden, gehört zu der SIM-Karte in dem Handy, das in Ihrem Auto gefunden wurde.«

»Glauben Sie, das weiß ich nicht alles?«, fuhr Max seinen Anwalt harsch an.

»Hey, ganz ruhig. Ich bin nicht Ihr Feind. Im Gegenteil, ich versuche Ihnen zu helfen.«

Orlov quittierte diese Aussage mit einem Brummton, der wohl so etwas wie, ja ich weiß heißen sollte.

»Die Freiheitsberaubung steht auf wackligen Füßen. Hier haben die lediglich die Aussage von Frau Hartenbach, dass sie von Ihnen entführt wurde. Aber in Verbindung mit dem Rest wird man natürlich eher Frau Hartenbach Glauben schenken, als Ihnen.«

»Das sowieso. Wer glaubt schon einem Verlierertyp wie mir«, presste Max zerknirscht zwischen den Zähnen hervor.

»Gerade in der Vernehmung wurde auch diese Sekte angesprochen, zu der Sie eine Verbindung haben sollen. Sind Sie von denen vielleicht zu den Taten gezwungen worden?«

»Nein. Mich hat niemand gezwungen.« Max winkte mit einer unwirschen Handbewegung ab.

»Sie müssen ja irgendeine Motivation für die Taten gehabt haben. Ehrlich gesagt, kommen Sie mir nicht wie der typische Schwerstkriminelle vor.«

Schweigen.

»Nochmal! Ich bin nicht Ihr Feind, Herr Orlov. Vertrauen Sie mir. Nur wenn ich alles weiß, kann ich Sie auch optimal verteidigen.«

Einen Moment dachte Max über seine Optionen nach. Für einen Pflichtverteidiger legte sich Malovcic ziemlich ins Zeug. Was hatte er schon zu verlieren. »Also gut«, begann er nach einem tiefen Atemzug und erzählte seinem Anwalt dann von seiner Schwester und ihrer Erkrankung. Nach den ersten Sätzen spürte er, wie eine unglaubliche Erleichterung seinen Körper durchdrang. Nie zuvor hatte er mit jemanden darüber geredet. »Es gibt experimentelle Behandlungsmöglichkeiten, mit denen es meiner Schwester besser gehen könnte. Aber diese werden von der Krankenkasse nicht bezahlt. Die zahlen nur den Standardkram. Aber der hilft ihr nicht.« Tränen traten ihm in die Augen und er blinzelte sie verschämt weg. Max redete sich alles von der Seele, wie er verschiedene kleine Aufträge gegen gutes Geld angenommen hatte, auch wie er den Kontakt zu der Sekte bekommen hatte.

»Eleazar, so heißt der Oberguru dieser Sekte, er hat mir versprochen, die kompletten Behandlungskosten für Janka zu bezahlen, wenn ich für ihn arbeite.«

»Verstehe«, murmelte der Verteidiger und kritzelte hektisch ein paar Notizen auf seinen Schreibblock. Als Orlov seinen Bericht über die Sekte und deren Pläne beendet hatte, holte Malovcic ein dickes Strafgesetzbuch aus seiner Tasche und blätterte konzentriert darin.

»Okay Herr Orlov. Nur damit ich das jetzt richtig verstehe. Diese Sekte plant einen Anschlag mit Sarin und soweit Sie wissen, haben die bereits alles, was dafür notwendig ist, besorgt.«

»Ja. Das ist richtig.« Max nickte und war gespannt, auf was sein Anwalt hinauswollte.

»Sagt Ihnen die Kronzeugenregelung etwas?«

»Nicht wirklich. Hab davon mal im Fernsehen gehört.«

»Moment. Ich lese es Ihnen vor.« Malovcic las einen Paragraphen aus dem dicken Wälzer vor, doch Max verstand davon noch nicht mal die Hälfte. Verwirrt schaute er seinen Verteidiger an.

»Im Grunde bedeutet dieser Paragraph folgendes: Wenn ein Täter freiwillig eine Aussage macht und durch sein mitgeteiltes Wissen eine, im Zusammenhang mit seiner Tat stehende, andere Tat aufgedeckt oder sogar eine Straftat dadurch verhindert werden kann, dann kann unter Umständen seine Strafe gemildert werden. Das könnte auch auf Sie angewendet werden. Voraussetzung dafür ist, dass Sie im Mindestmaß eine erhöhte Freiheitsstrafe zu erwarten haben. Aber wenn ich mal zusammenrechne, kommen in Ihrem Fall schon zehn bis fünfzehn Jahre zusammen.«

Max kratzte sich nachdenklich am Kinn und grübelte einen Moment lang, bevor er antwortete. »Ich soll der Polizei also alles sagen, was ich über die Sekte und das Sarin weiß.«

»Richtig. Sie legen ein umfassendes Geständnis ab und erzählen alles, was Sie wissen. Sie wollen doch sicher auch nicht, dass hier irgendwo Sarin freigesetzt und Tausende von Menschen getötet werden.«

Max faltete seine Hände und stützte seinen Kopf darauf auf. Er wägte seine Möglichkeiten ab und stellte schnell fest, dass er keine andere Wahl hatte.

»Ich bin einverstanden«, sagte er seinem Anwalt und hatte das befreiende Gefühl, das Richtige zu tun. »Wie geht es jetzt weiter?«, wollte er von Malovcic wissen.

»Ich werde dem Kommissar gleich sagen, dass Sie bereit zu einem Geständnis sind und außerdem wertvolle Informationen liefern können, was die Sekte und den Anschlag angeht. Da eine Strafmilderung jedoch nur von einem Richter zugesagt werden kann, wird vermutlich erst erstmal der Staatsanwalt informiert und die Vernehmung wird dann morgen fortgesetzt. Ich gehe davon aus, dass Sie heute noch dem Haftrichter vorgestellt und anschließend in die Untersuchungshaft verbracht werden. Von dort wird man Sie morgen wieder abholen und je nach dem, was der Richter entscheidet, werden wir sehen, wie es in der Vernehmung weitergeht.«

Statt einer Antwort blies Orlov lediglich die Luft aus seinen Lungen und nahm sich vor, heute Abend zu Gott zu beten und ihn um Vergebung seiner Sünden zu bitten.

Tag 13

7:13 Uhr

Seit über zwei Stunden wälzte sie sich im Bett herum, ohne die geringste Chance, nochmal einschlafen zu können. Die Hälfte der Nacht hatte sie ohnehin wach gelegen und im Minutentakt ihr Handy auf eine Nachricht von Hendrik geprüft. Er hatte sich nicht gemeldet. Bitter enttäuscht schlug sie die Bettdecke beiseite und quälte sich aus dem Bett. Ihr Schädel brummte und sie fühlte sich, als sei sie unter einen Monstertruck gekommen. Die Schmerzmittel hatten ihre Wirkung auch schon wieder verloren, sodass sie mit zusammengebissenen Zähnen nach unten in die Küche schlurfte.

Der aromatische Duft des frisch gebrühten Kaffees stimmte sie dann doch etwas versöhnlicher. Sie steckte zwei Scheiben Toast in der Toaster und holte die Butter aus dem Kühlschrank. Ihr Blick fiel auf den leeren Edelstahlnapf, der immer noch auf dem Küchenboden neben dem Kühlschrank stand. Sie war emotional noch nicht so weit, dass sie Merlins Sachen wegräumen konnte. Gedankenverloren stand sie starr da und kämpfte gegen den Tumult ihrer Gefühle an, als der fertige Toast nach oben sprang und sie zusammenzucken ließ. Sie nahm die Scheiben aus dem Toaster, legte sie auf einen Teller und beschmierte sie mit gesalzener Butter, die sofort wie auf einer heißen Herdplatte dahinschmolz. Genauso mochte sie ihren Toast am liebsten. Sie biss ein

Stück ab und spülte dann eine weitere Schmerztablette mit einem Schluck Kaffee herunter.

Es klingelte an der Wohnungstür. Ihr Herz fing sofort an, kräftiger zu schlagen. Das war bestimmt Hendrik. Wer sonst sollte sie um diese Zeit besuchen? Aufgeregt fuhr sie sich durch ihr Haar und versuchte es notdürftig in Ordnung zu bringen, während sie zur Tür ging. Gerade als sie die Hand auf der Klinke hatte und öffnen wollte, fiel ihr siedendheiß ein, dass sie hier spärlich bekleidet in Unterwäsche stand. Ihren Schlafanzug hatte sie in der Nacht ausgezogen, da sich der Schlabberstoff nicht mit ihrem Wundverband vertragen hatte. Sollte sie schnell nach oben und sich etwas überziehen? Das erneute Schellen nahm ihr die Entscheidung ab. Sie öffnete die Tür und wollte sich gerade für ihren freizügigen Auftritt entschuldigen, als sie feststellte, dass ihre Tante sie anlächelte.

»Ach du bist es«, sagte sie in deutlich enttäuschtem Ton.

»Na du hast dich aber auch schon mehr gefreut, mich zu sehen«, gab Heidrun zurück und betrat die Wohnung.

»Entschuldige! Ich hatte nur mit einer anderen Person gerechnet. Das ist alles.«

»Dein Journalist?«, fragte Heidrun schmunzelnd und hob eine Augenbraue.

»Ja genau.« Konstanze schloss die Wohnungstür und folgte ihrer Tante ins Wohnzimmer.

»Wie läuft es denn zwischen euch? Ah, machst du mir bitte auch einen Kaffee?«

»Klar! Eigentlich lief es ganz gut, als er nach Rosendahl nachgereist kam, war er so liebenswert. Aber seitdem habe ich nichts mehr von ihm gehört. Er hat auch auf meine Nachricht nicht geantwortet.«

»Liebes, du musst Geduld mit den Männern haben. Wenn du ihnen zu schnell zu nahe kommst, bekommen sie erst mal kalte Füße und ziehen sich zurück. Warte ab, der kommt ganz von allein wieder auf dich zu, wenn er wirklich etwas für dich empfindet.«

»Meinst du?« Konstanze nahm die Tasse unter der Kaffeemaschine weg und stellte sie ihrer Tante auf den Tisch.

»Ganz sicher. Deine alte Tante hat Erfahrung mit der lieben Männerwelt.« Verschwörerisch zwinkerte sie Konstanze zu. »Was macht deine Hüfte.«

»Ich denke, alles in Ordnung soweit. Mit den Tabletten sind die Schmerzen fast weg.«

»Nimm bitte nicht zu viel von den Schmerzmitteln, die sind ziemlich stark«, mahnte Heidrun und trank einen Schluck Kaffee.

»Was verschafft mir die Ehre deines frühmorgendlichen Besuches?«, überging Konstanze die Bemerkung ihrer Tante.

»Wir fahren gleich zur Polizeiinspektion. Christian wird auch dort sein.«

»Oh! Warum das denn?«, fragte Konstanze verwundert.

»Orlov will wohl ein umfassendes Geständnis ablegen und möchte außerdem gegen die Sekte aussagen.«

»Das sind doch gute Neuigkeiten.«

»Ja auf jeden Fall. Christian hat vorher noch einen Termin beim Richter. Es geht wohl um Strafmilderung, weil Orlov auspacken will.«

»Dann nichts wie hin!« Konstanze kippte in einem Zug ihren Kaffee runter, stellte das Geschirr im Spülbecken ab und ging nach oben ins Bad. Zehn Minuten später kam sie fertig angezogen wieder runter und die beiden Frauen machten sich auf den Weg zur Polizeiinspektion.

8:50 Uhr

Der Streifenwagen, der ihn aus der U-Haft abgeholt hatte, hielt vor einem quaderförmigen Gebäude aus roten Backsteinen. Auf einer Tafel seitlich des Eingangsportals las Orlov:

Kriminalinspektion Bayreuth

Nachdem ein Polizeibeamter die Tür geöffnet hatte, stieg Orlov aus dem Wagen und wurde von zwei anderen Beamten in den Gebäudekoloss begleitet. Zuerst fuhren sie mit einem Fahrstuhl nach oben, dann ging es weiter durch ein Labyrinth aus endlosen und verwinkelten Gängen, bis Orlov endlich in einem der Flure seinen Anwalt sitzen sah. Als dieser ihn erblickte, stand er sofort auf und begrüßte ihn freundlich.

»Guten Morgen Herr Orlov. Ich habe bereits mit dem Staatsanwalt geredet. Er hat grünes Licht vom zuständigen Richter bekommen, Ihnen ein vermindertes Strafmaß anzubieten. Wie war die Nacht? Alles in Ordnung soweit?«

Orlov nickte und schaute sich verunsichert um.

»Dann lassen Sie uns reingehen«, sagte Malovcic und öffnete die Tür zum Vernehmungsraum. Orlov betrat das hellerleuchtete Zimmer, gefolgt von den beiden Polizeibeamten und seinem Anwalt. Der Kommissar von gestern und ein weiterer Mann im Anzug saßen bereits auf der anderen Seite des Tisches und lasen in den Akten. Der Kommissar nickte den Beamten zu, woraufhin einer der beiden die Handschellen Orlovs aufschloss und entfernte.

»Guten Morgen, Herr Orlov. Setzen Sie sich bitte.« Sánchez zeigte auf einen der beiden freien Stühle vor seinem Schreibtisch, der Pflichtverteidiger setzte sich auf den anderen Stuhl.

Als alle Parteien Platz genommen hatten, öffnete der andere Mann eine weitere Akte und wandte sich dann Orlov zu.

»Ich bin Staatsanwalt Schlingmann und werde die Vernehmung heute fortführen. Ihr Verteidiger hat vorhin bereits ein paar Worte mit mir gewechselt und mir mitgeteilt, dass Sie ein Geständnis ablegen möchten und außerdem wichtige Informationen für uns haben, die im Zusammenhang mit einem möglichen Sarinanschlag stehen. Ist das richtig?«

Orlov nickte und schluckte schwer an einem Kloß, der sich in seinem Hals festkrallte.

»Gut. Ich hatte auch schon eine Unterredung mit dem Richter bezüglich der möglichen Anwendung der Kronzeugenregelung in Ihrem Fall.« Schlingmann erläuterte mit knappen Worten, welches Strafmaß Orlov zu erwarten hatte und wie eine Strafmilderung ausfallen könnte, vorausgesetzt sein Wissen führte tatsächlich zur Verhinderung einer Straftat oder zur Aufdeckung von Straftaten.

»Was sagen Sie zu diesem Angebot, Herr Orlov?«, wollte er wissen.

Max schaute hilfesuchend zu seinem Anwalt, denn für ihn klang das Angebot zwar sehr fair, aber er war sich nicht sicher, ob nicht doch noch ein Fallstrick darin versteckt war. Sein Verteidiger beugte sich zu ihm herüber und redete im Flüsterton auf ihn ein. »Sie sollten dieses Angebot annehmen. Bedenken Sie bitte unbedingt, was alles auf dem Spiel steht. Wollen Sie wirklich Tausende Opfer auf dem Gewissen haben, wenn es zu dem Anschlag kommt?«

»Nein, das möchte ich nicht. Was genau kann mich noch erwarten, wenn ich ein Geständnis ablege?«

»Nur das, was Ihnen Herr Schlingmann gerade vor Augen geführt hat. Ich denke sogar, wenn die hören, was Sie zu sagen haben, geht der Staatsanwalt nochmal mit dem Strafmaß nach unten. Nutzen Sie diese Chance und werden ein rechtschaffener Bürger.«

Orlov nickte abwesend und starrte aus dem Fenster. Er war das Dasein eines Kleinkriminellen absolut leid und sehnte sich danach, ein ganz normales Leben führen zu können, mit einer Frau an seiner Seite, zwei Kindern, einem Reihenhaus und vor allem einer gesunden Schwester.

»Okay, ich mache es«, sagte er schnell, bevor er es sich doch noch anders überlegten konnte.

»Das ist die richtige Entscheidung, Herr Orlov.« Staatsanwalt Schlingmann nickte zustimmend und holte ein Diktiergerät aus einem Schubfach.

»Sind Sie beide damit einverstanden, dass ich unser weiteres Gespräch zur Sicherheit auch auf Band aufnehme?«, fragte Schlingmann den Verteidiger und Orlov.

»Ich gehe davon aus, dass das Geständnis meines Mandanten mitgeschrieben wird«, warf der Anwalt ein und Schlingmann nickte sofort bestimmt.

»Selbstverständlich. Ich bitte gleich eine Protokollführerin zu uns. Ich möchte lediglich sicher gehen, dass uns nichts verloren geht, deshalb zusätzlich die Bandaufzeichnung.«

»Haben Sie etwas dagegen, Herr Orlov«, wandte sich der Verteidiger an ihn.

»Nein, überhaupt nicht.«

»Gut, dann können Sie das Gerät laufen lassen, Herr Staatsanwalt.

Schlingmann nahm den Hörer seines Telefons ab und wählte eine Nummer. Nach wenigen Sekunden bat er die Person am anderen Ende der Leitung in sein Büro.

9:59 Uhr

Eine Stunde dauerte die Vernehmung von Orlov nun schon. Konstanze und Heidrun waren genau in dem Moment im Gebäude der Kripo angekommen, als Orlov und sein Verteidiger im Vernehmungsraum verschwunden waren. Seitdem lief Konstanze nervös den langen Flur auf und ab und wartete darauf, irgendetwas zu erfahren.

»Es ist ein gutes Zeichen«, bemerkte Heidrun, als sie an ihr vorbei ging.

»Was meinst du?« Verwirrt schaute Konstanze ihre Tante an.

»Weil es so lange dauert. Das ist ein gutes Zeichen und bedeutet, dass Orlov ein Geständnis ablegt. Sonst wären die schon längst wieder rausgekommen.«

»Hoffentlich hast du Recht. Ich ...« Konstanze brach mitten im Satz ab, weil plötzlich die komplette Deckenbeleuchtung ausging und es auf einen Schlag dunkel auf dem Flur war. Einige Meter entfernt befand sich ein Fenster und nur das dort hereinfallende Tageslicht tauchte den Flur in einen gedämpften Schimmer.

»Was ist passiert?, fragte Heidrun und stand von der Bank auf, auf der sie bis eben gemütlich gesessen und gelesen hatte.

»Keine Ahnung, sieht nach einem Stromausfall aus. Schau, die Anzeige dort am Fahrstuhl ist auch aus.«

Die Tür ging auf und Christian streckte seinen Kopf auf den Gang. »Hier auch kein Licht?«

»Nein, alles dunkel«, antwortete Heidrun. »Vielleicht ist eine Sicherung rausgesprungen?«

»Ich weiß es nicht. Bei uns im Zimmer ging gerade auch alles aus, Licht, Computer ...« Das Geräusch quietschender Reifen gefolgt von kreischenden Bremsen und einem dumpfen Knall ließ die drei zusammenfahren. Eine Schrecksekunde lang schauten sie sich entsetzt an und rannten dann zum Flurfenster. Auf der Straße war ein absolutes Chaos ausgebrochen. Mehrere Autos waren auf der Kreuzung ineinandergekracht, Fußgänger schrien hysterisch oder versuchten hektisch zu telefonieren.

»Seht, die Ampeln sind ausgefallen.« Mit ausgestrecktem Finger zeigte Konstanze auf die Straße.

»Ach du meine Güte, das sieht nach einem größeren Stromausfall aus«, bemerkte Heidrun perplex.

»Zumindest hier in der Innenstadt«, fügte Christian hinzu. »Hoffentlich dauert das nicht allzu lange, damit wir mit der Niederschrift des Geständnisses fertigwerden.«

»Er hat gestanden?«, fragte Konstanze aufgeregt.

»Ein voll umfängliches Geständnis, sowie weitere Details über die Sekte im Gegenzug für eine mögliche Strafmilderung im Rahmen der Kronzeugenregelung. Die Kollegin war gerade dabei, das Geständnis abzutippen als der Strom ausfiel.«

»Jetzt spann uns nicht so auf die Folter«, drängte Konstanze und knetete nervös ihre Finger.

»So wie es im Moment aussieht, ist er ein Kleinganove, der sich immer wieder für kriminelle Jobs engagieren ließ. Er benötigt das Geld für eine spezielle, nicht von den Krankenkassen bezahlte Behandlung seiner Schwester.«

»Was hat seine Schwester?«, wollte Heidrun wissen.

»Irgend so eine seltene Erkrankung der spinalen Nervenwurzeln. Wir wissen jetzt, dass er sowohl vom Klinikleiter der Rotmainklinik als auch von dem Anführer der Sekte dieses letzten Siegels angeheuert wurde.«

»Also hatte ich Recht mit den illegalen Medikamententests«, stellte Konstanze fest und war froh, dass dem nun ein Ende bereitet werden würde und ihre Freundin ab jetzt sicher wäre.

»Das hattest du. Wir kommen nun auch dort mit unseren Ermittlungen endlich weiter. Orlov war unter anderem dafür zuständig, dass die im Ausland hergestellten Medikamente nach Deutschland kamen.«

»Hat er was zu den Chemikalien gesagt?« Ungeduldig drehte Konstanze eine Haarsträhne durch ihre Finger.

»Ja, er hat zugegeben, dass er sie im Auftrag für die Sekte gestohlen hat. Letztendlich hat er während seines Geständnisses erkannt, dass er von der Sekte ausgenutzt und als Ablenkung geopfert wurde.«

»Ablenkung? Wofür?«

»Konstanze, es tut mir unendlich leid, dir das jetzt sagen zu müssen, aber Hendrik Fergland ist ebenfalls ein Mitglied dieser Sekte, sehr hoch angesehen dort und er soll laut Orlov das letzte Siegel brechen.«

Ungläubig starrte Konstanze den Staatsanwalt an und musste erstmal verarbeiten, was sie gerade gehört hatte. »Merlin?«, fragte sie schließlich mit dünner Stimme.

»Orlov hat uns hoch und heilig versichert, dass er deinen Hund nicht umgebracht hat. Er vermutet, dass es ebenfalls Hendrik war. Er dachte auch, die Idee für das fingierte Treffen wäre von Hendrik gekommen, um dich weiter abzulenken, damit er in Ruhe die Vorbereitungen für das letzte Siegel treffen konnte.«

Entsetzt brach Konstanze zusammen und sank auf die Bank an der Wand.

»Das glaube ich nicht«, schluchzte sie.

»Es tut mir so leid, Liebes.« Heidrun setzte sich neben sie und legte behutsam einen Arm um ihre Schultern.

»Hat dieses Schwein dann auch bei meinen Eltern angerufen und meinen Papa auf dem Gewissen?«

»Nein. Das war tatsächlich Orlov. Er hatte von der Sekte den Auftrag, dich zu beseitigen. Doch dazu war er nicht bereit. Verzweifelt wie er war, hatte er gehofft, dich durch die Drohanrufe von deinen Nachforschungen abhalten zu können.«

Ungläubig schüttelte Konstanze den Kopf, außerstande das eben Gehörte wirklich zu verarbeiten.

»Ich weiß, das ist wenig Trost für euch beide, aber es tut Orlov furchtbar leid, dass dein Vater einen schlimmen Herzinfarkt erlitten hat.«

»Warum ist Hendrik dann nach Rosendahl gekommen und hat mir all die Zeitungsberichte gezeigt und somit die Verbindung zur Sekte hergestellt?«

»Das wissen wir nicht. Orlov meinte mal gehört zu haben, wie er zu diesem Eleazar Ben Ya'ir, das ist der Sektenanführer, gesagt hatte, dass er dich über alles liebt und kurz davor ist, dass du ihm in die Sekte folgst.«

Konstanze lachte bitter auf. »Gott, jetzt ist mir auch klar, warum er damals so euphorisch von den Taten dieser Spinner gesprochen hat. Ich wäre in hundert Jahren in keine Sekte eingetreten.« Erschöpft rieb sie sich ihre pochenden Schläfen. In ihrem Schädel ratterte wieder der Presslufthammer, und ihre Wunde an der Hüfte fing an zu brennen. Sie stand auf, ging hinüber zum Fenster und beobachtete das Treiben auf der Kreuzung. Ein Streifenwagen war mittlerweile dort, dessen Beamte das Unfallgeschehen aufnahmen und Sanitäter versorgten die Verletzten. Dann drehte sie sich zu Christian um. »Wusste Orlov, wie genau Hendrik das letzte Siegel brechen wird?«

»Leider nur zum Teil. Eleazar war früher Chemielaborant und hat vermutlich inzwischen aus den gestohlenen Chemikalien das Sarin hergestellt. Orlov wusste lediglich, dass es einen Anschlag mit Sarin geben soll, aber nicht wo genau und vor allem wann.«

»Um Gottes willen. Die sind doch total krank«, warf Heidrun ein und nahm die unter Schock stehende Konstanze in den Arm. Die Lichter im Flur gingen wieder an. Konstanze hielt sich schützend die Hand vor die Augen, die im ersten Moment durch das grelle Licht geblendet waren.

»Zum Glück, der Strom ist wieder da. Ich telefoniere mal und schaue, ob ich Informationen bekomme, was da gerade los war.« Christian verschwand im Vernehmungszimmer und ließ die beiden Frauen auf dem Flur allein.

»Soll ich dir einen Kaffee aus dem Automaten holen?«, bot Tante Heidrun an, doch Konstanze schüttelte nur matt den Kopf. Langsam sickerte die Erkenntnis, dass sie sich in Hendrik fatal getäuscht hatte, in ihr Bewusstsein und der Stachel dieser Demütigung bohrte sich tief in ihr Fleisch. Wie hatte er ihr das alles nur antun können? Die gemeinsame Zeit mit ihm hatte sich so gut und richtig angefühlt, als seien sie füreinander bestimmt gewesen.

Wenige Minuten später kam der Staatsanwalt schon wieder auf den Flur geeilt. Heidrun ging sofort auf ihn zu. »Hast du etwas erfahren können?«

»Ja, es gab eine Bombenexplosion im E-Werk. Nach ersten Erkenntnissen handelte es sich um eine kleine Graphitbombe, die eine Partikelwolke ausgestoßen hat. Die Graphitfäden haben sich dort überall auf den Schaltpulten abgelagert und durch die hohe Leitfähigkeit gab es mehrere Kurzschlüsse im System, was zu einer Notabschaltung des kompletten Werkes geführt hat. Dadurch kam es in der gesamten Stadt und Umgebung von Bayreuth zu einem Stromausfall. Mehr ist noch nicht bekannt. Im Moment wird ein Terroranschlag auch noch nicht ausgeschlossen.«

»Wie furchtbar. Wenigstens konnten sie die Stromversorgung wieder schnell herstellen«, warf Heidrun ein.

»Das E-Werk ist noch immer vom Netz. Die Mitarbeiter dort vor Ort haben einen Notfallplan ausgelöst, nachdem der Strom nun von anderen Werken hierher umgeleitet wird.«

»Das war kein Terroranschlag«, sagte Konstanze mit tonloser Stimme und schaute dabei auf ihre Uhr.

»Wieso nicht?«

»Schaut mal auf die Uhr. Der Strom war ungefähr eine halbe Stunde weg.

Als das Lamm das siebte Siegel öffnete, trat im Himmel Stille ein, etwa eine halbe Stunde lang.[2]

Der Stromausfall war das verdammte siebte Siegel. Eine halbe Stunde Ruhe auf Erden, während der die Auserwählten in den Himmel evakuiert werden.«

»Scheiße! Damit könntest du Recht haben«, fluchte Christian und fuhr sich hektisch durch sein Haar.

»Wir wissen inzwischen, dass diese Sekte an ein zusätzliches achtes Siegel glaubt. Da wir aber nicht wissen, wie dieses Siegel aussieht und wann es gebrochen werden soll, sitzen wir gerade ganz schön in der Scheiße.« Konstanze hatte die Situation auf den Punkt gebracht und merkte erst, nachdem sie es ausgesprochen hatte, wie ernst die Lage war. Sollte das achte Siegel tatsächlich ein Anschlag mit Sarin werden, und im Moment sah alles danach aus, wäre das eine Katastrophe. Das Nervengas war bereits in kleinsten Mengen tödlich und führte zu einer Dauererregung der entsprechenden Nervensysteme. Sehstörungen, Augenschmerzen, Atemnot, Muskelzucken, Krämpfe, Erbrechen, Atemlähmung und schließlich nach kürzester Zeit der Tod der betroffenen Menschen.

»Ich gehe wieder rein zu Orlov. Vielleicht fällt ihm ja doch noch etwas Brauchbares ein.« Christian eilte mit schnellen Schritten zurück in sein Büro, das Telefon am Ohr.

---

[2] *Offenbarung des Johannes 8,1*

Heidrun sah ihre Nichte geschockt an und schüttelte kaum merklich den Kopf. »Diese Welt ist total krank«, flüsterte sie heiser. Konstanze nickte nur und ging nervös den Flur auf und ab. Wie könnte das letzte Siegel nur aussehen?

Hendrik!

Über ihn könnte sie versuchen an die Sekte heranzukommen. Mit feuchten Fingern tastete sie in ihrer Handtasche nach dem Mobiltelefon und zog es schließlich hervor.

»Wen willst du anrufen?«, wollte Heidrun wissen.

»Hendrik. Er will mich mitnehmen ins Paradies, also werde ich ihn dorthin begleiten.«

»Bist du jetzt vollkommen durchgedreht?« Fassungslos stand ihre Tante mit aufgerissenen Augen vor ihr.

»Das ist die einzige Möglichkeit an die Sekte heranzukommen und rechtzeitig zu erfahren, was das Siegel ist. Ich tue so, als ob ich ihm aus Liebe folgen möchte. Glaub mir, wenn er nur halb so krank ist, wie es scheint, dann springt er darauf an.«

»Mir ist ganz und gar nicht wohl dabei.«

»Mir auch nicht, aber ich sehe im Moment keine andere Möglichkeit.« Konstanze wählte die eingespeicherte Telefonnummer von dem Journalisten und lauschte dann angespannt.

Nichts!

Wieder ging er nicht an sein Telefon.

»Verflucht! Er geht nicht ran. Hoffentlich ist er nicht schon dabei, das Siegel zu brechen. Ich gehe schnell nach Hause und versuche, über das Internet noch mehr über diese Sekte herauszubekommen.« Das war mehr ein Akt der Verzweiflung, als eine vernünftige Vorgehensweise, doch Konstanze gingen die Optionen aus. Sie fühlte sich unendlich hilflos und hatte keine Ahnung, wo sie jetzt noch suchen sollte.

»Ich komme mit«, bestimmte Heidrun.

»Nein, bleib du lieber hier bei Christian. Falls Orlov doch noch etwas einfallen sollte, kannst du mich gleich anrufen.«

Widerwillig stimmte Heidrun zu. »Pass bitte auf dich auf!«

10:52 Uhr

Die Unfallstelle auf der Kreuzung vor der Kriminalinspektion war noch nicht komplett geräumt, als Konstanze das Gebäude verließ. Zum Glück schien es aber nur zu Blechschäden und leichteren Verletzungen gekommen zu sein.

Gerade als sie die Straße überqueren wollte, kam ein ganzer Schwung Streifenwagen und sperrte vorläufig diesen Bereich ab. Für einen Sekundenbruchteil stockte Konstanze der Atem und sie befürchtete, dass das letzte Siegel schon gebrochen worden war, als ihr einfiel, dass ja der Papst und andere hohe kirchliche Würdenträger in der Stadt waren. Anlässlich des diesjährigen Kirchentages, der in Bayreuth stattfand, wollte der Papst heute den eingeladenen Vertretern der katholischen, evangelischen und orthodoxen Kirche die Hand reichen und damit eine vollkommen neue Ökumene verkünden und begrüßen. Der Papst war seit seinem Amtsantritt für eine

Modernisierung der Kirche eingetreten. Kurzentschlossen schlug Konstanze den etwas weiteren Heimweg über die Fußgängerzone ein, da sie nicht wusste, wie lange die Sperrung dauern würde.

Wenige Minuten später erreichte sie die Maximilianstraße und staunte nicht schlecht über die Menschenmassen, die an diesem Vormittag bereits unterwegs waren. Viele von ihnen wollten mit Sicherheit nachher zu der großen Kundgebung des Papstes.

Unter den vielen Leuten, die gemütlich an den Schaufenstern entlang bummelten, erblickte Konstanze eine kleine Gruppe junger Menschen, die recht seltsam gekleidet waren. Sie trugen alle einheitlich weiße Hosen und darüber eine viel zu große Strickjacke in Pastellgelb. Außerdem waren ihre Köpfe allesamt mit gestrickten weißen Beanies bedeckt. In ihren Händen hielten sie Flyer, die sie an die zahlreichen Passanten verteilten. Für Konstanze sahen diese Menschen eindeutig nach Mitgliedern einer Sekte aus. War es Zufall oder gehörten diese Leute tatsächlich zur Sekte der Zeugen des letzten Siegels? Sie ging auf die Gruppe zu und wurde sehr schnell von einer zierlichen Frau bemerkt.

»Das Ende ist gekommen«, murmelte diese und hielt Konstanze lächelnd einen ihrer Flyer entgegen. Ohne zu zögern, nahm Konstanze das Stück Papier, lächelte freundlich zurück und ging dann mit klopfendem Herzen weiter. Erst als sie gut zwanzig Meter gegangen war, wagte sie einen Blick auf den Flyer.

Mit großen Buchstaben war die Überschrift zu lesen:

Die einzig wahre Offenbarung

Rechts oben in der Ecke erblickte sie das Emblem der Sekte, das sie schon von der Broschüre kannte, die ihr Hendrik gezeigt hatte.

Auf den nächsten Seiten folgte viel Text. Anscheinend war in den Minibroschüren das komplette letzte Kapitel der Bibel abgedruckt. Konstanze spürte, wie sich ihr Körper anspannte. Sie beschleunigte ihre Schritte und beeilte sich, nach Hause zu kommen.

In ihrer Wohnung angekommen, schaltete sie umgehend ihren Laptop ein, setzte sich dann mit der Broschüre aufs Sofa, und begann zu lesen. Bei dem Geschriebenen handelte es sich tatsächlich um die Offenbarung aus der Bibel, allerdings wohl eine veränderte Version, denn die Sekte sprach in dem Text von der einzig wahren Offenbarung. Sie holte ihren Laptop, öffnete den Webbrowser und gab Bibel online in die Google-Suchleiste. Nachdem sie das entsprechende Kapitel der Bibel vor sich hatte, verglich sie die beiden Auszüge miteinander. Die Änderungen in den Versen betrafen das letzte Siegel. Erst das zusätzliche achte Siegel würde nach der großen Ruhe die Engel mit den Posaunen erscheinen lassen, dessen Getöse schließlich das Weltgefüge zusammenstürzen lassen würde. An der entscheidenden Stelle hieß es, dass die falsche Stimme Gottes vernichtet werden müsse, um das achte Siegel zu brechen.

Konstanze legte die Broschüre zur Seite und rieb sich ihre müden Augen. Was war damit nur gemeint? Was war die falsche Stimme Gottes? Ihre Gedanken überschlugen sich förmlich, doch sie war nicht in der

Lage, diesen Wust zu sortieren. Entmutigt stand sie auf, ging in die Küche und holte sich ein Glas Wasser. In einem Zug trank sie es leer und füllte es erneut auf. Dann ging sie zurück ins Wohnzimmer und murmelte immer wieder dieselbe Frage vor sich hin:

Was ist die falsche Stimme Gottes?

Was?

Was?

Nervös lief sie hin und her und hatte das Gefühl, ihr Gehirn wäre einbetoniert.

Was?

Wer?!!!

Das war es! Wer war die falsche Stimme Gottes?

Der neue Papst trat für eine vollkommen neuartige modernisierte Kirche ein, die es in der Form noch nie gegeben hatte. Eine Ökumene aus katholischer, evangelischer und orthodoxer Kirche. Logisch! Der Papst war die falsche Stimme Gottes! Auf die Freude über ihre Erkenntnis folgte umgehend der nächste Schockmoment. Der Papst war in Bayreuth und würde heute vor Tausenden von Menschen sprechen. Konstanze war sich nun absolut sicher, dass der Sarinanschlag genau auf dieser Kundgebung stattfinden würde. Hendrik war bereit sein Leben für das Paradies zu opfern und würde all die unschuldigen Menschen mit in den Tod reißen. Ihr wurde schwarz vor Augen und sie musste sich übergeben. So schnell ihre Verletzung es zuließ, rannte sie die enge Wendeltreppe nach oben in ihr Badezimmer. Ihr Magen rebellierte heftig und sie musste immer und immer wieder würgen, bis nur noch die blanke Galle aus ihrem Körper herauskam. Mit kaltem Wasser spülte sie sich den widerlichen Geschmack aus dem Mund und versuchte nachzudenken. Bestimmt hatte es innerhalb der letzten Woche einen Artikel über die heutige Kundgebung in der Tageszeitung gegeben, in dem sie auch die genaue Uhrzeit finden würde. Eilig kehrte sie zurück an ihren Laptop und rief die Seite der Bayreuther Zeitung auf.

Schwarzer Bildschirm!

Was zur Hölle war jetzt passiert. Es dauerte ein paar Sekunden, bis Konstanze realisierte, dass der Akku leer war. Fluchend stand sie auf, holte das Ladegerät und steckte es ins Gerät, nur um mit Schrecken festzustellen, dass nichts passierte. Der Laptop ließ sich einfach nicht aufladen. Das konnte doch jetzt nicht wahr sein! Warum um alles in der Welt ging ihr Computer oder ihr Ladegerät ausgerechnet jetzt in die Knie? Mit schweißnassen Händen zog sie den Stecker noch einmal heraus, steckte ihn erneut ein, mit dem gleichen Ergebnis. Wie kam sie jetzt an die Zeitungen der letzten Tage? Der Kiosk!

Hektisch verließ sie die Wohnung und lief über die Straße zu dem kleinen Kiosk.

»Du siehst aus, als hättest du ein Gespenst gesehen, junges Fräulein.«

»Habe ich auch. Glaub mir. Hast du die Zeitungen der letzten Tage noch da? Es ist verdammt dringend.«

»Du hast Glück. Morgen wollte ich die übriggebliebenen Zeitungen in die Remission geben.«

»Da haben noch ganz andere Glück gehabt. Hoffe ich. Darf ich kurz in die Zeitungen rein schauen, bitte.«

Verwirrt blickte der alte Mann Konstanze an, bückte sich jedoch und holte einen Stapel Zeitungen hervor.

»Welche brauchst du denn?«

»Fangen wir mit der von gestern an. Ich suche einen Artikel über den Papstbesuch.«

»Der war vorgestern drin. Warte, ich habs gleich.« Rudi bückte sich nochmal und Konstanze fasste sich mit der flachen Hand an die Stirn. Sie hätte ja auch gleich danach fragen können.

»Da schau, dort ist der Artikel.« Er drehte Konstanze die aufgeschlagene Zeitung hin und sie überflog eilig den Text, bis sie das Gesuchte gefunden hatte. Sie schaute auf ihre Armbanduhr.

»Verdammt! Ich muss schnell weiter. Tausend Dank.« Sie warf dem alten Mann einen Luftkuss zu, während sie schon wieder die Straßenseite wechselte und ihr Handy aus der Tasche zog. Die Kundgebung startete in weniger als einer halben Stunde. Sie wählte die Handynummer von Christian Schlingmann, informierte ihn mit knappen Worten und machte sich dann selbst auf den Weg zum Veranstaltungsgelände. Seit langer Zeit schickte sie mal wieder ein stilles Gebet zum Himmel. Sie betete dafür, dass sie Hendrik rechtzeitig entdecken würde und vor allem ihn irgendwie von seinem Vorhaben abhalten konnte.

12:51 Uhr

Schweißgebadet und japsend kam Konstanze auf dem Veranstaltungsgelände an. Mit diesen extremen Menschenmassen hatte sie nicht gerechnet. Wie um alles in der Welt sollte es ihr hier gelingen, Hendrik zu finden? Nervös schaute sie sich um. Weder von Christian noch von irgendwelchen alarmierten Einsatzteams war etwas zu sehen. Sie musste sich in Richtung Bühne vorkämpfen, denn das war der wahrscheinlichste Ort, an dem sie Hendrik finden würde.

Verbissen wühlte sie sich durch dicht gedrängte Leiber und kämpfte gegen Ellbogen an. Sie hatte nur noch wenige Minuten, um diesen Wahnsinn zu stoppen. Über die Köpfe hinweg erblickte sie Sicherheitskräfte der Schweizergarde, die auf der Tribüne standen. Wenn sie schon Hendrik nicht finden konnte, dann musste sie es wenigstens bis dorthin schaffen, um diese Leute zu informieren. Ihr Haar klebte an ihrer Stirn und Schweißtropfen rannen ihr in die Augen, sodass sie kaum noch etwas sah. Sie musste blinzeln, stehenbleiben und sich mit einem Taschentuch die Augen trocken wischen. Als sie den Blick wieder nach vorn richtete, sah sie plötzlich Hendrik, etwa fünf Meter von ihr entfernt. Er hatte die Tribüne fast erreicht. Meter für Meter kämpfte sie sich weiter nach vorn, rempelte rücksichtslos die Leute um sich herum an und murmelte pausenlos Entschuldigungen. Hendrik hatte einen Rucksack auf dem Rücken. Vermutlich hat er darin eine Flasche mit Methylphosphonsäuredifluorid und eine, die Isopropanol enthielt. Aus ihren Nachforschungen wusste Konstanze inzwischen, dass beide Stoffe nachdem sie durch das Zünden einer kleinen Bombe miteinander vermischt wurden, innerhalb von nur zehn Sekunden zu Sarin reagieren würden und sich das Gas dann als Wolke ausbreiten würde.

»Hendrik!«, schrie sie über die Menschenmassen hinweg, doch er reagierte nicht. Sie rief noch zwei weitere Male seinen Namen, ohne Erfolg. Er schien wie in Trance, ganz weit weg in einer anderen Sphäre zu sein. Nur noch wenige Schritte und sie hatte ihn erreicht. Konstanze griff nach ihrem Telefon und rief nochmal den Staatsanwalt an, um ihm ihren genauen Standort durchzugeben. In diesem Moment brach eine riesige Welle der Euphorie um sie herum aus und sie realisierte, dass der Papst gerade auf der Bühne erschienen war und anfing, zu den Leuten zu sprechen. Hendrik stand direkt am Rand der Tribüne vor dem Papst und griff nach einer kleinen Schnur, die aus seinem Rucksack heraushing.

Um Gottes willen, er zündet die Bombe, schoss es Konstanze durch den Kopf und für einen Moment war sie starr vor Schreck. Dann schrie sie hysterisch auf, stieß den Mann, der sie noch von ihrem Ziel trennte mit einem harten Stoß beiseite und stürzte sich auf Hendrik. In letzter Sekunde konnte sie seinen Arm packen und ihn davon abhalten, an der Schnur zu ziehen. Er drehte sich ruckartig zu ihr um und blickte überrascht in ihre Augen.

»Bitte, tu es nicht!«, flüsterte sie ihm ängstlich zu.

Fragend runzelte er die Stirn und wollte etwas sagen, doch Konstanze legte ihm den Zeigefinger auf seine Lippen.

»Ich weiß alles Hendrik, von den acht Siegeln und von der Apokalypse. Ich bitte dich inständig, komm zur Vernunft und tu es nicht. Es gibt kein Paradies nach dem hier.« Mit einer ausladenden Geste zeigte sie über den Platz.

»Du verstehst das nicht Konstanze. Es gibt sehr wohl ein Paradies, und ich bin auserwählt, darin weiterzuleben.«

Mit Tränen in den Augen schüttelte sie den Kopf. »Du wirst tot sein, nichts weiter. Ich werde tot sein, die vielen unschuldigen Menschen hier werden tot sein.«

»Der Tod bedeutet nicht automatisch das Ende, Konstanze. Diese Menschen sind nicht unschuldig. Sie haben viel Sünde auf sich geladen und nun wird ihre gerechte Strafe kommen.«

Sie konnte nicht glauben, was sie da gerade hörte. Das war doch nicht der Hendrik, den sie kennengelernt hatte, in den sie sich verliebt hatte.

»Ich liebe dich, Hendrik. Bitte verlass mich nicht«, flehte sie ihn an.

»Ich liebe dich auch! Aber ich muss das hier tun. Gott hat mir diese Aufgabe zugeteilt. Komm mit mir ins Reich Jesu. Ich kann dich mitnehmen ins Paradies. Du an meiner Seite, das ist es, was ich mir die ganze Zeit schon gewünscht habe.«

»Nein Hendrik. Ich werde nicht mit ins Paradies gehen, und du gehst dort ganz bestimmt auch nicht hin, denn du bist im Begriff, Tausende unschuldige Menschen zu ermorden. Bitte, denk darüber nach. Euer Eleazar hat euch getäuscht und geblendet.«

»Du tust mir leid Konstanze. Deine Existenz wird, wie die von allen anderen hier, gleich ausgelöscht sein. Ich habe dich wirklich geliebt. Lebe wohl.«

Er griff wieder nach dem Zünder, um sein Werk zu vollenden.

»Nein!«, schrie Konstanze auf und hing sich mit letzter Kraft an seinen Arm. Hendrik versuchte sie abzuschütteln und versetzte ihr heftige Tritte. Unbeirrt krallte sich Konstanze jedoch in seinen Arm und biss in panischer Angst, die Bombe könnte trotzdem hochgehen, so fest zu, dass Hendrik aufschrie und sie kraftvoll von sich wegstieß. Konstanze verlor das Gleichgewicht, fiel auf den Boden und schloss in Erwartung der Detonation ihre Augen. Doch nichts passierte. Um sie herum wurde es noch lauter, als es bis eben ohnehin schon war.

Sie öffnete die Augen wieder und sah, dass sich ein SEK-Kommando von der Tribüne aus auf Hendrik stürzte, ihn überwältigte und zu Boden drückte.

13:14 Uhr

Es war vorbei! Sie hatte es geschafft, Hendrik lange genug hinzuhalten, bis Hilfe eintraf und hatte somit die vermutlich größte Katastrophe, die Bayreuth je erlebt hätte, verhindert. All ihre Anspannung und aufgestauten Emotionen lösten sich und brachen in einem Weinkrampf aus ihr heraus. Mit beiden Händen hielt sie sich die Augen zu und schluchzte unaufhörlich in gleichmäßig auftretenden Wellen.

Eine Hand berührte sie vorsichtig an der Schulter. Konstanze wischte sich mit dem Ärmel die Tränen weg und schaute in den Himmel. Ein SEK-Beamter beugte sich über sie und streckte ihr seine Hand entgegen. Sie fasste danach und ließ sich von dem Mann auf die Beine helfen.

»Geht es Ihnen gut?«, fragte er besorgt.

Konstanze nickte abwesend. »Ich denke, schon.«

»Sie bluten!« Mit der Hand deutete er auf ihre Hüfte und Konstanze sah an sich herunter. Im Kampf mit Hendrik hatte sich offenbar der Verband gelöst und ihre Streifschusswunde hatte wieder angefangen zu bluten.

»Das habe ich gar nicht bemerkt. Es tut nicht weh«, erwiderte sie verdutzt.

»Das kommt vom Adrenalin. Ich bringe Sie zu einem Sanitäter.« Behutsam legte er einen Arm um ihre Schultern und führte sie sicher durch die aufgeschreckten Menschenmassen zu einem Rettungswagen, der am Rand des Geländes bereitstand.

In einigen Metern Entfernung kümmerte sich das Bombenräumkommando um die nach wie vor scharfe Bombe in Hendriks Rucksack. Sie waren gerade dabei, die Behälter mit den beiden Stoffen vorsichtig aus der Tasche zu befreien. Auf Konstanzes Armen bildete sich eine Gänsehaut. Sie musste daran denken, was passiert wäre, wenn diese winzige Bombe explodiert wäre und das tödliche Gas freigesetzt hätte.

Ein absolutes Albtraumszenario. Noch einmal drehte sie sich zur Tribüne um und vergewisserte sich, dass dem Papst nichts passiert war. Doch dieser war nicht mehr auf der Bühne. Die Gardisten der päpstlichen Schweizergarde hatten ihn längst in Sicherheit gebracht.

Die Stimme des Notarztes holte Konstanze aus ihren schwermütigen Gedanken.

»Hallo Mein Name ist Kowalski. Wie geht es Ihnen?«

»Hartenbach.« Sie reichte ihm die Hand und bedankte sich bei dem netten SEK-Beamten für seine Hilfe. Dann drehte sie sich wieder zu dem Arzt um. »Ich glaube, der Verband hat sich gelöst. Sonst ist alles in Ordnung.« Sie drehte dem Notarzt ihre blutende Hüfte hin.

»Das sehen wir uns gleich mal an. Hier, nehmen Sie meine Hand.« Er half ihr in den Rettungswagen und bat sie, sich hinzulegen.

Die Wunde blutete zum Glück nicht besonders stark. Beim Kampf mit Hendrik hatte sich tatsächlich der Verband gelöst und dabei den ersten Schorf abgerissen. Doktor Kowalski versorgte die Verletzung und überprüfte sicherheitshalber Konstanzes Blutdruck und ihre Pupillenreaktion.

»Das sieht gut aus, Frau Hartenbach. Sie haben Glück gehabt, ein paar Prellungen vom Sturz, ansonsten sind Sie in Ordnung.«

»Ich danke Ihnen vielmals.« Sie rang sich ein schwaches Lächeln ab, stieg aus dem Krankenwagen und blieb direkt daneben stehen.

Genau in diesem Moment führten Polizeibeamte Hendrik in Handschellen an ihr vorbei in Richtung der Einsatzfahrzeuge. Ihre Blicke trafen sich für einen kurzen Moment und es brach Konstanze das Herz. Von der

Liebe, die er für sie empfunden hatte, war nichts mehr zu sehen. Blanker Hass blitzte ihr aus seinen Augen entgegen, bevor er den Kopf von ihr wegdrehte.

Ihr Herz verkrampfte sich und sie hatte das Gefühl, als hätte man ihr Eiswasser in die Venen gespritzt. Zutiefst verletzt schaute sie ihm nach und erkannte, dass sie blind vor Liebe gewesen war. Sie hätte die Wahrheit über Hendrik einfach viel früher erkennen müssen. Wer weiß, vielleicht wäre es ihr gelungen, ihn aus der Sekte herauszubekommen, ihm die Augen zu öffnen und sie hätten eine gemeinsame glückliche Zukunft gehabt. Selbst wenn es ihr nicht gelungen wäre, Hendrik aus den Fängen der Sekte zu befreien oder seinen gesunden Menschenverstand zu erreichen, sie hätte auf jeden Fall das Leben von Merlin retten können. Bittere Selbstvorwürfe fraßen sich durch ihre Eingeweide. Unsicher schaute sie sich um und überlegte, wohin sie jetzt gehen sollte, als sich aus der Menschenmenge ihre Tante herauslöste. Christian lief neben ihr her und telefonierte wild gestikulierend. Ohne ein Wort zu sagen, schloss Heidrun ihre Nichte in die Arme und drückte sie fest an sich. Angelehnt an ihre Brust vergoss Konstanze Tränen der Trauer, der Wut und der Erleichterung. Sie fühlte sich emotional absolut leer und hier, im Arm ihrer Tante konnte sie sich endlich frei fallenlassen.

»Ich soll dich von deinem Vater grüßen«, sagte Heidrun nach einer Weile und lächelte Konstanze an.

»Hast du mit ihm telefoniert? Wie geht es ihm?«

»Es geht ihm besser Konny. Er kommt wieder in Ordnung.«

»Ehrlich?«

Heidrun nickte und streichelte Konstanze liebevoll über den Kopf.

»Das sind großartige Neuigkeiten.« Ein riesiger Felsbrocken der Erleichterung fiel Konstanze vom Herzen.

»Ich habe dir noch jemanden mitgebracht«, sagte Heidrun mit einem verschwörerischen Ausdruck in ihrem Gesicht.

Konstanze runzelte die Stirn und begriff nicht, wovon ihre Tante da gerade redete. Vor einer Sekunde ging es noch um ihren Vater und den konnte sie ja kaum im Schlepptau haben. Heidrun ging einen Schritt nach hinten und winkte hinter den Krankenwagen. Im nächsten Moment bog Astrid um die Ecke und trug etwas braun-schwarzes in ihren Armen vor sich her. Überrascht und überwältigt schlug Konstanze die Hände vor den Mund und unterdrückte damit ihren Freudenschrei. Damit, dass sie Astrid so schnell wiedersehen würde, hatte sie nicht im Entferntesten gerechnet. Ihre Freundin schaute sie mit jenem bekannten Blick an, der ihr sagte, dass sie all ihren Schmerz und ihre Gefühle verstand und sie Konstanze in dieser schweren Situation nicht im Stich lassen würde. Die beiden Mädchen hatten sich schon damals, als sie in Husum noch gemeinsam zur Schule gingen, ohne Worte verstanden. Konstanze wollte ihrer Freundin gerade um den Hals fallen, da drückte Astrid ihr das kleine Fellbündel, das sie vor sich hertrug, in die Arme. Es war ein zuckersüßer Hundewelpe.

»Er heißt Elvis«, sagte Astrid und schmunzelte fröhlich.

Mit offen stehendem Mund starrte Konstanze auf das winzige Bündel, das sich weich und warm in ihren Arm schmiegte und leise schmatzte.

»Oh mein Gott, Astrid. Ich weiß gar nicht, was ich sagen soll.« Gerührt schaute sie von dem Hundebaby zu Astrid.

»Wie wäre es für den Anfang mit Dankeschön und, Ich freue mich, dich zu sehen«, antwortete diese mit ihrem frechen nordfriesischen Dialekt.

»Du ahnst gar nicht, wie sehr ich mich freue, dich zu sehen«, erwiderte Konstanze und gab ihrer Freundin einen Kuss auf die Wange. »Wo hast du diesen süßen Kerl denn aufgetrieben?«

»Ich weiß, er wird deinen Merlin niemals ersetzen können, aber als ich von dem Schicksal des kleinen Mannes erfahren habe, wusste ich, dass er zu dir gehört. Er wurde in einem Pappkarton einfach vor dem Tierheim in Husum abgestellt wie Abfall.«

»Unfassbar, dass so etwas immer wieder passiert. Du armer Kerl. Dabei bist du so ein Hübscher.« Sie kraulte dem Welpen über das zarte Köpfchen. Dieser bedankte sich prompt mit seiner feuchten Zunge und schleckte Konstanze über die Hand.

»Er ist wohl eine Promenadenmischung. Die im Tierheim waren sich nicht sicher, was alles in ihm drin steckt.«

»Darauf kommt es doch gar nicht an. Viel wichtiger ist der Charakter des Hundes und ich glaube dieser hier ist ein ganz knuffiger.« Konstanze spürte endlich etwas Hoffnung aufkeimen, einen Lichtblick in all dem tristen Chaos der vergangenen Tage.

»Lasst uns nach Hause gehen«, sagte sie zu den anderen.

»Wenn ihr möchtet, können wir alle zu mir fahren und gemeinsam den Nachmittag verbringen. Der ganze Papierkram und Konstanzes Aussage können bis morgen warten. Auf dem Weg holen wir auch ein paar Sachen für deinen neuen Schützling«, schlug Christian vor und alle waren einverstanden.

Epilog

Drei Wochen später

Astrid hatte die letzten drei Wochen in Bayreuth verbracht und Konstanze geholfen, wenigstens zum Teil über die schrecklichen Ereignisse der letzten Tage hinwegzukommen. Die beiden Mädchen hatten alte Zeiten wieder aufleben lassen, viel Spaß miteinander gehabt und vor allem mit vereinten Kräften Konstanzes neuen Hund stubenrein bekommen. Außerdem hatten sie gemeinsam Mareike in der Klinik besucht und Konstanze war sehr erleichtert darüber gewesen, dass sich die beiden ebenfalls gut verstanden.

Gestern war Astrid wieder nach Rosendahl abgereist, nicht ohne Konstanze das Versprechen abzuringen, sie spätestens in den nächsten Semesterferien im Norden zu besuchen. Jetzt fing jedoch erstmal das neue Semester an und im Anschluss daran auch ihr Praktikum bei der Staatsanwaltschaft Bayreuth. Sie freute sich auf Normalität, auch wenn sie ein bisschen Angst vor den einsamen Abenden in ihrer Wohnung hatte.

»So einsam bin ich ja gar nicht«, sagte sie zu ihrem Welpen, der gerade eifrig ihren Hausschuh zerkaute.

»Hey, was machst du da? Wozu habe ich dir denn dieses wundervolle Kauspielzeug gekauft, hm?« Energisch nahm sie dem Hund ihren Pantoffel weg, zumindest das, was noch davon übrig war und legte ihm einen Gummiknochen vor die Füße. »Das da ist deins, und dieses hier ist meins.«

Das Klingeln an der Haustür unterbrach die Lektion für den kleinen Rabauken.

»Das muss die Tante Heidrun sein.« Konstanze nahm den Hörer der neuen Gegensprechanlage ab. »Wir kommen runter«, teilte sie ihrer Tante mit und schnappte sich die Hundeleine und Elvis.

»Guten Morgen«, begrüßte Konstanze ihre Tante, die neben dem Auto stand und noch schnell eine Zigarette rauchte.

»Steigt schon ein, ich bin sofort fertig.«

Konstanze setzte den Hund in die Transportbox auf dem Rücksitz und stieg dann selbst auf der Beifahrerseite ein. Die beiden Frauen wollten heute ins Gefängnis fahren und Max Orlov besuchen. Ein wenig mulmig war Konstanze schon zu Mute.

»Professor von Eckerstein, der Klinikleiter der Rotmainklinik, hat gestern Selbstmord begangen«, erzählte Heidrun, nachdem sie losgefahren waren.

»Was? Das ist ja schrecklich.«

»Hinten auf dem Rücksitz liegt die Zeitung mit dem Artikel dazu.«

Konstanze angelte sich das Blatt, schlug die entsprechende Seite auf und las die wenigen Zeilen über den Freitod des Mannes.

»Der hatte bestimmt ein schlechtes Gewissen«, sagte Konstanze nachdenklich und empfand sogar Mitleid für den Mann.

»In der Zeitung steht nichts davon, aber von Christian weiß ich, dass es einen Abschiedsbrief gab.«

»Oh! Was hat er geschrieben?«, fragte Konstanze neugierig.

»Er hat sich in dem Brief für alles entschuldigt, die illegalen Medikamententests zugegeben und die Schuld am Tod dieses einen Patienten auf sich genommen. Du erinnerst dich?«

»Ja sehr gut sogar.« Der Suizid von Davidt Bredemann hatte den Stein ins Rollen gebracht und Konstanzes Misstrauen erst so richtig geweckt. Nachdenklich schaute sie aus dem Seitenfenster. »Stand in dem Brief eine Erklärung dafür, warum er das alles getan hat?«

»Ja, das ist absolut verrückt. Erinnerst du dich an den kaltblütigen Mord an einer Mutter und ihrer zwei kleinen Kinder. Sie wurden in ihrer eigenen Villa brutal abgeschlachtet. Acht oder neun Monate muss das jetzt her sein, die Zeitungen waren voll davon.«

»Ja natürlich. Es war einer der Zeitungsartikel, auf die Hendrik mich aufmerksam gemacht hatte. Das zweite Siegel, wie wir inzwischen wissen.«

»Die Opfer damals waren die Ehefrau und die Kinder des Professors.«

»Oh nein! Das ist absolut furchtbar. Kein Wunder, dass er so verbissen an der Heilung von Psychopathen geforscht hat bei dem, was er durchmachen musste. Der arme Mann, das muss der Horror schlechthin für ihn gewesen sein.« Fassungslos schüttelte Konstanze den Kopf, während Heidrun auf den Parkplatz der Justizvollzugsanstalt fuhr.

»Der Professor war so verzweifelt, dass er versucht hat, durch spezielle Medikamente Einfluss auf die Psyche von Kriminellen nehmen zu können, damit sich solches Leid nicht mehr wiederholt. Er dachte wirklich, etwas Gutes bewirken zu können. Was ist eigentlich mit dem anderen Arzt, der die Therapiegruppe geleitet hat. Der wusste doch auch davon?«, fragte Heidrun nach und stellte den Motor ab.

»Er arbeitet nicht mehr in der Klinik. Mareike hat mir erzählt, dass ihn auch ein Verfahren erwartet, er wohl aber mit einer Bewährungsstrafe davonkommen wird. Dafür ist er freiwillig in eine Entzugsklinik gegangen.«

Die beiden Frauen stiegen aus dem Auto und Konstanze befreite den kleinen Hund aus seiner Box. »Das ist alles entsetzlich grausam.« Mehr konnte sie zu diesem Drama nicht sagen.

»Hartenbach. Wir möchten zu Max Orlov«, kündigte Heidrun dem Wachmann ihren Besuch an.

»Sind Sie angemeldet?«

»Ja, Staatsanwalt Schlingmann hat gestern angerufen und unseren Besuch angekündigt«, antwortete Heidrun.

»Den können Sie aber da nicht mit reinnehmen«, sagte der Wachtmeister an Konstanze gewandt und zeigte auf den Hund in ihrem Arm.

»Das ist mir klar. Ich hatte gehofft, dass Sie für die kurze Zeit auf den Kleinen aufpassen würden. Er beißt auch ganz bestimmt nicht.« Sie zwinkerte dem Mann kokett zu und erwischte ihn zum Glück auf dem richtigen Fuß. Er wurde rot und antwortete leicht verlegen: »Natürlich. Er kann sehr gern bei mir bleiben.«

»Ich danke Ihnen vielmals«, lächelte Konstanze den Wachtmeister an und übergab ihm ihren Hund.

»Dann muss ich noch Ihre Ausweise sehen und tragen Sie sich bitte hier ein.«

Nachdem die Formalitäten erledigt und die beiden von einer Vollzugsbeamtin durchsucht worden waren, gingen sie in den Besucherraum und warteten darauf, dass Orlov zu ihnen gebracht wurde.

Nur wenige Minuten später betrat Max den Raum und blickte sich verunsichert um. Seine Begleitperson dirigierte ihn an den Tisch, wo Heidrun und Konstante saßen und er schaute fragend zwischen beiden hin und her.

»Mit Ihnen habe ich hier nicht gerechnet«, sagte er schließlich, nachdem er sich schwerfällig gesetzt hatte. Offenbar hatte er Schmerzen, denn er hatte leicht gehinkt, als er den Raum durchquerte. »Was verschafft mir die Ehre?«

»Ich habe hier einen Brief von Ihrer Schwester für Sie.« Heidrun kramte in ihrer Handtasche und holte einen weißen Umschlag hervor.

»Von meiner Schwester?«, fragte Orlov verdutzt.

»Sie kann im Moment leider nicht persönlich bei Ihnen vorbeikommen und Sie besuchen, daher bat sie mich, Ihnen diesen Brief zu übergeben.« Heidrun schob den Umschlag quer über den Tisch zu Orlov.

»Wo ist meine Schwester? Geht es ihr gut?« Seine Stimme überschlug sich und die aufkommende Panik war deutlich herauszuhören.

Heidrun berührte vorsichtig seine Hände und lächelte ihn an, um ihn zu beruhigen. »Ihrer Schwester geht es gut, keine Sorge. Sie ist gerade im Krankenhaus und bekommt dort zu der Standardtherapie zusätzlich die neue, experimentelle Kombinationstherapie.«

Ungläubig schielte Orlov zu Konstanze herüber und dann wieder zurück zu Heidrun. Sein Mund klappte auf und gleich wieder zu, ohne ein Wort zu sagen.

»Ich habe dafür gesorgt, dass die Behandlungskosten komplett übernommen werden. Herr Orlov, Sie und Ihre Schwester müssen sich darüber keine Gedanken mehr machen«, fuhr Heidrun fort.

»Wird sie wieder gesund?«, fragte er skeptisch nach.

»Ja, sie spricht hervorragend auf die neuartige Therapie an und wird wieder vollständig gesund werden und Sie Herr Orlov, können ein anständiges, rechtschaffenes Leben führen, wenn Sie Ihre Strafe hier verbüßt haben und wieder rauskommen.«

»Ich weiß gar nicht, was ich sagen soll.« Eine Träne löste sich aus seinem Auge und er wischte sie verschämt beiseite. »Ich ...« Er stockte und musste schwer schlucken, bevor er weiterreden konnte. »Ich danke Ihnen, auch im Namen meiner Schwester.« Dann drehte er seinen Oberkörper und sah Konstanze direkt in die Augen. »Ich möchte mich bei Ihnen aus tiefstem Herzen entschuldigen. Mir tut das alles schrecklich leid, besonders, was Ihrem Vater wegen mir passiert ist.«

»Es geht ihm schon viel besser«, antwortete Konstanze und dachte darüber nach, ob Orlov es wohl wirklich ehrlich meinte. Er sah mitgenommen und verzweifelt aus, eingefallen und gealtert. Sie war sich sicher, dass er aufrichtig bereute.

»Das ist wirklich schön zu hören, das mit Ihrem Vater«, stammelte er und blickte nervös auf seine schmutzigen Fingernägel.

»Orlov, ich möchte Ihnen auch etwas sagen«, begann Konstanze das Thema anzuschneiden, weswegen sie hier her gekommen war. Orlov blickte auf und sah ihr in die Augen. »Durch Ihre Taten habe ich in den letzten Wochen viel Leid ertragen, aber ich weiß inzwischen auch, wie verzweifelt Sie gewesen sein mussten, um an Geld für die Behandlung Ihrer Schwester zu kommen. Das ist keine Entschuldigung für Ihre Taten, denken Sie das bloß nicht. Es gibt nämlich keine Entschuldigung für das, was Sie getan haben. Aber ich verzeihe Ihnen. Das sollen Sie wissen.«

»Danke«, murmelte Orlov beschämt.

»Unter einer Bedingung: Machen Sie keinen Scheiß mehr, wenn Sie hier raus kommen.«

Er nickte und hatte tatsächlich ein schwaches Lächeln auf den Lippen.

»Abgemacht?« Konstanze hielt ihre Hand in die Höhe und Orlov schlug ein. »Abgemacht!«

ENDE

Danksagung

Als Erstes möchte ich mich bei meinem Mann und meiner Familie bedanken. Ohne den bedingungslosen Rückhalt, die engelsgleiche Geduld und der unerschütterliche Glaube an mich könnte ich meiner Autorenseele keinen freien Lauf lassen.

Ein riesengroßes Dankeschön geht an meine Freundin, Kollegin und Lektorin Tanja Neise. Du baust mich stets wieder auf, wenn ich den Glauben an mich verloren habe, du kritisierst mich und hilfst mir dadurch, besser zu werden. Gemeinsam gehen wir täglich durch die Hochs und Tiefs des Autorendaseins. Danke, dass du immer für mich da bist.

Ein ganz besonderes Dankeschön geht an deinen Mann Michael Neise, der mir auch für diesen Thriller wieder wertvolle Tipps und Ratschläge im Rahmen meiner Recherche gegeben hat. Danke Michael für deine Geduld, mit der du meine Fragen stets beantwortest.

Was wäre ein Buch ohne ein ansprechendes Cover? An dieser Stelle möchte ich mich bei Claudia Toman für das wundervolle Cover bedanken. Liebe Claudia, besser hättest du den Inhalt des Thrillers nicht in einem einzigen Bild zusammenfassen können!

Tausend Dank auch an meine Mädels von LoveThrillFantasy. Andi, Tanja, Sina und Pea, ihr seid ein großes Stück Familie für mich geworden. Ich hab euch lieb!

An dieser Stelle möchte ich auch meiner lieben (Test-)Leserin Yvonne B. und ihrem Ehemann danken.

Die beiden haben mit vollem Einsatz geholfen, so lange am Klappentext zu feilen, bis wir alle zufrieden waren.

Mein größter Dank gilt jedoch meinen Lesern. Ihr kauft meine Bücher, lest und rezensiert sie und gebt mir wertvolles Feedback. Für euch schreibe ich meine Romane und bin erst glücklich, wenn ich euch mit meinen Geschichten begeistern konnte.

Eure Karina Reiß

Weitere Bücher der Autorin

Blutrune

(Band 1 der Konstanze-Hartenbach-Thriller)

"Eine Welle von Schuldgefühlen überrollte Konstanze und drohte, sie in einen klaffenden Abgrund zu spülen. Die Verzweiflung schnürte ihr die Kehle zu und verursachte tief in ihrem Inneren einen brennenden Schmerz. Dann erinnerte sie sich an die Worte ihrer Freundin: Du musst unbedingt Schlimmeres verhindern."

Die ehrgeizige, aber schüchterne Jurastudentin Konstanze lernt auf einer Grillparty den charmanten Robert kennen und versteht sich auf Anhieb mit ihm. Doch nur kurze Zeit später deckt sie seine wahre Identität auf und findet sich in einem Netz aus Gewalt und Intrigen wieder. Ihr Traum, Staatsanwältin zu werden, scheint zerstört zu sein, und ihr Leben liegt in Trümmern vor ihr. Bei dem Versuch, ein schreckliches Attentat zu verhindern, gerät sie schließlich selbst in Lebensgefahr.

Erhältlich als eBook (€ 3,99) und als Taschenbuch (€ 9,90)!

Leseprobe aus Blutrune:

Wütend und verletzt rannte Konstanze blindlings in den Wald, ohne darauf zu achten, dass sie sich Meter für Meter mehr vom Haus und der Party entfernte. Warum vergällte Sabrina ihr jeden Flirt mit einem Mann? In diesem Moment beherrschte unbändige Wut gepaart mit bitterer Enttäuschung ihre Gedanken.

Ein brennender Schmerz in ihrer Lunge zwang sie, stehen zu bleiben. Sie beugte sich nach vorn und stützte beide Hände auf ihren Oberschenkeln ab. Heftig nach Luft japsend, drehte sie sich um und stellte erschrocken fest, dass sie das Blockhaus nicht mehr sehen konnte. Sie hielt den Atem an und lauschte in die Dunkelheit.

Nichts!

Keine Musik, kein Stimmengewirr der Partygäste. Erst jetzt wurde Konstanze bewusst, dass sie viel zu weit gelaufen war. Sie schaute sich um. Ringsum war kein Licht zu sehen. Einzig der Vollmond leuchtete durch die überwiegend kahlen Äste. Dies gab ihr jedoch wenig Trost, denn das blasse Mondlicht ließ dämonengleiche Schatten um sie herum aufleben. Es half nichts. Sie musste zurückgehen, trotz der Angst, die gegenwärtig ihren Nacken hochkroch. Wenn sie genau in die entgegengesetzte Richtung ging, würde sie das Holzhaus finden.

Vorsichtig setzte sie einen Fuß vor den anderen. Sie zwang sich, ruhig zu bleiben und weiterzugehen. Die schlagartige Erkenntnis allein hier im Wald zu sein hatte sie an den Rand einer Panikattacke gebracht. Folgte sie überhaupt noch dem schmalen Waldweg? Zweige knackten unter ihren Füßen. Sie zuckte zusammen, als ein Käuzchen durch die Nacht rief. Die Geräusche des Waldes hörten sich schon tagsüber unheimlich an, aber jetzt, in der Dunkelheit umgeben von gespenstischen Schatten nahmen sie infernalische Züge an. Wieder ein Knacken! Konstanze blieb stehen und hielt die Luft an. Bestimmt nur ein Reh, redete sie sich beruhigend ein.

Sie hatte mittlerweile ihre Panikattacken halbwegs im Griff. Am wichtigsten war es, konzentriert zu atmen und sich bewusst zu machen, dass nichts passieren konnte. Sie atmete tief durch, spürte jedoch keine Besserung. Ein gellender Schrei durchschnitt die Nacht. Vermutlich das Käuzchen oder ein Uhu, dachte sie und ging mit beschleunigten Schritten weiter.

Vor ihr raschelte es im Unterholz. Erschrocken begann Konstanze, zu rennen. Taumelnd versuchte sie, auf dem unebenen Waldboden Halt zu finden. Das Mondlicht leuchtete den Boden nur spärlich aus, sodass sie kaum etwas erkennen konnte. Äste schlugen ihr hart ins Gesicht, hielten ihre Kleidung fest und zogen erbarmungslos an ihren Haaren. Plötzlich spürte sie einen heftigen Schmerz an der Stirn. Sie hatte einen starken Ast gestreift und verlor unmittelbar darauf das Gleichgewicht. Unsanft landete sie auf einer großen Baumwurzel und ließ jetzt ihren Gefühlen freien Lauf. Sie weinte aus Angst, aber auch vor Wut. Wut auf Sabrina und vor allem auf sich selbst. Ihr Gesicht brannte. Konstanze berührte ihre Stirn dort, wo der Ast sie getroffen hatte. Es fühlte sich feucht an. Sie blutete. Auch das noch. Konstanze holte ein Taschentuch aus ihrer Hosentasche und presste es vorsichtig auf die

Wunde. Der Waldboden war feucht und roch modrig. Kälte kroch ihren Körper hoch, sodass sie wieder aufstand und vorsichtig weiterging. Wie lange war sie jetzt schon unterwegs? Konstanze hatte jegliches Zeitgefühl verloren. Sie war sich absolut sicher, dass sie bereits viel weiter gegangen sein musste, als sie sich ursprünglich vom Haus entfernt hatte. Ihre Oberschenkel brannten und sie war schrecklich müde. Wie gern hätte sie sich einfach auf den Boden gelegt, um ein wenig zu schlafen, aber die Angst und die Kälte trieben sie voran. Da knackte es erneut, diesmal unmittelbar hinter ihr. Hastig drehte sie sich um und blickte in die Schwärze der Nacht. Sie konnte nichts erkennen, sah lediglich die grotesken Schatten der Bäume. Konstanzes Puls wurde schneller und schneller. Sie spürte ihr pochendes Herz kräftig gegen ihren Brustkorb schlagen und atmete in stoßartig keuchenden Zügen. Die Faust der Angst bohrte sich in ihren Körper, umfasste ihre Kehle und drohte ihr das Bewusstsein zu nehmen. Schweißperlen traten auf ihre Stirn und liefen als kleine Rinnsale über Augen, Nase und Kinn hinunter.

Schlagartig fiel das Atmen schwerer. Konstanze rang nach Luft, hatte das Gefühl jeden Moment zu ersticken. Ein heftiges Schwindelgefühl überkam sie, als schwankte der Boden unter ihren Füßen. Sie fing an, am ganzen Körper zu zittern, nicht wegen der Kälte, sondern vor Angst. Da war sie wieder, diese Gewissheit gleich sterben zu müssen. In diesem Moment war sie nicht mehr in der Lage zu erkennen, dass sie eine Panikattacke hatte. Ihre Beine sackten weg und sie fiel zu Boden. Sie kauerte sich auf den kalten, moosbedeckten Untergrund

und wartete zitternd mit schweißnassen Händen auf ihren Tod.

Allmählich übernahm Konstanzes Verstand wieder die Kontrolle. Sie hatte solche Attacken schon so oft erlebt und nie konnte sie im Nachhinein erklären, was genau sie dabei fühlte. Diese irreale Todesangst. Manchmal schämte sich Konstanze sogar dafür. Ihre Atmung und ihr Herzschlag normalisierten sich nach und nach. Sie zitterte jedoch noch stark. Diesmal war es die Kälte, die ihren Körper immer heftiger zittern ließ. Sie schlang ihre Arme um ihren Körper und zwang sich weiterzugehen. Nur in welche Richtung? Durch ihre Panikattacke wusste sie nun nicht einmal mehr, in welche Richtung sie bis vor Kurzem gelaufen war. Am liebsten hätte sie sich einfach auf den Boden fallen lassen. Sie war so müde und wollte einfach nur noch schlafen. Doch sie hatte keine Wahl. Sie musste weiter gehen.

Inzwischen war die Nacht nicht mehr so dunkel und schwarz. Durch die Bäume hindurch sah Konstanze, dass sich der Himmel langsam grau verfärbte. Es musste demnach bereits früher Morgen sein. Sie spürte ihre Beine nicht mehr. Seit der Panikattacke war sie ohne Pause weitergegangen, damit die Energie der verbrannten Kalorien ihr ein Minimum an Wärme spendete.

Ungefähr hundert Meter vor sich sah Konstanze etwas aufblitzen. Nein. Es war eher eine spiegelnde Fläche. Das musste der See bei dem Waldhaus sein. Eine Welle der Erleichterung und Freude durchflutete ihren

Körper. Sie hatte das verdammte Blockhaus endlich wiedergefunden.

Sommersprossen und Regenküsse - Galway

(Band 1 der Irland-Reihe)

Der erste Teil meiner Irland-Reihe „Sommersprossen und Regenküsse" spielt im County Galway auf den Aran Islands und erzählt die Geschichte von Nelly, die in Deutschland ihre Zelte abbricht, um auf der Insel Inishmore neu durchzustarten. Das Schicksal legt ihr jedoch jede Menge Steine in den Weg, sodass der Start in ihr neues Leben recht holprig ausfällt. Als sie auch in der Liebe bitter enttäuscht wird, bekommt sie immer mehr Zweifel, ob ihre Entscheidung Deutschland zu verlassen, richtig war.

Klappentext:

Eigentlich wollte Nelly das geerbte Haus ihrer verstorbenen Großmutter verkaufen. Doch als sie ihren Freund mit einer anderen Frau erwischt, beschließt sie, Deutschland endgültig den Rücken zu kehren. Tief verletzt aber dennoch wild entschlossen macht Nelly sich auf den Weg auf die Aran Islands. Das Schicksal hat jedoch ganz eigensinnige Pläne mit der jungen Frau. Mit einer kaputten Kamera, einem eingegipsten Fuß und einem Iren, der ihrem gebrochenen Herzen zu nahe kommt, beginnt eine Zerreißprobe, die Nelly an ihren Entscheidungen zweifeln lässt.

Erhältlich als eBook (€ 2,99) und als Taschenbuch (€ 8,99)!

Leseprobe aus den Sommersprossen:

Der schwere Rosenduft und die Wärme lullen mich immer weiter ein und irgendwann übermannt mich einfach die Müdigkeit.

Als irgendetwas über meine Brustwarzen streift, werde ich langsam wieder wach. Noch bevor ich die Augen aufschlage, weiß ich, dass Liam da ist. Sein Aftershave steigt mir in die Nase und lässt sofort meine Hormone verrückt spielen.

»Hey. Hör auf keinen Fall auf damit«, hauche ich ihm zu und schaue in seine Augen.

»Hi Sweety.« Liebevoll drückt er mir einen Kuss auf die Stirn und liebkost dann weiter die steifen Brustwarzen, die sich ihm vorwitzig entgegenrecken. »Du bist deinen Gips los.«

»Ja. Das ist toll oder?«

»Das ist fantastisch. Jetzt können wir so richtig wilden Sex haben, ohne von deinem Gips behindert zu werden.« Neckisch kneift er kurz zu und ich stöhne auf.

»Komm zu mir«, bitte ich ihn und setze mich aufrecht hin.

»Das könnte aber eng werden.« Schmunzelnd knöpft er sich bereits die Jeans auf.

»Ich kann ja etwas Wasser ablassen, bevor du zu mir steigst.« Voller Übermut puste ich etwas Schaum in seine Richtung. Die Strafe folgt auf dem Fuße. Er schnappt sich den Zahnputzbecher, füllt ihn mit eiskaltem Wasser und leert ihn über meinem Kopf aus.

»Na warte.« Mit einer Handvoll Wasser spritze ich ihn von der Wanne aus nass. Als Antwort packt er meine

Handgelenke, hält sie fest und gibt mir einen innigen Kuss, den ich fordernd erwidere. Als er sich von mir löst, schnappe ich nach Luft. Mir ist ganz schwindelig vor Erregung und mein Schoß brennt vor Verlangen. In Windeseile schlüpft er aus seinen Klamotten, steigt dann zu mir in die Wanne und setzt sich hinter mich, sodass ich mich an seinen Bauch anlehnen kann. Sein muskulöser Oberkörper fühlt sich warm und fest an und ich presse meinen Rücken dagegen. Unsere Körperzellen verschmelzen fast zu einer Einheit, während ich den Kopf nach hinten neige und sich unsere Lippen erneut zu einem heißen Kuss finden. Sanft und spielerisch knabbere ich an seiner Unterlippe, bis er seine Zunge fordernd nach vorn stößt und mit ihr meine Lippen teilt. Gleichzeitig wandern seine Hände auf meinem Bauch entlang und mit seinen Fingern zeichnet er kleine Kreise, was in mir ein unglaubliches Prickeln auslöst. Mein Unterleib pulsiert und sehnt sich nach seinen Berührungen. Als ob er meine Gedanken lesen kann, wandern seine Finger weiter nach unten und massieren meine kleine Perle. Mein Aufstöhnen wird von unserem Kuss gedämpft und ich spüre, wie seine Männlichkeit hart gegen meinen Po stößt. Beinahe schwerelos gleite ich auf einer Welle der Lust davon. Immer wieder lässt er seine Finger in mich hineingleiten und treibt mich so zum Höhepunkt.

Liebe LeserInnen!

Ich freue mich sehr, dass ihr meinen Thriller »Das 8. Siegel« gekauft und gelesen habt und hoffe, dass er euch gefallen hat. Für uns Autorinnen sind Rezensionen ein wichtiges und hilfreiches Feedback. Daher bin ich sehr dankbar über jede Rückmeldung und freue mich riesig, wenn ihr in ein paar Zeilen euren Leseeindruck zusammenfasst. Natürlich finde ich es auch Klasse, wenn ihr euch direkt bei mir meldet, zum Beispiel hier:

www.karina-reiss.de
autorin@karina-reiss.de
www.twitter.com/karina_rei
www.facebook.com/karinareissautorin
www.instagram.com/karina.reiss/

Hier findet ihr alle Informationen zu den fünf Autorinnen von LoveThrillFantasy und all ihre Bücher:

http://lovethrillfantasy.blogspot.de/